Unheimliche Verbrecher gehen um in Aachen und Umgebung: Mörder, Erpresser und andere Ganoven treiben ihr Unwesen in der sonst so friedlichen Stadt im deutsch-niederländisch-belgischen Dreiländereck. Aus Hinterlist, Rachsucht, Heimtücke oder Verzweiflung wird hier gemordet, erpresst, geraubt. Doch die Detektive der Preisträger des Aachener Krimi-Wettbewerbs von »Super Sonntag« in Zusammenarbeit mit Books on Demand und dem Verlag der Criminale lassen sich nicht täuschen und sind den Verbrechern mit Raffinesse und Spürsinn dicht auf den Fersen.

Die spannendsten Krimis aus Aachen und Umgebung wurden von einer Jury der »SUPER Sonntag«-Redaktion ausgewählt und sind in diesem Band abgedruckt. Gänsehaut garantiert!

Tatort Aachen

Die spannendsten Kurzkrimis des SUPER-Sonntag Leserwettbewerbs

verlag
der
criminale

Der Verlag der Criminale ist ein Books on Demand-Verlag der Buch & medi@ GmbH, München. Dieser Verlag publiziert ausschließlich Books on Demand in Zusammenarbeit mit der Books on Demand GmbH, Norderstedt, und dem Hamburger Buchgrossisten Libri. Die Bücher werden elektronisch gespeichert und auf Bestellung gedruckt, deshalb sind sie nie vergriffen. Books on Demand sind über den klassischen Buchhandel und Internet-Buchhandlungen zu beziehen.

Weitere Informationen über den Verlag und sein Programm unter:
www.verlag-der-criminale.de

November 2002
Verlag der Criminale
Ein Books on Demand-Verlag der Buch & medi@ GmbH, München
© 2002 Buch & medi@ GmbH, München
© der Einzelbeiträge bei den Autoren
Umschlaggestaltung: Kay Fretwurst, Spreeau
Herstellung: Books on Demand GmbH, Norderstedt
Printed in Germany · ISBN 3-935877-75-7

Inhalt

Vorwort

Ein Wettbewerb für Nachwuchs-Krimi-Autoren aus dem deutsch-niederländisch-belgischen Dreiländereck?

Zugegeben, als uns Sven Nommensen von BoD diese Idee vorstellte, war ich zunächst etwas skeptisch. Wenn das mangels Masse kein Flopp wird … Doch schon nach dem ersten Aufruf in »SUPER Sonntag« war klar: das »Ding« wird ein Riesenerfolg.

Tag für Tag brachte uns die Post neue Werke. Die aus unserer Redaktion gebildete Jury hatte es wirklich nicht leicht. Zunächst wurden die Romane aussortiert, die vom Umfang her durch das Raster fielen. Ein Beitrag über 230 Seiten eignet sich beim besten Willen nicht für eine Sammlung von Kurzkrimis. Doch danach blieben immer noch viele übrig. Zu viele. So wurde weiter diskutiert und sortiert, bis die Auswahl für den ersten »Tatort Aachen« endlich fest stand. Hier ist sie!

Spannende Unterhaltung
wünscht Ihnen

Andreas Müller
Redaktionsleiter »SUPER Sonntag«

Beate Reins
Mit einem Bein im Grab

»Man kann die Bühnen wechseln.
Das Stück, das gespielt wird, bleibt dasselbe.«
Ulrich Beck, Soziologe

1 Vorbei an herbstlich gefärbten Bäumen. Vorbei an abgeernteten Feldern, einzelnen Häusersiedlungen und Kirchen. Hier hat sich wirklich nichts geändert. Auf dem Weg nach Hause fühle ich mich nahtlos in die Vergangenheit zurück versetzt. Nach fast drei Stunden Zugfahrt habe ich die hektische Großstadt hinter mir gelassen. Ich bin nervös. Ein unangenehmer Zustand, da er einen mit leichter Übelkeit und einem Kribbeln im Bauch allein lässt. 15 Jahre sind vergangen, seit in unserer Klasse jeder seine eigenen Wege ging. Nun hat uns Thomas alle wieder zusammengetrommelt. Was mich wohl erwartet? Ich glaube, dass die meisten die vertraute Umgebung nie wirklich verlassen haben. Nur wenige sind dem engen Provinzgefängnis entflohen.

Der Zug hält noch ein letztes Mal vor meinem Ziel. Es ist nach 18.00 Uhr und für die meisten Feierabend. Viele müssen im Gang stehen, weil die Sitzplätze belegt sind. Ich höre, wie eine männliche Stimme jemanden abweist:

»Nein hier ist nicht frei. Hunde müssen bei der Deutschen Bahn auch bezahlen.«

Als ich aufschaue, sehe ich, wie sich ein Mann zwar kopfschüttelnd aber ohne großen Protest einen anderen Sitzplatz sucht. Typisch, denke ich mir noch, als der Zug langsam seine Geschwindigkeit drosselt und es aus den Lautsprechern tönt: »Nächster Halt: Düren.«

»Ein Spaziergänger hat ihn heute früh hier gefunden. Er muss seit gestern tot sein. Womöglich verblutet.«

Kommissar Franz versucht sich zu sammeln. Der Anblick ist abstoßend – selbst für einen solch routinierten Beamten. Vor ihnen liegt ein Mann, um die dreißig, mit einem abgetrennten Bein. Der Waldboden hat sich durch die Blutlache rot gefärbt.

»Da müssen wahre Fontänen rausgespritzt sein«, erklärt sein Kollege Riefenstadt.

»Wissen wir schon, wer er ist?«

»Ja, er heißt Dirk Konjetzky. Gelernter Kfz-Mechaniker, verheiratet, keine Kinder.«

Wie einfach sich das Leben eines Menschen in wenigen Worten zusammenfassen ließ.

»Ist er irgendwann einmal aktenkundig geworden?«

»Nein.«

»Was ist mit seiner Frau? Ich nehme an, dass sie über den Tod ihres Mannes noch nicht benachrichtigt worden ist.« Riefenstadt ist genervt bei dem Gedanken, wieder der Überbringer schlechter Nachrichten zu sein.

»Richtig, wir müssen noch zu ihr fahren.«

»Zur Aachener Straße, bitte.«

Der Taxifahrer nickt und dreht den Zündschlüssel. Das Taxameter beginnt die Wegstrecke in Zahlen zu übersetzten. Aus dem Radio ertönt leise Musik. Der Fahrer sagt nichts. Stumm sitzen wir nebeneinander und sprechen kein Wort, bis wir das Ziel erreichen.

»Sieben Euro zwanzig, bitte.« Ich krame das Geld aus der Jackentasche.

Meine Mutter öffnet die Haustür. Sie muss wohl schon nach mir Ausschau gehalten haben.

»Hallo Mama.«

»Sonja, schön, dass du endlich wieder da bist. Ich habe schon das Essen fertig. du isst doch noch etwas, bevor du gleich zum Klassentreffen gehst, oder?«

»Ja sicher, Mama.«

Wir gehen rein. Es riecht vertraut: nach Sauerkraut und gebratener Blutwurst. Papa sitzt im Wohnzimmer. Das Fernsehen läuft. Er schaut kurz auf.

»Dass du dich auch mal wieder hier blicken lässt …« Klasse, genau so hatte ich mir meinen Besuch zu Hause auch vorgestellt. Seit seiner Arbeitslosigkeit ist der Umgang mit ihm schwierig geworden. Meine Arbeit als Webdesignerin findet er völlig hirnrissig. Am liebsten hätte er mich in einem anderen, einem grundsoliden Beruf gesehen, zum Beispiel hinter irgendeinem Schreibtisch einer Bank oder Versicherung. Ich hatte es allmählich aufgegeben, mich mit meinem Vater auseinander zu setzen. Dafür sind wir einfach zu grundverschieden, fürchte ich.

2 Franz und Riefenstadt erreichen die Häusersiedlung am Stadtrand. Die Gegend wirkt unheimlich verlassen. Nur einige Kinder vertreiben sich die Zeit auf dem benachbarten Spielplatz. Die beiden klingeln. Die Gegensprechanlage rattert:
»Ja?«
»Frau Konjetzky?«
»Ja!«
»Kriminalpolizei. Bitte öffnen Sie uns die Tür.«
Es summt. Die beiden Beamten treten ein. Sie folgen der Treppe bis in den zweiten Stock. Hier steht eine kleine, dunkelhaarige Frau in der Türöffnung.
»Sind Sie Frau Konjetzky?«
»Was wollen Sie?«
»Können wir das bitte drinnen besprechen?« Beide Männer zeigen Ihre Dienstplakette und treten ein. In der Wohnung herrscht eine typische Ganztags-Hausfrauenordnung. Die Frau verschwindet in der Küche, um kurz darauf wieder zu ihrem Besuch zurückzukehren.
»Also, sagen sie mir nun, was Sie wollen?«
»Frau Konjetzky, es tut uns sehr leid, aber wir haben Ihren Mann heute tot aufgefunden.« Mit einem Mal wandelt sich die zarte Person in eine leichenblasse Gestalt.
»Was sagen Sie da? Tot?! Aber was … was ist denn …?«
»Wir wissen es noch nicht«, antwortet Franz. »Zur Zeit müssen wir allerdings auch einen Mord in Betracht ziehen. Seine Brieftasche trug er noch bei sich. Einen Raub können wir demnach mit ziemlicher Sicherheit als Motiv ausschließen.«
Die geschockte Witwe scheint erst jetzt zu begreifen und beginnt laut zu schreien:
»Gehen Sie! Gehen Sie! Hauen Sie ab! Raus hier!«
»Frau Konjetzky, wir wollen Sie jetzt ungern alleine lassen. Sie …«
»Haben Sie mich nicht verstanden? Hauen Sie endlich ab!«
»Wir müssen leider noch einige Fragen klären. Bitte kommen Sie morgen um elf Uhr auf das Präsidium. Frau Konjetzky – das Ganze tut uns sehr leid.« Die Frau scheint nichts zu hören. Der Schmerz steht in ihrem Gesicht geschrieben.

Als die Beamten die Wohnung verlassen, tritt ein junger Mann hinter dem Türrahmen hervor – Markus, der Bruder des Toten. Langsam nähert er sich seiner Schwägerin.

»Monika, es tut mir so leid. Ich habe gerade gehört, was passiert ist.« Seine Augen füllen sich mit Tränen.

Im Präsidium werden die beiden Kommissare von der Gerichtsmedizin mit neuen Informationen versorgt:

»Das Bein wurde mit einer Motorsäge abgetrennt. Oberhalb des Kniegelenkes ist die Hose fast vollständig zerfetzt und das gesamte Hosenbein mit Blut getränkt. Auf der Innenseite des Schenkels ist eine schwere Hautschürfung erkennbar. Die Querstreifen auf der Haut lassen klar erkennen, dass mit einem scharfen Gegenstand darüber geraspelt worden ist. Der Knochen ist scharfkantig durchgeschnitten und muss mit einer sieben Millimeter breiten Säge durchtrennt worden sein. Zudem befinden sich noch weitere Verletzungen und Hämatome am ganzen Körper. Vermutlich Spuren eines Kampfes. Ein grauenhafter Tod!«

Riefenstadt lässt sich angewidert in den Stuhl fallen.

»Konjetzky hat wohl noch einen Bruder. Markus Konjetzky. Der muss ebenfalls in der Siedlung wohnen, ist unverheiratet und in der hiesigen Papierfabrik beschäftigt.«

»Was ist mit der Ehefrau?«

»Die Kollegen haben sich in der Nachbarschaft umgehört: Die Konjetzkys leben recht zurückgezogen. Wenig Freunde. Zudem sind sie hoch verschuldet.«

»Vielleicht kann uns die Ehefrau morgen mehr sagen.«

Der Raum ist bereits voll. Die meisten drängeln sich um das Büfett und die kleine provisorische Bar. Okay, erst einmal einen Überblick bekommen. Manche erkenne ich sofort, andere Identitäten muss ich erst erraten. Jemand tippt mich an.

»Hallo Sonja. Schön, dass du auch kommen konntest.«

Es war Anita. Zu Schulzeiten hatte ich viel mit ihr zu tun. Wir waren fast unzertrennlich und haben die ganze schreckliche Pubertät zusammen durchlebt. Nach dem Schulabschluss haben wir uns dann aus den Augen verloren. Ich glaube, es war meine Schuld. Ich wollte damals einfach nur weg.

»Anita.« Es folgt eine zögerliche Umarmung.

»Schön, Dich nach so langer Zeit wieder zu sehen.«

»Komm zu uns. Wir stehen alle dort drüben.« Sanft zieht sie mich zu einer Gruppe: Michael, Erika, Ursula, Heike, Stefan und Henrik.

Ich stehe dort eine ganze Weile. Mein ungutes Gefühl hat sich inzwischen gelegt – der Alkohol tut sein Übriges. Hauptsächlich unterhalten wir uns über die vergangenen Tage, in denen wir noch eine eingeschworene Gemeinschaft waren. Lediglich einen vermisse ich: Dirk Konjetzky.

»Wo ist eigentlich Dirk?«

»Hör doch auf mit dem Arschloch!«, brüllt Michael zurück. »Der schuldet mir noch eine Menge Kohle.« Energisch und rot vor Wut greift er zur Bierflasche. Mir wird bewusst, dass ich damit ein kritisches Thema angeschlagen habe. Ich schaue fragend in die Runde. Unbeherrscht war Michael schon damals. Er gehört nicht zu den Leuten, mit denen man unkompliziert Probleme lösen kann. Dazu taugt Michael nicht.

»Der soll bloß bei seiner dämlich Alten bleiben, bevor ich mich vergesse. Jede Menge hab ich dem geliehen und anstatt es mir zurückzuzahlen, kauft der sich einen neuen Sportwagen und fliegt nach Miami. Dabei sind auch für mich die Zeiten alles andere als rosig. Na ja, als er dann nach Monaten immer noch nicht daran dachte, mir einen Teil zurückzuzahlen, habe ich dem eine aufs Maul gegeben. Seitdem traut er sich wohl nicht mehr in meine Nähe.«

Stille. Ich spüre, wie mit einem Mal die zuvor ausgelassene und fröhliche Stimmung umgekippt. Heike mahnt Michael zur Ruhe. Anita zupft mich am Arm.

»Komm gehen wir. Hast du noch Lust auf ein paar Cocktails im Colour?«

Eigentlich war alles besser, als noch länger hier zu bleiben.

»Ja, gute Idee. Gehen wir!«

3 Im Colour ist es wie immer stickig und laut. Heute ist Drum & Bass Abend. Anita beißt in die Deko-Orange ihres Cocktails.

»Wie ist es für dich, nach mehr als fünfzehn Jahren alle wieder zu sehen? Es muss dir doch im Vergleich mit Frankfurt hier alles sehr provinziell vorkommen!«

»du hast recht. Es ist, als hätte sich nichts verändert. Sogar hier hat sich nur die Musik der Zeit angepasst. Mein Vater ist immer noch nicht gut auf mich zu sprechen. Ich muss für ihn auf ganzer Linie eine Enttäuschung sein. Webdesignerin in Frankfurt ...«

»Hast du jemanden an deiner Seite, also ich meine, bist du verheiratet?« Die Frage musste irgendwann kommen.

»Nein«, antworte ich nur knapp und merke, wie die Fragerei persönliche Züge annimmt, die ich unbedingt vermeiden will. So versuche ich meine offensichtliche Verlegenheit zu überspielen, ziehe an meinem Strohhalm und antworte:

»Bis vor kurzem war ich noch mit jemandem zusammen. Hat sich aber erledigt. Und bei dir?« Sehr gut, denke ich. Angriff ist die beste Verteidigung.

»Auch nicht spektakulär. Habe keinen Typ momentan. Nur eine kleine Affäre ab und zu.« Ich nicke. Es vergeht einige Zeit, bis ich das Schweigen wieder unterbreche.

»Was sagst denn du zu der Szene mit Michael gerade. Ein Hitzkopf war der schon immer, aber ich habe es fast ein bisschen mit der Angst zu tun bekommen.«

»Michael hat sich kaum geändert. So viel habe ich nicht mehr mit ihm zu tun. Ist mir viel zu anstrengend. Die Geldstory habe ich nur am Rande mitbekommen. Dirk hat in der letzten Zeit immer öfter den großen Macker raushängen lassen. Wir fragten uns natürlich alle, wie er seinen Lebensstil mit seinem Gehalt finanziert. Irgendwann hat mir Heike dann erzählt, dass Michael ihm Geld geliehen hat und nun ziemlich sauer ist.«

Plötzlich verstärkte sich wieder mein ungutes Gefühl. Bloß weg.

»Anita, sei mir bitte nicht böse, aber ich geh jetzt nach Hause. Ich bin hundemüde.«

»Sicher.« Ihr Gesicht zeigt die Enttäuschung über meinen plötzlichen Entschluss.

»Sehen wir uns, bevor du wieder nach Frankfurt abziehst?«

»Hier – meine Karte. Wir können in Kontakt bleiben.« In meinem Portemonnaie finde ich eine Visitenkarte. »Machs gut. Vielleicht laufen wir uns in der nächsten Zeit mal über den Weg oder du kommst mich in Frankfurt besuchen.« Anita lächelt kurz.

»Ich rufe dich an!« Ich nehme sie kurz in den Arm und quetsche mich durch das Gewühl nach draußen. Es regnet.

In der Zeitung ist ein großes Porträtfoto von ihm abgebildet. Es handelt sich ohne Zweifel um Dirk. In der Überschrift heißt es: ›Rätselhafter Leichenfund‹. Ich verstehe nicht und lese den Text:

Rätselhafter Leichenfund in Düren. Als die Polizeibeamten gestern den Tatort, ein nahe gelegenes Waldstück, aufsuchten, fanden sie den Körper eines 32jährigen Düreners ... Den Beamten bot sich ein grausames Bild: Das rechte Bein des Opfers war oberhalb des Knies abgetrennt. Wie es zum Tod gekommen ist, soll eine Obduktion klären. ›Wir schließen ein Tötungsdelikt nicht aus‹, erläutert der Polizeisprecher.

Dirk ist tot!

»Das glaube ich nicht. Das kann nicht sein.«

Meine Mutter, die gerade dabei ist, den Kaffee zu kochen, sieht mich fragend an.

»Tot, was redest du denn da?«

4 Mein Handy klingelt. Es ist Anita.

»Bist du noch in Düren?« Obwohl sie offensichtlich versuchte ihre Nervosität zu verbergen, bemerke ich die Anspannung in ihrer Stimme.

»Ja, ich bin noch nicht abgereist.«

»Hast du den Artikel in der Zeitung gelesen – ich meine den über Dirk?«

Ich bin noch verwirrt. Gerade habe ich erfahren, dass ein alter Schulfreund von mir mit abgesägtem Bein aufgefunden worden ist. Die Nähe des schrecklichen Ereignisses ist mit einem Mal unerträglich präsent.

»Ja, ich weiß gar nicht, was ich dazu sagen soll. du hattest noch mehr Kontakt zu Dirk. Wer könnte so etwas Grauenvolles gemacht haben? Ich meine, die schließen einen Mord nicht aus!«

»Die verdächtigen Michael. Die Ehefrau von Dirk hat heute morgen wohl zu Protokoll gegeben, dass sie sich bereits seit Monaten von Michael bedroht fühlten – es gab den Stress wegen der Schulden. du hast das Theater gestern ja auch mitbekommen.«

Michael ein Mörder? Auch wenn ich meine Phantasie noch so sehr bemühte, den alten und zugegeben hitzköpfigen Freund kann ich mir einfach nicht als Mörder vorstellen. Nein, das ist ausgeschlossen!

Kommissar Franz reicht seinem Partner das Vernehmungsprotokoll der Witwe.

»Sie war alles andere als gesprächig, meinst du nicht auch? Und immer wieder die Schuldzuweisung an Michael Bundschuh.«

»du weißt, dass Geld eines der stärksten Motive für menschliche Abgründe ist. Vielleicht haben wir in Bundschuh tatsächlich einen möglichen Täter. Zumindest können wir es nicht ausschließen. Bundschuh ist bis jetzt unsere einzige Spur.«

Riefenstadt beginnt laut vorzulesen: »... er rief ständig bei uns an und attackierte meinen Mann fortwährend mit Beschimpfungen. Noch vor drei Wochen drohte er, dass er uns das Leben zur Hölle machen werde, wenn er nicht bald sein Geld bekomme. Zuvor ist er mal besoffen vor unserer Haustür aufgetaucht, um Dirk an die Gurgel zu gehen. Mein Schwager ist noch rechtzeitig dazwischen gegangen ...

Wir schulden Michael – ich meine Herrn Bundschuh – um die 100.000 Euro. Einen Betrag in dieser Höhe konnten wir nicht so schnell auftreiben. Bundschuh wurde ungeduldig und fing an, uns immer mehr zu schikanieren. Der ist zu allem fähig. Ich bin mir sicher: *Er* hat meinen Mann auf dem Gewissen.«

»Merkwürdig. Ich verstehe das nicht. Warum leiht Bundschuh Konjetzki einen solch hohen Betrag? Er kennt seinen Freund schon seit einer halben Ewigkeit. Warum wusste er nicht vorher um seine schlechte Zahlungsmoral? Was erhoffte sich Bundschuh von dem Deal?«

5 Ich liege auf meinem Bett. Irgendwo in meinem Schrank finde ich mein altes Schulalbum. Auf einem Abschlussfoto steht unsere damalige Clique in der rechten Bildecke: Michael, Erika, Ursula, Heike, Stefan, Henrik, Anita, Dirk und ich. Ich bilde mir ein, dass alle fröhlich aussehen. Es war eine aufregende Zeit. Wir dachten damals, dass uns nichts auseinander bringen wird. Doch dann floh ich als erste aus dieser Kontinuität des täglichen Stillstandes. Auch Erika zog nach Berlin, um dort Psychologie zu studieren. Alle anderen sind hier geblieben. Einer ist jetzt tot. Auch wenn Michael schon immer der Unbeherrschte war – er war derjenige mit den meisten Prügeleien auf der gesamten Schule – würde er doch nie soweit gehen, einen anderen Menschen umzubringen. Schon gar nicht einen Freund, da bin ich mir ziemlich sicher.

»Herr Bundschuh, Sie haben Herrn Konjetzki mehrfach massiv

bedroht. Zuletzt sogar in seiner Abwesenheit und vor einer Menge von Zeugen. Die Frau des Toten erhebt schwere Vorwürfe gegen sie. Frau Konjetzky sprach von häufigen Drohungen und tätlichen Übergriffen auf ihren Ehemann in der Vergangenheit. Bei einem Vorfall musste sich der Bruder des Verstorbenen einschalten, um eine schwere körperliche Auseinandersetzung zwischen Herrn Konjetzky und Ihnen zu verhindern.« Franz erläutert dem Verdächtigen nüchtern den Inhalt des Gesprächsprotokolls. Bundschuh ist erregt.

»Dieses Schwein hat sich von mir 100.000 Euro geliehen. Seit mehr als zwei Jahren warte ich nun auf die Rückzahlung, zumindest von einem Teil der Kohle.« Er schnappt wütend nach Luft. »Überall ließ er den coolen Macker raushängen. Konjetzki war schon immer ein egozentrisches Arschloch. Hauptsache die Weiber stehen auf ihn.« Bundschuh wird lauter. Sein Gesicht ist rot. Er nimmt die Schachtel Zigaretten vom Tisch und zündet sich eine an. Nervös zieht er ein paar Mal.

Dann schaltet sich Franz wieder ein und versucht sich an einer zaghaften Analyse:

»Ihr Freund hat sie enttäuscht. Sie fühlten sich ausgenutzt und vielleicht auch nicht genügend ernst genommen. Mit einer makaberen Idee wollten Sie sich Respekt verschaffen und gleichzeitig bei Konjetzky rächen. Eine Tötung war nicht beabsichtigt. In einer schicksalhaften Begegnung rasteten Sie aus. Er sollte Sie nicht mehr länger verhöhnen. Sie griffen zu einer Motorsäge – zunächst nur um ihm Angst zu machen – und irgendwann rammte sich das Gerät fast von selbst in das weiche Fleisch …«

»Hören Sie endlich auf damit. Sie sind vollkommen übergeschnappt.«

»Wir finden es nur äußerst merkwürdig, dass Sie einem Bekannten, dessen schlechte Zahlungsmoral Ihnen bekannt gewesen sein dürfte, so viel Geld leihen. Zudem haben Sie sich mit Herrn Konjetzky anscheinend auch nicht sonderlich gut verstanden.«

»Dirk ist ein alter Kumpel von mir. Als er mich damals nach Geld fragte, empfand ich das als ganz selbstverständlich.«

»Das Opfer wies mehrere Wunden am Körper auf, die von einem Kampf herrühren könnten.«

»Ach so. Dann komme ja nur ich in Frage. Der cholerische Freund mit einem Eins-A-Motiv. Ich sage Ihnen eines: Sie schieben mir die Sache nicht in die Schuhe. Und jetzt verlassen Sie sofort mein Haus.«

Konjetzkys Bruder ist von großer Statur. Tiefe Gesichtsfalten täuschen über sein junges Lebensalter hinweg. Die Haare hängen in einem Zopf auf den Schultern und seine Zähne lassen auf mangelnde Zahnpflege schließen. Sein gesamtes äußeres Erscheinungsbild ist wenig gepflegt. Als es an seiner Tür klingelt, versucht Markus die Störung zunächst zu ignorieren. Er will mit keinem sprechen. Schließlich ist sein geliebter Bruder tot. Als es erneut klingelt und sich die schrillen Töne wieder in die Stille der Räume bohren, öffnet Konjetzky.

»Was wollen sie?«

»Herr Konjetzky?«

»Ja.«

»Unser Beileid. Wir sind von der Kriminalpolizei und bearbeiten den Tod Ihres Bruders. Dürfen wir einen Moment hereinkommen?«

Konjetzky lässt die beiden Beamten herein. Sie nehmen im Wohnzimmer Platz. Auf dem Tisch steht billiges Dosenbier. Konjetzky lässt sich auf den Sessel fallen. »Sie standen ihrem Bruder sehr nahe. Ist Ihnen aufgefallen, ob er sich in letzter Zeit von jemandem massiv bedroht fühlte?«

Konjetzky antwortet nicht gleich. Sein Oberkörper wippt nach hinten.

»Ja, von dieser Drecksau. Michael. Ich musste einmal sogar dazwischen gehen, als Michael auf Dirk losging.«

»Worum ging es bei der Auseinandersetzung?«

»Geld. Dirk hatte sich was von ihm geliehen.«

»Hat Ihr Bruder mal über die Möglichkeiten einer Rückfinanzierung gesprochen? Ich meine, wie wollte er den Schuldenberg abbauen? Sein Lebensstil war auch nicht gerade bescheiden.«

Konjetzky nippt an der Bierdose und zieht erneut an seiner Zigarette. Er lässt einige Zeit vergehen, bis er antwortet.

»Nein, ich weiß nicht, was er vorhatte.«

Franz wirft Riefenstadt einen ratlosen Blick zu. Riefenstadt muss zugeben, dass er sich von dem Gespräch mit dem Bruder mehr erhofft hat. Keiner aus dem Personenkreis des Toten ist wirklich aufgeschlossen. Doch Riefenstadt spürt instinktiv, dass irgendwo hier der Schlüssel zum Geheimnis zu finden ist.

Der Beamte wendet sich zu seinem Kollegen: »Lass uns gehen.«

Anita sitzt im Auto. Wegen ihres ausgeschnittenen Oberteils sind die roten hektischen Flecken deutlich sichtbar. Mir fällt ein, dass man ihr schon früher jede Aufregung ansah. Wir fahren die Landstraße runter. Es regnet immer noch.

Was wir bei Michael wollen, wissen wir selbst nicht so genau. Vielleicht hoffen wir auf eine simple Klärung der Dinge. Ich weiß nur, dass nicht sein kann, was nicht sein darf. Was für eine Illusion zu glauben, die Reise in die Vergangenheit würde einen unkomplizierten Weg darstellen. Jetzt geschah ein Mord in dieser spießigen Beinahe-Kleinstadt, die keiner kennt.

Anita sagt nicht viel. Sie sitzt wortlos neben mir. Endlich erreichen wir Michaels Haus. Es ist ein kleines Reihenhaus mit Vorgarten. Michael selbst öffnet uns die Tür.

»Was wollt ihr denn hier? Hat es sich etwa schon herumgesprochen?«

»Michael, wir …« – zu mehr kam Anita nicht.

Michael ahnte den Grund unseres Besuches und beendet ihn abrupt, indem er nach einem ausdrücklichen ›Verschwindet‹ die Tür ins Schloss fallen ließ. Es war ein Fehler, hier aufzutauchen. Was hatten wir uns nur dabei gedacht?

6 Die Polizei hatte die Witwe aufgefordert, alle persönlichen Unterlagen sowie Dokumente einzureichen. Auf Martin Sandschneiders Tisch liegt nun ein kleiner, unsortierter Papierhaufen ohne erkennbare Ordnung. Mit Akribie durchforstet der Beamte die Quellen. Er wundert sich über die hohen Ausgaben eines toten Kfz-Mechanikers. Als er die Soll-Beträge gedanklich summiert, schüttelt er den Kopf… Ein neuer Audi, Reisebelege und Flugscheine über Flüge nach Miami, eine B&O-Hifi-Anlage und, und, und.

Es klopf an der Bürotür und Riefenstadt betritt Sandschneiders Büro.

»Nicht schlecht für einen Kfz-Mechaniker – ich glaube, ich sollte den Beruf wechseln.«

»Konjetzky hat aber immer nur das Geld anderer Leute ausgegeben. Er kannte kein Maß. Auch wenn Konjetzky Bill Gates gewesen wäre, hätte er womöglich noch weit über seine Verhältnisse gelebt«, glaubt Riefenstadt zu wissen.

Sandschneider untersucht die Papiere weiter. Plötzlich:

»Riefenstadt, sehen Sie.«

Der Kommissar folgt der Aufforderung, um den Grund für Sandschneiders plötzliche Erregung festzustellen.

»Interessant. Bitte rufen Sie den mal an!«

»SONDAKU-Versicherung, Ulrike Grad. Was kann ich für Sie tun?«

»Martin Sandschneider von der Kripo Düren. Bitte verbinden sie mich mit Udo Kontos.«

»Einen Moment, ich versuche Sie zu verbinden. Ansonsten wählen Sie bitte die –320 am Ende.«

Es erklingt eine Warteschleife mit der ewig gleichen monotonen Melodie.

»Kantos. Guten Tag.«

»Herr Kantos, es geht um einen Ihrer Versicherten – Dirk Konjetzky.«

»Dirk Konjetzky? Ja, was ist mit ihm?«

»Er ist tot. Konjetzky wurde in einem Waldstück bei Düren gefunden. Wir ermitteln die näheren Umstände, die zu seinem Tod führten. Wären Sie bereit, mir einige Fragen zu beantworten?«

Sandschneider fühlte eine unruhige Stille.

»Ja, ja sicher. Tot, sagen Sie? Mein Gott, das ist ja schrecklich! Was wollen Sie denn genau wissen?«

»Hat Herr Konjetzky in der letzten Zeit bei Ihnen eine Versicherungspolice abgeschlossen?«

»Ja, eine Krankenschutzpolice mit Unfallversicherung.« Am Telefon herrscht für einen kurzen Moment Stille. Dann erklärt Sandschneider: »Sein Bein lag abgetrennt neben dem Körper. Wir wissen, dass diese Verletzung zum Tod führte – Dirk Konjetzky ist an dieser riesigen Wunde verblutet.«

»Mein Gott, dass ist ja entsetzlich.« Sandschneider merkt, wie sich die Stimme des Versicherungsvertreters mit einem Mal belegt anhört. Kontos räuspert sich bevor er fortfährt.

»Herr Konjetzky hat wie gesagt vor etwas mehr als einem Jahr eine Krankenschutzpolice mit Unfallversicherung bei SONDAKU abgeschlossen. Ich kann mich noch genau an diesen speziellen Fall erinnern, da er damals eine außergewöhnlich hohe Prämie im Versicherungsfall aushandeln wollte. Mein erstes Angebot, eine Versicherungsprämie von 125.000 Euro im Falle einer hundertprozentigen Invalidität, lehnte er ab. Die Summe sei viel zu niedrig. Letztendlich haben wir aus auf eine Police über 250. 000 Euro geeinigt.«

»Und Sie wurden nicht misstrauisch, als ein junger Mann, der zudem in keinem sonderlich gefährlichen Beruf arbeitet, um eine solch hohe Summe feilschte?«

»Sie haben Recht. Zunächst war ich misstrauisch – das liegt uns Versicherungsleuten im Blut. Gerade bei diesem speziellen Versicherungspaket. In diesem Bereich häufen sich gerade in der letzten Zeit Fälle von Selbstverstümmelungen. Die Versicherten wollen sich damit ihre lebenslange Rente sichern. Das ist es doch, worauf Sie mit Ihrer Frage hinauswollen, oder?«

»Es ist zumindest eine Möglichkeit. Immerhin war Konjektzky hoch verschuldet. Wir vermuten, dass er sich selbst das Bein abgetrennt hat und dann an den Folgen gestorben ist.«

»Wir vermuten, dass Ihr Mann sich selbst seine tödlichen Verletzungen beigebracht hat, um eine Versicherungsprämie zu kassieren.«

»Was reden sie da? Sind sie noch bei Trost?« Frau Konjetzky kann nicht glauben, was die beiden Polizisten da Ungeheuerliches behaupteten.

»Es stimmt.« Die Frau dreht sich zu ihrem Schwager, der wie versteinert in der Ecke steht.

»Was sagt du da?« fragt sie ungläubig.

»Ich kann nicht mehr länger schweigen. Vor einem Jahr kam Dirk zu mir und bat mich, ihm bei der Ausführung eines todsicheren Plans zu helfen: Er opfert sein Bein und bekommt dafür eine ganze Menge Geld von der Versicherung. Dirk sagte immer wieder, dass er jemanden kennen würde, der auch nur mit einem Bein und einer Prothese gut zurechtkam. Dafür würde es sich glatt lohnen. Ich war schließlich davon überzeugt, dass wir da ein ganz großes Ding hinlegen. Keiner kann uns was, und auf einen Schlag reich. So sägte ich ihm auf sein Bitten hin das Bein ab und verschwand. Die Säge entsorgte ich auf einer Mülldeponie. Dirk hatte vorher ein paar Schmerztabletten genommen, um eine eventuelle Bewusstlosigkeit zu vermeiden. Als er anfing zu schreien, wollte ich aufhören, doch Dirk schrie mich an, ich solle gefälligst weitermachen. Und jetzt ist er tot.«

Seine Worte stehen wie Blei im Raum. Die Witwe beginnt mit den Fäusten auf ihren Schwager einzuschlagen. Als sie aufhört, blickt sie auf. Als wäre ihr mit einem Mal das eben Gesagte bewusst geworden, blickt sie erschreckt in die Runde:

»Als Dirk und ich schon verheiratet waren, hatte ich mal eine

Affäre mit Michael. Lange hat Dirk nichts davon mitbekommen, bis er eines Tages durch einen blöden Zufall dahinter kam. Michael fühlte sich schuldig, nachdem die Karten offen auf dem Tisch lagen und wir uns von meinem Mann die schlimmsten Vorwürfe anhören mussten.« Während sie erzählt, zittert ihre Stimme und die Tränen vergießen sich über den Wangen.

»Michael zog sich eine Weile ganz aus unserem Leben zurück. Er muss unter der Trennung auch entsetzlich gelitten haben. Dirk veränderte sich mit der Zeit immer mehr. Irgendwann fing er an, nur noch von Geld zu reden. Er hat regelrecht Buch über das Einkommen und die Besitzverhältnisse anderer Leute geführt.« Sie hält für einen Moment inne. »Da wollte er mitziehen. Geld war plötzlich für ihn das Maß aller Dinge. Tja, als dieses dann knapp wurde, kam Dirk auf die Idee, wie er Michael eins auswischt und dabei noch schnell zu Geld kommt: Er machte sich das schlechte Gewissen von Michael zu Nutze. Auf unbestimmte Zeit lieh er sich immer mehr und mehr Geld von ihm, bis auch das schlechte Gewissen an seine Grenzen stieß. Michael stoppte die Geldquelle und verlangte sogar die baldige Rückzahlung der bereits gemachten Schulden. Immer häufiger kam es zu massiven Auseinandersetzungen zwischen den beiden. Und dann muss er wohl geglaubt haben, dass er mit dem Versicherungstrick den ganz großen Coup landet. Markus, ich verstehe nicht, wie du ihn dabei unterstützen konntest!«

Die Frau senkt wieder den Blick. Die Polizei fordert den Bruder auf mitzukommen.

Nach unserem peinlichen Auftritt bei Michael sind dies wieder die ersten Nachrichten, die ich höre: Dirk hat sich selbst das Leben genommen. Sein Schwager hat ihm dabei geholfen und ist sogar geständig. Seine Frau ist kurz darauf in eine psychiatrische Klinik eingeliefert worden. Obwohl sie in den Plan von Ehemann und Schwager nicht eingeweiht war, plagt sie sich mit entsetzlichen Selbstvorwürfen. Die Polizei vermutet, dass sich die letzten Todesminuten wie folgt abgespielt haben: Dirk wählte mit seinem Handy plangemäß die eingespeicherte Notrufnummer der Polizei, um die notwendige Hilfe zu ordern. Zu diesem Zeitpunkt hörten die diensthabenden Beamten am anderen Ende nur noch ein Röcheln. Ihm fehlte die Kraft zum Sprechen. Kurz darauf muss es eine Spritzblutung gegeben haben. Dirk hatte keine Chance mehr.

Die anderen Wunden am Körper hatte ihm sein Bruder auf eigenen Wunsch beigebracht. Es sollte so aussehen, als sei er Opfer einer Auseinandersetzung geworden. Wie hätte er auch anders sein abgesägtes Bein der Versicherung plausibel erklären können?

Mir ist schlecht.

Nun sitze ich wieder im Zug nach Frankfurt. Vorbei an herbstlich gefärbten Bäumen. Vorbei an abgeernteten Feldern, einzelnen Häusersiedlungen und Kirchen. Vorbei ist auch ein Alptraum von Klassentreffen, in dem ich zum Zuschauer eines tragischen Aktes der Verzweiflung wurde. Das Leben geht weiter: »Man kann die Bühnen wechseln. Das Stück, das gespielt wird, bleibt dasselbe.«

Andrea Roos
Alaaf!

E r hatte ein leichtes Zucken in den wässrig blauen Augen, als er an dem obersten Knopf des Hemdes herumnestelte. Der große, bunte, rechteckig geformte Orden mit den Buchstaben des Aachener Karnevalvereins darauf würde auf der nackten Haut des Oberkörpers besser wirken als auf diesem rot-schwarz karierten Hemd. Die schwammige Haut am Hals, aus der das Blut schon zurückgewichen war, hing in schlaffen Wülsten über dem Kragen und das Licht des Vollmonds, das gerade von einer vorbeigezogenen Wolke freigegeben worden war, ließ dunkle Schatten in den erstarrten Augen tanzen. Es war nicht leicht gewesen, den schlaffen Körper des schweren Mannes hierher in das halb verfallene, ausgebrannte Haus am Brüsseler Ring am Rande des Aachener Waldes zu bringen, aber nun war das Gröbste geschafft. Endlich hatte er auch den Orden an der richtigen Stelle platziert. Man konnte denken, der Orden sei auf der fleischigen, weißen Haut eintätowiert. Er war zufrieden. Das würde noch authentischer wirken. Seine Probleme waren nun gelöst. Er war nun nicht mehr aufgeregt wie am Anfang. Das Töten war die schwerste Arbeit gewesen. Den richtigen Moment abzupassen und sich dann nur auf den Schlag auf den Hinterkopf zu konzentrieren, ohne hysterisch oder panisch zu werden und nicht mehr das richtige Maß zu halten. Es hatte geklappt, der Mann war sofort in sich zusammengefallen. Plan nach langer Zeit ausgeführt. Nicht immer nur daran gedacht. Geschafft. Nun war er sehr müde. Nochmals ein prüfender Blick auf ›das Werk‹. Ja, es stimmte alles außer …

»Klenkes, wo bist du?« Dieser Hund, immer auf Achse – oder ab und zu auf verschobener Achse –, Agatha musste immer lachen, wenn sie daran dachte, wie das kleine schwarze, langhaarige Wollknäuel mit der weißen Brust vor cirka einem dreiviertel Jahr den ersten Versuch unternommen hatte, das Bein zu heben und sie spontan an das ›geheime‹ Erkennungshandzeichen von Aachenern gedacht hatte, die sich mit abgespreiztem kleinen Finger außerhalb Aachens als Einheimische zu erkennen gaben. Damals hatte sie sich spontan entschlossen, ihren Hundewelpen in ›Klenkes‹ umzutaufen, da sie seine eigentümliche Position beim ›kleinen Geschäft verrichten‹, die er nach den ersten kläglichen Versuchen beibehalten hatte, jedes Mal fatal an das Aachener Handzeichen erinnerte: Das Bein waagrecht nach hinten weg zu strecken und dabei das Gleichgewicht zu halten, war schon ein kleiner Balanceakt an sich.

Klenkes war ein sehr neugieriger und lebhafter Hund, aber auch sehr dickköpfig. Besonders wenn er etwas Interessantes entdeckt hatte, so wie jetzt im Moment mal wieder. Es war fünf Uhr früh und Agatha hatte die ganze Nacht unter Zeitdruck an einer englischen Übersetzung gesessen, die heute Nachmittag zur Abgabe fällig war. Sie war todmüde und hatte sich richtig zwingen müssen, der Anziehungskraft ihres Betts zu widerstehen und eine ›Klenkes-Tour‹ – wie sie es nannte, wenn er Gassi gehen wollte – zu unternehmen, um sich dann noch ein paar Stunden auszuruhen, bevor sie nochmals letzte Korrekturen am übersetzten Text vornehmen wollte. Im Gegensatz zu ihr war Klenkes jedenfalls äußerst ausgeschlafen und wohl auf einem seiner längeren Erkundungsgänge nach dem Motto: Ich-entdecke-die-Welt-aus-der-Hundeperspektive.

»Aber doch nicht um fünf Uhr in der Früh', wenn ich stehend einschlafen könnte.«

Agatha wurde zunehmend ungeduldig und wollte gerade nochmals in schärferem Ton nach ihm rufen, als sie ein aufgeregtes Gemisch aus Winseln und Bellen hörte. Das war ihr Hund, aber so hatte sie ihn noch nie Laut geben hören. Da musste etwas sein. Hatte er sich verletzt? Wo kam das Bellen her? Plötzlich war sie hellwach.

»Klenkes, Junge, komm her, schnell.«

Ihre Stimme war schrill, als sie reflexartig nach ihm rief, während sie zu orten versuchte, woher das Bellen kam. Mittlerweile hatte die Dämmerung bereits eingesetzt und die Silhouetten der hohen Tannen, die den kleinen Pfad, der von der Straße aus in den Aachener Wald führte, säumten, traten bereits milchig verschwommen aus der Dunkelheit hervor. Erneut dieses hohe Bellen. Nun konnte sie die Richtung ausmachen. Es kam aus der Nähe des ausgebrannten Hauses, das am Anfang des Waldpfades stand. Agatha hatte sich auf ihren vielen Klenkes-Touren, die meistens hier vorbeiführten, da ihre Wohnung in der Nähe lag, immer gewundert, warum dieses in einer der besten Gegenden von Aachen gelegene Haus mit dem großen, nun verwilderten Garten niemals wieder aufgebaut worden war. Das Grundstück alleine musste schon sehr viel wert sein. Je näher sie auf das verfallene Haus zurannte, desto mulmiger wurde ihr. Hoffentlich hatte sich ihr Hund nicht verletzt. Ja, Klenkes musste in den Garten des Hauses gelangt sein, obwohl das Grundstück von einem – im Gegensatz zu dem verkohlten, ripparteigen Haus – neuen, sehr stabilen, mannshohen Maschendrahtzaun eingezäunt war. Das rief bei Agatha jedes Mal, wenn sie vorbeilief, das komische Bild einer angeschlagenen Porzellantasse als einzigem Gegenstand in einem polierten Safe hervor. Als sie jedoch näher kam, sah sie, dass ein großes Loch in den Zaun geschnitten worden war.

»Was war das für ein Geräusch?«

Seine Backenmuskeln zuckten. Er hatte die zur Kennzeichnung seines ›Werkes‹ erforderliche Ausrüstung, das fein polierte Skalpell aus Edelstahl und das weiße Geschirrtuch aus Leinen, bereits feinsäuberlich wie ein Chirurg vor sich ausgebreitet. Seinen großen schwarzen Siegelring hatte er abgelegt, da er ihn bei der exakten Zeichnung seiner Signatur stören würde. Nun wollte er das kalte Metall des Skalpells in seiner Hand spüren, das die ersten wohligen Schauer durch seinen Körper jagen würde, bevor er mit jedem Buchstaben, den er auf die vor ihm liegende kalkweiße Stirn eingravieren würde, einen kleinen Höhepunkt der Lust und absoluten Befriedigung erleben würde. Fünf Buchstaben A-L-A-A-F, jeder Buchstabe ein Hochgefühl an sich, perfekte Momente der Vollendung und Befreiung seiner dunklen, qualvollen, grausamen Bedürfnisse, die ihn im Laufe der Zeit zunehmend bedrängten und die Herrschaft über sein ganzes Sein und Denken übernahmen, bis er sich endlich nach langer Planung für einige kurze Momente Erleichterung verschaffen konnte. So wie jetzt. Er wollte nicht gestört werden, nicht jetzt. Da – wieder ein Rascheln – aus dem verwilderten Gartengrundstück. Sein Blick wandte sich zu dem verkohlten Loch in der Mauer, das wohl einmal die Terrassentür zum Garten gewesen war und nun notdürftig mit zwei losen, verwitterten Brettern vernagelt war, die mittlerweile fast von Unkraut und Moos bedeckt waren.

»Wahrscheinlich nur eine Maus oder ein Hase.« Er war in letzter Zeit oft hier gewesen, um sich wie immer akribisch auf diesen Höhepunkt vorzubereiten und war für alle Eventualitäten gerüstet, er hatte sogar ein Versteck vorbereitet, falls er überrascht werden sollte. Kein Grund abzubrechen. Fast zärtlich nahm er sein Werkzeug in die Hand. Er musste sich konzentrieren. Der Winkel beim Ansetzen des Skalpells war genauso wichtig wie der richtige Schnitt beim A-

Schrägstrich nach oben. Das erste A war gut gelungen, es kam auch kaum noch Blut, so dass er das weiße Geschirrtuch zum sauberen Auswischen der Buchstaben kaum brauchen würde. Das war gut, viel besser als beim letzten Mal. Seine Schläfen pochten und, ausgelöst durch seine Euphorie, jagten heiße Wirbel durch seinen Körper und setzten sich als rotes Fadengeflecht in seinen Pupillen ab. Nun das L … Ein Knurren hinter ihm. Das L, gerade im Begriff mit dem Skalpell sauber in der Längslinie nach unten in die Stirn graviert zu werden, bekam einen hässlichen, zackigen Schlenker nach außen, als er herumfuhr. Hinter ihm, etwa drei Meter entfernt von der Türöffnung, stand ein ungefähr 40 cm hohes, langhaariges, schwarzes Wesen, das in der dunkelgrauen Halbdämmerung wie eine Mischung zwischen Hund und Waschbär aussah. Wutentbrannt schnellte er aus seiner knienden Stellung hoch und zischte:« Hau ab, du Vieh.» Das Vieh jedoch fing aufgeregt zu bellen an und sprang wie ein wilder Kobold um ihn herum. Er musste es zum Schweigen bringen. Mit einer schnellen Bewegung griff er sich einen der abgebröckelten alten Ziegelsteine, die hier überall auf dem Boden lagen, und warf ihn nach dem Hund. Ein aufheulendes Winseln folgte. Gut, er musste ihn an der Hinterhand getroffen haben. Jetzt noch den Kopf und das Vieh würde ihn nicht mehr stören.

Als Agatha das Loch im Zaun sah, überkam sie ein sehr mulmiges Gefühl. Hier ging etwas nicht mit rechten Dingen zu. Ihre Stimme zitterte, als sie nochmals nach Klenkes rief.

Er erstarrte und ließ den schweren Backstein wieder fallen, als er die Stimme einer Frau von draußen rufen hörte. Da war jemand, dieser komische Hund streunte nicht alleine herum. Was sollte er tun? In sein Versteck verschwinden? Die Person und den Hund zum Schweigen bringen? Ruhe bewahren. Nicht leicht jetzt. Die wohlige Hitze, die noch vor Minuten in heißen, ekstatischen Wirbeln in seinem Körper getanzt hatte, zersetzte sich in kleine, brennende Wutknäuel, die es ihm schwer machten, kühl mit dieser Situation umzugehen. Aber er musste angemessen reagieren.

Agathas Herz pochte laut und hallte als warnende Stimme in ihrer Bauchgegend wider. Die Wipfel der Bäume, die sich leicht im Wind wiegten, schienen die Stimme als Widerhall aufzunehmen und ihr zuzuflüstern: »Weg hier.« Alle ihre Sinne waren auf eine bedrohliche, nicht greifbare Gefahr ausgerichtet. Was sollte sie tun? Sie konnte Klenkes nicht im Stich lassen, das würde sie sich niemals verzeihen. Zusammenreißen. Handeln. Nicht panisch werden, vielleicht war ja gar nichts Schlimmes passiert. Ruhig bleiben, rational denken. Instinktiv nestelte sie in den Taschen ihrer englischen Wachsjacke herum. Sie brauchte etwas, das ihr das Gefühl geben würde, handeln zu können, der Gefahr entgegen zu treten, etwas zum Festhalten und Weitergehen um ihre Angst im Zaum zu halten. Papiertaschentücher, Hundekuchen, Zigaretten, Feuerzeug in der rechten Tasche, ihr Schlüsselbund und die Hundeleine in der linken Tasche. Der Schlüsselbund – das kleine, rote Schweizer Minimesser als Schlüsselanhänger mit den verschiedenen Funktionen. Sie hatte ihre Finger kaum unter Kontrolle, während sie versuchte das Messer aus der Scheide heraus zu ziehen. Tief durchatmen. Endlich bekam Sie es zu packen und klappte es auf. Besser als nichts. Klenkes bellte immer noch, seine Stimme fast am Überschnappen.

»Ich komme, Junge.« Ihre Knöchel traten weiß hervor, so fest hielt sie das kleine Messer in der Hand, als sie sich bückte, um durch das Loch auf das Grundstück zu gelangen. Oh nein, sein Bellen kam nicht aus dem Garten, sondern aus dem Haus.

War er in irgendein Loch gefallen und kam nicht mehr heraus? Hatte er Gift gefressen? Vielleicht hatte er sich etwas gebrochen.

Agatha rannte auf das Haus zu, und die Stimme der Angst in ihrem Inneren wurde übertönt von der Sorge um ihren kleinen Gefährten. Hier – eine Maueröffnung mit zwei halbverwitterten Brettern vernagelt –, leicht, hindurch zu schlüpfen. Im Halbdunkel waren nur Umrisse und Schatten erkennbar.

»Klenkes, wo bist du?« Da, ein schwarzer, kleiner Koboldschatten, der winselnd und jauchzend mit seltsam ungelenken Bewegungen auf sie zustürmte und ihr wie wild die Hände ableckte. Ein Stein fiel ihr vom Herzen.

»Mein Kleiner, ich bin so froh, dass dir nichts Schlimmes passiert ist. Jetzt gehen wir nach Hause. Was für ein Schreck.«

Die Anspannung fiel von ihr ab. Sie richtete sich auf. Mittlerweile hatten sich ihre Augen an das Halbdunkel gewöhnt. Ungefähr eineinhalb Meter von ihr entfernt lag ein Körper. Wie in Trance, von unsichtbaren Fäden gezogen, bewegte sie sich darauf zu. Vor ihr lag ein dicker Mann, ungefähr 50 Jahre alt. Sein Hemd war halb geöffnet und der bunte Karnevalsorden, der exakt auf der Mitte der Brust der Leiche lag, stand in einem paradoxen Widerspruch zu den leeren, gebrochenen, weit geöffneten Augen, deren Pupillen bereits von einem gelblichen Schleier überzogen waren. Oberhalb der Augen, auf der linken Stirnhälfte, war eine seltsam symmetrische, tiefe Wunde zu sehen, als ob ein Muster aus der Haut heraus geschnitten wäre. Nein, kein Muster, es waren Buchstaben: ein A und ein etwas verunglücktes L. Agatha stand wie erstarrt. Ein eiskalter, dunkler, lautloser Schleier legte sich um sie und ließ sie die Unfassbarkeit des Augenblicks wie im Traum erleben. Ihre Kehle war wie zugeschnürt, und die Stimme einer anderen, rationalen, logisch denkenden, kühl kalkulierenden Agatha, die im Moment wie von außerhalb ihres vor Grauen erstarrten Körpers zu hören war, flüsterte ihr abgehackte Informationen im Telegrammstil zu:

»Der Alaaf-Mörder – ein Psychopath – vor drei Monaten erster Mord – Opfer, stadtbekanntes Mitglied eines Aachener Karnevalsvereins, hatte Aachener Karnevalsausruf ›Alaaf‹ in die Stirn geschnitten – war bundesweit in den Zeitungen – Sonderkommission der Polizei eingesetzt – keine Hinweise bis jetzt – Serienmörder – nicht fertig geworden – von DEINEM Hund und jetzt DIR gestört worden – VERSCHWINDE SOFORT!«

Er sah die Frau durch den Spalt der Falltür, die er als Zugang zu einem Hohlraum unter dem früheren Holzboden aus verkohlten Balken gezimmert hatte, um sein Versteck zu tarnen. Seinen schwarzen Schal hatte er sich so um das Gesicht gewickelt, dass nur noch seine Augen und sein Mund zu sehen waren.

Gute Entscheidung, sich erst mal zurück ziehen, um die Lage zu peilen. Er war ein Genie. Seine Vorausplanung war unübertrefflich. Alle Unwägbarkeiten einbezogen.

Sie war ziemlich groß für eine Frau, soweit er erkennen konnte, aber schmal gebaut. Auch sehr lange Haare, wie ihr blöder Köter. Ihr Gesicht konnte er nicht sehen, da sie mit dem Rücken zu ihm stand. Interessant zu sehen, wie fasziniert sie von seinem Werk war. Konnte ihren Blick gar nicht mehr davon abwenden. Der Hund stand neben ihr und schnüffelte doch tatsächlich an seinem Siegelring und seinen anderen ›Werkzeugen‹ herum. Das war zuviel. Planung hin oder her. Das Maß war voll. Mit einem Ruck ließ er die Falltür nach oben aufklappen und stürzte mit ein, zwei katzenhaften Sprüngen auf die Frau zu, in seiner Hand einen der abgebröckelten, schweren Backsteine. Er hatte Übung im Zerschmettern von Hinterköpfen.

Klenkes reagierte sofort und stürzte wild bellend auf die vermummte, große Gestalt zu. Agathas Erstarrung löste sich in einer ruckartigen Drehbewegung auf, als sie die Geräusche hinter sich hörte und ihren Hund wie einen Irrwisch auf den ganz in Schwarz gekleideten Mann zurennen sah, der sich in der Halbdämmerung fast unwirklich wie ein Geisterschatten auf sie zubewegte und dabei nach dem Hund kickte, der ihn wild umkreiste. Sie fing an, wie am Spieß zu schreien, vielleicht nur, um ihre Todesangst zu überschreien und ihren Kopf damit für den Kampf um ihr Leben freizumachen. Das Messer. Sie musste im richtigen Augenblick zustechen, sonst war sie verloren. Die Hand in die Tasche – Messer fest umgreifen – warten, bis er die Hand nach oben bewegte, um den Backstein auf ihren Kopf niedersausen zu lassen – zustechen. Agatha, die kühle Strategin, hatte die Herrschaft über ihr Denken übernommen.

Jetzt hatte er sie, eine schwungvolle, elegante Armbewegung voller Kraft nach unten und ihr Kopf wäre zerschmettert. Plötzlich fühlte er einen brennenden, stechenden Schmerz im Unterarm und gleichzeitig an seinen Genitalien. Ihm wurde schwarz vor Augen.

»Schätzchen, ist ja gut, wach auf, du bist zu Hause in Sicherheit. Ich bin da, und Klenkes liegt am Fußende und schnarcht vollkommen entspannt.«

Gott sei Dank, sie war im Bett, neben ihr Oliver, und Klenkes lag in seiner typischen Stellung – auf dem Rücken, Hinterbeine seitlich nach außen geklappt – am Fußende des Bettes.

»du hast wieder wie wild um dich geschlagen. Entspann dich.«

Oliver legte seine Arme um sie und zog sie ganz nahe an sich. Fast jede Nacht durchlebte sie ihre Horrorbegegnung nochmals, obwohl das Ganze schon mehr als drei Wochen zurücklag. Sie war davongekommen. Ihr kleines Messer, ihr Hund und die kühl denkende Agatha in ihr hatten sie gerettet. Klenkes hatte den Mann tatsächlich in die Genitalien gebissen und sie ihn gleichzeitig mit ihrem kleinen Schweizer Messer ein paar Mal in den Arm gestochen. Das hatte ihnen genug Zeit verschafft, um zu fliehen. Sie hatte Klenkes gepackt und war nur noch gerannt. Schließlich hatte sie einfach an einem Wohnhaus geklingelt und von dort aus die Polizei benachrichtigt. Als die Polizei am Tatort eintraf, war der Täter jedoch verschwunden gewesen. Der schwarze Siegelring und das Skalpell waren ebenfalls weg. Sein Opfer war wieder ein bekanntes Mitglied eines Aachener Karnevalvereins. Sie war tagelang befragt worden, und sie und Klenkes waren in der Presse als Helden gefeiert worden. Klenkes war jetzt der bekannteste Hund in Aachen. Durch das Blut, das der Mörder verloren hatte, konnte ein genetischer Fingerabdruck erstellt werden. Trotzdem war er bis jetzt nicht gefasst worden. Agatha selbst war der ganze Rummel um sie zuviel, und trotz des glücklichen Ausgangs hatte sie immer noch ein seltsam ungutes Gefühl – so als wäre die Sache noch nicht zu Ende.

Ungefähr zehn Kilometer Luftlinie von Agathas und Olivers Wohnung entfernt, über der Grenze in einem kleinen Dorf in Holland, saß ein Mann an seinem Schreibtisch. Vor ihm lag ein Schnellhefter mit fein säuberlich nach Sparten aufgeteilten Notizen: Name, Adresse, Beruf, Tagesablauf, Gewohnheiten, Freunde. Seine Zeit würde kommen. Er war ein Planer. Diese Frau würde dafür büßen, ihm Schmerzen zugefügt zu haben und ihn um die Befriedigung seiner dringendsten Bedürfnisse gebracht zu haben. Er war ein Genie. Niemand würde ihn jemals finden. Seine blassblauen Augen blitzten, als er daran dachte, wie er eine speziell für sie entworfene Signatur auf ihre Stirn eingravieren würde.

Yvonne Hugot-Zgodda
Das Gewand der Mutter Gottes

E s war im Juli 1349. Frühnebel hing über der Stadt, doch die Sonne kam langsam zum Vorschein, und es versprach ein schöner Tag zu werden.

Je näher Tiborius der Stadt kam, um so mehr hoben sich Dom und Rathaus vom Übrigen der Stadt ab. Er war nicht der Einzige, der an diesem Morgen unterwegs war. Viele Menschen, Frauen, Kinder und Männer hatten sich auf den Weg nach Aachen gemacht, die Heiligtumsfahrt stand kurz bevor.

»Halt«, rief der Wachposten am Marschiertor, »wohin des Weges?« Tiborius blieb stehen.

In seiner Tasche hatte er ein Schriftstück des Papstes. Er war gesandt, sich genauer mit dem Verschwinden des Mariengewandes zu beschäftigen.

Er sah an sich herab, seine Kluft war schmutzig und zum Teil zerrissen. Er sah eher aus wie ein Bettler als wie ein päpstlicher Gesandter. Er gab dem Wachposten das Pergament. Der schaute kurz darauf.

» Ihr könnt passieren«, sagte er ein wenig freundlicher.

In der Stadt herrschte hektisches Treiben: Viele waren nach Aachen gekommen, um hier zu beten, dass sie von der Pest verschont blieben.

Er kannte den Weg. Als junger Mönch war er einige Monate hier gewesen. Schon stand er vor dem Tor des Klosters und klopfte.

Knarrend und ächzend öffnete sich das schwere Tor.

»Was kann ich für Euch tun, mein Freund?«, fragte ein alter Mönch.

»Ich bin der Gesandte des Papstes«, erwiderte Tiborius.

»Wir haben Euch schon erwartet«, knurrte der Mönch, »wir haben schon vor einigen Tagen mit Euch gerechnet. Der Abt dachte bereits, Ihr kommt überhaupt nicht mehr. Wo ist eigentlich Eure Begleitung?« Tiborius hatte erwartet, nicht gerade freudig empfangen zu werden, aber eine etwas zuvorkommendere Begrüßung hatte er dennoch erhofft.

In dem Schreiben an den Papst hatte es geheißen, das Mariengewand sei gestohlen worden, doch die Lage sei unter Kontrolle.

Der Papst hatte sich damit nicht zufrieden gegeben und Tiborius gesandt, um nach dem Rechten zu sehen. Freiwillig war er nicht hier. Aber es war vielleicht besser, eine Zeit aus dem Vatikan zu verschwinden, zu radikal war er dort bei seinen letzten Äußerungen gewesen.

Er schluckte seinen Ärger hinunter.

»Es hat sich niemand gefunden, der mich in Zeiten der Pest begleitet hätte. Außerdem musste ich einige Umwege wegen der Pest machen, dies hat die Reise verlängert. Und jetzt führe mich zum Abt«, erklärte er mit einem bestimmenden Unterton.

Der Abt empfing ihn ein wenig freundlicher. Er erkundigte sich nach seiner Reise, konnte aber nicht völlig darüber hinweg gehen zu betonen, sie hätten alles geprüft.

»Ich kann ja die Aufregung des Papstes verstehen, doch hätte er Euch nicht losschicken brauchen. Wir klären das schon. Wir sind dem Dieb bereits auf der Spur. Es kann sich nur um Stunden handeln, bis wir ihn gefunden haben.«

»Was ist denn genau geschehen?«, fragte Tiborius. »In dem Brief stand nur, das Gewand sei gestohlen worden.«

»Ja, das stimmt«, erwiderte der Abt, »was genau geschehen ist, soll Euch ein Vertreter des Domkapitels berichten. Ich schicke nach einem Bruder, der Euch Eure Unterkunft zeigt, und dann geht zum Dom. Ich werde jemanden dorthin senden, der Eure Ankunft bekannt gibt. Ihr werdet dann dort erwartet.« Damit wandte der Abt sich wieder seinen Büchern zu.

Ein Mönch führte Tiborius den Gang hinunter. Vor der letzten Tür blieb er stehen und öffnete sie.

Tiborius trat hinein. Die Kammer war schmal und dunkel, nur durch ein kleines Fenster fiel ein wenig Licht hinein.

»Danke«, sagte er, »geht nur schon vor, ich komme gleich nach.«

Tiborius ging zum Bett, es war sauber und schien für ihn frisch bezogen worden zu sein. Er zog die schmutzigen Kleider aus und nahm aus seinem Beutel ein sauberes Gewand, wusch sich ein wenig mit dem bereitgestellten Wasser, zog sich an und verließ das Kloster in Richtung Dom.

Als er sich dem Eingang näherte, sah er einen Mann, der aufgeregt auf und ab ging. Dies konnte der Vertreter des Domkapitels sein. Tiborius ging auf ihn zu und sprach ihn an.

»Ich bin der Gesandte des Papstes, Tiborius mein Name.«

Der Mann schreckte kurz zusammen.

»Ich bin der Gesandte des Domkapitels, Renardo. Kommt doch herein, ich werde Euch alles genau berichten, was passiert ist.«

Sie gingen in die Sakristei. Auf dem Weg dorthin bewunderte Tiborius den Dom. Es war wirklich ein außergewöhnlich schöner Bau.

In der Sakristei war der Küster dabei, einige Dinge für den nächsten Gottesdienst vorzubereiten. Er ließ sich von den beiden Männer nicht stören, die sich an den Tisch setzten.

»Als wir«, so begann Renardo seinen Bericht, »vor einigen Wochen die Heiligtumsfahrt vorbereiten wollten, da öffneten wir auch den Schrein, um zu sehen, ob mit den Heiligtümern alles in Ordnung sei. Zunächst gab es nichts Außergewöhnliches. Doch dann sahen wir, dass das Schloss beschädigt war. Es konnte aber auch möglich sein, dass der Schrein nach der letzten Öffnung nicht richtig verschlossen worden war. Doch als wir den Marienschrein ganz öffneten, stellten wir fest, dass das Gewand fehlte. Wir haben schon alle Mönche und die Personen, die sonst noch in Frage kommen könnten, verhört, doch bisher gibt es keine Spur.«

»Der Abt meinte, es könne sich nur um Stunden handeln, bis der Täter gefasst sei«, unterbrach Tiborius ihn.

»Der Abt wollte nur nicht, dass Ihr hier weiter sucht«, entgegnete Renardo.

Sie unterhielten sich noch eine Weile, dann blieb Tiborius mit dem Küster allein zurück.

Er ging in den Kirchenraum, um sich den Schrein genauer anzusehen. Er war von besonderer Schönheit, von außen mit goldenen Figuren besetzt.

»Es müsste doch Spuren geben«, ging es ihm durch den Kopf.

Von weitem rief der Küster:

»Ich gehe nun, der Schlüssel liegt in der Sakristei. Ich wünsche Euch einen schönen Abend.«

Tiborius murmelte: »Ja, ja, danke, Euch ebenso.«

Tiborius konnte nichts Verdächtiges finden. Irgendjemand hatte sauber gearbeitet oder die Spuren waren beseitigt worden. Es gab weder eine Beschädigung an einer der Figuren, noch Hinweise auf eine gewaltsame Öffnung am Schloss. Es musste jemand gewesen sein, der genau wusste, wie der Schrein zu öffnen war. Also musste der Täter sehr wahrscheinlich aus den Reihen der Kirchenmänner stammen. Aber warum? Wollte jemand für sich allein vor dem Gewand beten?

Sollte irgendwo ein neuer Wallfahrtsort geschaffen werden?

Tiborius setze sich. Er musste nachdenken. Es blieben ihm nur noch drei Tage bis zur Heiligtumsfahrt, bis dahin musste das Gewand wieder hier sein.

Im Dom war es dunkel geworden. Seine Kerze warf einen kleinen Lichtkegel in das Dunkel, sonst umgaben ihn nur Schatten.

Was war das? Tiborius schreckte hoch. Er musste eingeschlafen sein. Die Kerze war umgefallen und erloschen. Im Dom war es kalt und es zog. Tiborius fröstelte. Aus der Sakristei sah er den Schein einer Kerze. Der Küster hatte wohl vergessen, sie zu löschen, bevor er gegangen war. Tiborius ging hinüber, um seine Kerze wieder anzuzünden, denn im Dunkeln konnte er sich nicht zurechtfinden. Außerdem wollte er nun gerne ins Kloster zurück gehen und einige Stunden schlafen. Er stand auf. Was war das für ein Geräusch? Es schauderte ihn. Beinahe klang es, als ob eine Grabplatte verschoben würde.

Er hatte schon von Geistergeschichten gehört, doch glaubte er nicht an solche Erzählungen. Im Augenblick musste er sich aber eingestehen, dass er sich fürchtete. Er war erleichtert, als er die Sakristei erreicht hatte und seine Kerze wieder anzünden konnte. Aber war da nicht gerade ein Schatten an der Tür vorbei geschlichen? Vielleicht war es ja auch ein Tier. Er erinnerte sich, der Küster hatte gesagt: »Der Schlüssel liegt in der Sakristei«, und wirklich, dort lag er. Es war also möglich, dass die Tür nur anlehnte und ein Tier hereingeschlüpft war, welches nun nach einem Ausgang scharrte. Er ging zur Tür, diese war im Schloss. Sollte etwa jemand in den Dom eingedrungen sein, während er geschlafen hatte? Da war es wieder, das schleifende Geräusch und jetzt war auch ein Fluchen zu vernehmen. Es war also noch jemand im Dom. Was tun? Weglaufen? Den Einbrecher stellen? Vielleicht war es der Dieb des Mariengewands, der auf der Suche nach weiteren Stücken war?

Doch bevor er den Gedanken zu Ende gedacht hatte, sank er zu Boden. Der Eindringling hatte sich von hinten angeschlichen und Tiborius niedergeschlagen.

Als er die Augen aufschlug, sah er den Küster über sich gebeugt.

»Ich glaube, er lebt«, hörte er den Küster flüstern. Und auch der Abt, der neben im stand, nickte. Tiborius rappelte sich auf.

»Was ist geschehen?«, stotterte er.

»Ihr seid niedergeschlagen worden«, erwiderte der Abt. »Ich hoffe, es geht Euch gut?«

»Ich fühle mich ein wenig benommen«, sagte Tiborius, während er sich aufsetzte, »sonst fehlt mir nichts.«

Alle wollten wissen, was passiert war. Viel konnte Tiborius nicht dazu kundtun. Er ging zurück ins Kloster, um sich ein paar Stunden auszuruhen. Es hatte sich schon herumgesprochen, was geschehen war. Als sich Tiborius wieder auf den Weg zum Dom machen wollte, begegnete ihm im Gang des Klosters ein Mönch, der ihn grüßte und orakelte:

»Es hieß schon immer, im Dom spukt es. Es ist Kaiser Karl, der nachts dort seine Messe feiert.«

Tiborius grüßte zurück, ging aber nicht auf die Bemerkung ein. Der Schlag auf den Kopf war der eindeutige Beweis, dass es kein Geist gewesen sein konnte.

Es war schon Nachmittag und die Sonne stand tief, als er den Dom betrat. Wie am Tag zuvor war der Küster dort und ein Bischof. Dieser kam auf ihn zu und erklärte, er sei der Bischof von Lüttich. Die beiden unterhielten sich ein wenig und der Bischof bot seine Hilfe bei der Suche nach dem Gewand an. Es dämmerte, der Küster verließ den Dom und verwies wieder auf den Schlüssel in der Sakristei.

»Wir sollten die Tür verschließen«, meinte der Bischof, »damit nicht schon wieder etwas geschieht.«

»Das sollten wir«, meinte auch Tiborius, »doch zunächst hole ich einige Kerzen, wir können ja fast nichts mehr sehen.«

Die beiden entzündeten mehrere Kerzen und machten sich daran, den Schrein zu öffnen. Sie wollten wissen: war dies ohne Spuren möglich? Wie viel Zeit brauchte man dazu? Wie schnell war er wieder zu verschließen?

Dann machten sie sich an die Arbeit. Sie nahmen die Marienfigur des Querhauses aus ihrer Nische heraus. Dahinter kam eine Tür zum Vorschein; hier war normalerweise das Schloss angebracht.

Die beiden setzten sich. Nachdem sie einmal den Trick herausgefunden hatten, war es ganz einfach, den Schrein zu öffnen. Fast lautlos war es gewesen, doch hatten sie auf dem Gold ihre Fingerabdrücke hinterlassen.

Eisig wehte der Wind durch das Gotteshaus, und erst jetzt bemerkten die beiden, wie kalt ihnen war.

Bisher hatten sie sich unterhalten, jetzt saßen sie dort und hingen ihren Gedanken nach. Und plötzlich war das Geräusch wieder da.

»Was war das?«, rief der Bischof erschrocken.

»Ich weiß es nicht«, antwortete Tiborius genauso beunruhigt,

»aber so hat es gestern auch geklungen.

»Mir fällt ein, wir haben die Türe nicht verschlossen.« Tiborius stand auf und legte den Riegel vor die Türe. Es war zwar jemand im Dom, aber sie konnten ausschließen, dass noch andere Personen hineinkamen. Sie gingen beide in die Sakristei und schlossen die Türe. Was sollten sie tun?

»Kennt Ihr euch hier aus?«, durchbrach Tiborius die Stille.

»Ja«, war die Antwort, des Bischofs, die so klang, als ahne er etwas von Tiborius Vorhaben.

»Ich würde vorschlagen«, begann Tiborius seinen Plan zu erläutern, »wir versuchen heraus zu bekommen, wo er sich aufhält. Dann geht Ihr dort hin – Ihr kennt Euch aus und würdet nicht über eine Grabplatte oder Ähnliches stolpern – und schreckt den Eindringling auf. Er wird dann wohl versuchen, hinaus zu laufen. Ich warte am Ausgang und werde ihn dort stellen.«

Recht mulmig war dem Bischof zumute, als er so durch die dunklen Gänge des Doms schlich, aber was hätte er als Gegenargument vorbringen können. Tiborius hatte Recht, sie mussten den Eindringling stellen. Tiborius hatte ebenfalls damit Recht, dass er gehen sollte, da er sich besser auskannte, und dass er sich ohne Kerze auf den Weg machen sollte, sonst würde der Eindringling ihn natürlich sofort entdecken. Aber dies alles konnte ihm nicht die Angst nehmen. Vielleicht war doch etwas Wahres an den Geistergeschichten, die man sich erzählte. Aber er war ein Mann Gottes und der würde ihm beistehen. Der Bischof betete still. War da nicht etwas? Ihm war, als habe er einen Schatten gesehen. Nein, es war der Mond, der durch eines der Fenster fiel, aber auf der anderen Seite des Domes bewegte sich etwas. Er blieb stehen. Was sollte er tun? Laut rufen, sich anschleichen oder sich vielleicht doch lieber verstecken und später sagen: »Ich habe niemanden gesehen«?

Es war wohl besser, zurück zu gehen. Vielleicht hatte sich Tiborius ja auch getäuscht.

Der Bischof ging einige Schritte rückwärts. Dann stieß er gegen etwas.

Tiborius war indessen zum Ausgang geschlichen. Er hatte sich mit einem Kerzenleuchter bewaffnet. Eigentlich verabscheute er Gewalt. Aber was sollte er machen. Der Eindringling hatte ihn gestern auch niedergeschlagen. Er wartete. Es dauerte und dauerte. Hoffentlich war der Bischof nicht in Gefahr. Er hatte gleich das Gefühl verspürt, dem Bischof sei seine Aufgabe nicht angenehm. Doch dieser hatte nicht abgelehnt. Zum Glück, wie Tiborius feststellen musste. Er hätte sonst nicht gewusst, wie er weiter hätte vorgehen sollen. Aber jetzt wurde er unruhig, sollte er einmal nachsehen, wo der Bischof oder der Eindringling waren?

Gerade als er sich auf den Weg ins Innere des Doms machen wollte, hörte er einen Schrei. Nein, es war nicht ein Schrei. Es waren zwei Schreie, und dann hörte er Schritte. Die einen näherten, die anderen entfernten sich. Was tun?

Der Bischof war rücklings gegen den Einbrecher gestoßen, der ebenfalls rückwärts ging, da er das Gefühl hatte, einen Schatten gesehen zu haben. Beide drehten sich um und sahen sich an. Der Mondschein fiel auf ihre Gesichter, so dass sie eigentümlich verzerrt aussahen. Beide schrieen auf und rannten um ihr Leben, da sie überzeugt waren, einem Geist begegnet zu sein.

Auch Tiborius geriet in Panik und entschied sich zuzuschlagen, da die Schritte sich nicht anhörten wie die des Bischofs. Es war ein eigenartiges Geräusch, als der Kerzenleuchter den Kopf von Pirmin traf. Mit einem Stöhnen sank dieser zu Boden.

Tiborius rief nach dem Bischof:

»Ich habe ihn, kommt schnell!« Der Bischof war ganz außer Atem.

»Ihr schaut, als hättet Ihr einen Geist gesehen«, rief Tiborius und konnte einen gewissen Spott in der Stimme nicht unterdrücken. Der Bischof überhörte dies,

»Was fangen wir mit ihm an?«, fragte er stattdessen.

»Wir warten bis er aufwacht, dann hören wir, was er hier zu suchen hatte«, erklärte Tiborius.

Der Bischof schaute ein wenig erschrocken. Tiborius bemerkte dies und versuchte, den Bischof zu beruhigen:

»Ihr braucht Euch nicht zu fürchten, er ist noch jung. Ich denke nicht, dass er uns gefährlich wird. Wenn wir die Wachen rufen, dann wird er in den Kerker geworfen und wir erfahren niemals, was er hier wollte.«

Es verging eine ganze Zeit, bis der Fremde aufwachte. Tiborius hatte schon befürchtet, sein Schlag sei zu hart gewesen und der Junge sei ernsthaft verletzt. Doch jetzt schlug er die Augen auf.

»Wer bist du? Was machst du hier? Wer hat dich geschickt?«, der Bischof stellte eine Frage nach der anderen.

»Der Reihe nach«, fiel Tiborius ihm ins Wort.

»Also wer bist du?«

»Ich bin Pirmin«, antwortete der junge Eindringling, »lasst mich erklären, was ich hier suche.«

Pirmin erzählte, er sei auf der Suche nach dem Grab von Karl dem Großen. Er habe gehört, dort befände sich ein großer Schatz. Denn man habe dem Kaiser Schmuck, Edeltsteine, Gold und Gewänder mit ins Grab gegeben. Und als er gestern und heute gesehen habe, wie der Küster den Dom verlassen habe, ohne den Riegel vorzuschieben, habe er die Gelegenheit genutzt, in den Dom zu gehen, die Grabplatten beiseite zu schieben und dort zu suchen, fast ungestört.

»Es tut mir leid, dass ich Euch niedergeschlagen habe. Aber wir sind jetzt quitt. Wir haben uns gegenseitig niedergeschlagen«, sprudelte Pirmin hervor.

»So einfach lasse ich dich nicht davonkommen«, stoppte Tiborius seinen Wortschwall.

»Weißt du etwas über das Verschwinden des Mariengewandes?«, fragte Tiborius in strengem Ton.

»Ich weiß nichts«, erwiderte Pirmin mit einem Grinsen, als wüsste er doch mehr, erwarte aber einen Handel.

Tiborius hatte dies bemerkt: »Gut, wenn du mir sagst, was du weißt, lasse ich Dich laufen.«

Darauf hatte Pirmin spekuliert. Er berichtete Tiborius und dem Bischof, er habe gehört, ein Händler prahle, er habe Stücke aus dem Gewand der Mutter Gottes. Diese Stofffetzen würden vor Pest schützen und der Händler würde sie zu hohen Preisen verkaufen.

»Das Geschäft läuft nicht schlecht«, ergänzte Pirmin.

»Weißt du, wo der Händler lebt oder wo man die Stücke kaufen kann?«, erkundigte sich Tiborius sofort.

»Nein, leider nicht. Er ist ein fliegender Händler, keiner weiß so genau, wo er herkommt. Darf ich jetzt gehen?«, nutzte Pirmin die Stille.

»Ja, ja, verschwinde und lasse Dich hier nicht mehr erwischen!«, rief Tiborius ihm nach.

Tiborius spürte, der Junge hatte nicht die ganze Wahrheit gesagt, aber er ließ ihn laufen. Er würde sich später darum kümmern.

»Und jetzt?« Der Bischof setzte sich niedergeschlagen auf eine Bank. »Wir werden das Gewand nicht mehr finden. Es ist verloren und wenn der Händler es in Stücken verkauft, ist es für immer zerstört. Was sollen wir bloß tun?«

Doch Tiborius gab sich nicht so leicht geschlagen. Nachdem der Bischof gegangen war, ging er zurück ins Kloster.

»Habt Ihr die Kleider eines Edelmannes hier«, erkundigte sich Tiborius beim Abt.

»Ja«, erwiderte dieser, »wir haben hier einen Fürsten gesund gepflegt, der auf der Reise erkrankt war. Eines seiner Gewänder hat er vergessen. Es liegt in der Truhe. Ihr könnt es haben, doch verstehe ich nicht, was Ihr damit vorhabt.«

Tiborius nahm das Gewand ohne weitere Kommentare an sich. Er ging in seine Kammer, legte das Gewand an und trat auf die Straße.

Die Leute sahen ihn. Edel sah er aus, als habe er viel Geld. Es kamen auch die ersten Bettler, ein wenig Geld hatte er im Beutel. Er verteilte einen Teil davon und ging in die Stadt, zunächst ins Wirtshaus, und horchte sich um.

Hier tauschten die Menschen den neuesten Klatsch aus. Es ging um Gerüchte, Klatsch und Tratsch vom Hofe.

»Worüber sich die Leute bloß Gedanken machen«, dachte Tiborius. Für ihn war dies eine fremde Welt. Er war schon früh ins Kloster eingetreten. Für ihn waren ganz andere Dinge wichtig. Hatten sich die Wogen im Vatikan geglättet, konnte er zurückkehren. Er hätte den Papst nicht kritisieren sollen. Vielleicht hatte dieser ihn deshalb nach Aachen geschickt, allein. Tiborius schob den Gedanken beiseite. Er wollte herausfinden, wo es die Stücke des Mariengewandes gab.

Hatte er da nicht gerade etwas über die Heiligtumsfahrt gehört? Neue Gäste hatten das Wirtshaus betreten. Adlig sahen sie aus und sie schienen nicht von hier zu sein. Sie hatten kleine weiße Stoffflicken in der Hand. Tiborius gesellte sich zu ihnen.

»Ihr hattet wohl eine weite Reise«, begann Tiborius das Gespräch. »Seid ihr unterwegs dem schwarzen Tod begegnet?«

Einer der Herren drehte sich um, musterte ihn vom Scheitel bis zur Sohle und gab schließlich Antwort.

»Ihr seht aus wie ein Edelmann, setzt Euch zu uns.«

Die Männer erzählten von ihrer Reise, von den Umwegen aufgrund der Pest und noch dies und jenes. Nach einigen Krügen Wein wurden sie sehr redselig. Tiborius sprach sie auf die Stofffetzen an, die sie bei sich hatten.

»Ihr solltet Euch auch so etwas besorgen«, meinte der Eine, »sie sind nicht billig. Doch sie helfen gegen die Pest, hat der Händler uns versprochen. Sie stammen vom Gewand Mariens.«

»Wo kann ich den Händler finden«, hakte Tiborius nach.

»Geht zum Kerzenhändler und sagt, Ihr wollt beten, dass die Pest Euch nicht heimsucht, welche Kerze Ihr da wählen sollt«, murmelte ein anderer.

Tiborius blieb noch eine Weile, damit nicht auffiel, dass er nur etwas über die Stofflappen hatte wissen wollen. Als er schließlich aufbrach, musste er sich beeilen. Die Sonne begann bereits zu sinken und die Heiligtumsfahrt rückte wieder um einen Tag näher.

Was sollte nur geschehen, wenn die Männer recht hatten und der Kerzenhändler das Mariengewand gestohlen und zerschnitten hatte? Darüber wollte Tiborius zunächst nicht nachdenken.

Er betrat den Kerzenladen. Viele Menschen waren dort. Er wartete, bis der letzte Kunde den Laden verlassen hatte. Dann fragte er nach einer Kerze, die das Beten um Verschonung von der Pest unterstützen würde. Der Händler sah sich um:

»Ich habe da etwas ganz Besonderes.« Er ging zur Türe, schaute hinaus, verschloss sie und legte den Riegel vor. Er ging in das Hinterzimmer und kam mit einem fünf mal fünf Zentimeter großen Stoffstück zurück.

»Ein Stück aus dem Gewand der Mutter Gottes«, erklärte er, »hilft garantiert gegen die Pest, leider ist es nicht ganz billig zu haben.«

Tiborius zerriss es fast das Herz, als er den Stoff in Händen hielt. Er zahlte mit seinem Ring.

Dann trat er zurück auf die Straße, was sollte er nun tun? Allein konnte er nicht gegen den Händler vorgehen. Er konnte aber auch nicht die Wachen rufen. Der Händler würde alles abstreiten. Er ging zum Domkapitel. Man beriet die ganze Nacht und am nächsten Morgen hatten die Mönche endlich die Lösung gefunden.

Einige Vertraute des Domkapitels, die in Aachen zu Besuch waren – es war wichtig, dass der Händler die Männer nicht kannte – wurden gebeten, in den Laden zu gehen und genau wie Tiborius nach den speziellen Kerzen zu fragen.

Alles lief nach Plan, doch als der Händler diesmal mit den Stoffstücken aus dem Hinterzimmer kam, zückten die Männer ihre Schwerter und setzen den Händler in Haft. Sie öffneten Tiborius die Türe. Als er eintrat, jetzt in seiner Kluft, rief der Händler: »Verräter!«, damit wurde er abgeführt.

Tiborius ging in das Hinterzimmer. Das Herz klopfte ihm bis zum

Hals, wie mochte das Gewand aussehen?

Er trat in den Raum, am Schrank hing das Gewand. Gott sei Dank, es war unversehrt. Auf dem Tisch lag ein Ballen Stoff und eine Schere. Der Händler hatte doch nicht gewagt, das Gewand zu zerschneiden. Im Verhör beteuerte dieser nochmals, das Gewand nicht gestohlen zu haben. Es sei ihm von einem Jungen angeboten worden, er habe es gekauft, sich dann aber doch nicht getraut, es zu zerschneiden.

Tiborius beschlich eine Ahnung, wer das Gewand gestohlen haben konnte. Er ging durch die Straßen, als er hörte: »Hilfe, Hilfe, meine Juwelen sind verschwunden!«

Tiborius sah einen Jungen davonlaufen. Er lief hinterher und konnte ihn gerade noch fangen.

»Da bist du ja wieder, hast du mir nichts zu sagen?«, fragte Tiborius Pirmin.

»Ihr habt den Händler gefunden?«, fragte Pirmin vorsichtig.

»Ja«, war die scharfe Antwort, »rede!«

»Ja, es stimmt. Ich habe das Gewand genommen. Ich war im Dom, als der Schrein geöffnet wurde. Gerade als er offen war, fiel Bruder Martin zu Boden. Alle haben sich um ihn gekümmert. Aber er starb. In dem Durcheinander habe ich die Gelegenheit genutzt und das Gewand mitgenommen und verkauft!«, gab Pirmin kleinlaut zu. »Werde ich jetzt bestraft?«

»Das soll der Kaiser entscheiden«, antwortete Tiborius kopfschüttelnd.

Dass der Schrein eine ganze Zeit offen gestanden hatte, davon hatte ihm bisher niemand etwas erzählt. Vielleicht war dies auch der Grund, weshalb er eher auf Ablehnung gestoßen war und ihm niemand eine richtige Auskunft gab. Man wollte den Fall alleine lösen, um so nicht die Schuld eingestehen zu müssen, nicht richtig über den Schrein gewacht zu haben. Aber damit sollten sich diejenigen herumschlagen, die zu richten hatten.

Das heilige Gewand wurde zurück in den Dom gebracht. Tiborius blieb, bis die Heiligtumsfahrt beendet war und machte sich dann auf den Weg zurück nach Rom. Aber dieses Mal musste er nicht allein reisen. Einige Mönche begleiteten ihn, um ein gutes Wort beim Papst für ihn einzulegen.

So hatte sich doch alles zum Guten gewendet, und man sah eine kleine Gruppe zufrieden in den Sonnenuntergang reiten.

Jennifer Senderek
Ein verzwickter Mord

E s war neblig. Richtig ungemütlich sah die Welt aus, als Jennifer aus dem Fenster schaute. Sie hatte es sich mit einer Tasse Kaffee in ihrem Sessel gemütlich gemacht, die Beine übereinander geschlagen und in eine warme Decke gehüllt. Es war Herbst, die Jahreszeit, in der man lieber zu Hause blieb.

Es war vielleicht viertel nach sechs, aber da das Abendprogramm nichts gerade viel versprechend war, beschloss die Kriminalbeamtin, schlafen zu gehen. Sie schaltete den Fernseher ab, machte die Lichter aus und ging ins Schlafzimmer.

Das Telefon klingelte. Im Halbschlaf schlurfte Jennifer zum Regal, in dem der Apparat stand. Sie nahm den Hörer ab und fragte, wer dran sei.

» Hallo, Jennifer. Ich bin's, Larry. du wirst dringend auf der Wache gebraucht. Eine Frau hat eine Leiche in einer Wohnung in Rurberg gefunden. du musst dich um die Ermittlungen kümmern.«

Jennifer murmelte: »Ist gut. Ich komme gleich.«

Sie legte auf, ging ins Badezimmer und wusch sich Gesicht und Hals mit kaltem Wasser. Dann kehrte sie wieder ins Schlafzimmer zurück, nahm einige Kleidungsstücke aus dem Schrank und zog sich um. Das Thermometer zeigte fünf Grad an. Also warf sie sich noch eine dickere Jacke über. Dann ging sie in den Flur, nahm Autoschlüssel und Garagentoröffner, kraulte noch kurz ihrem Kater Findus den Kopf und verließ das Haus.

Eine halbe Stunde nach dem Anruf stand sie in der Wache in Simmerath, einem der größeren Dörfer in der nahen Umgebung. Larry, ihr Kollege, kam auf sie zu.

»Komm mit, Maurice wartet schon auf dich.«

Sie folgte Larry in das Zimmer des Inspektors, wo dieser gerade eine Zeugin verhörte. Als er Jennifer kommen sah, brach er das Verhör ab und begrüßte sie.

»Gut, dass Sie endlich kommen. Ich möchte Sie nur kurz mit dem

Fall vertraut machen. Die Dame dort heißt Marion Keller. Sie hat in einer Wohnung in der Uferstraße die Leiche eines Mannes gefunden. Er liegt auf einem Sessel in der Wohnung, die ihm zusammen mit seiner Frau gehört. Die ist nicht anwesend, ebenso wenig ihr Sohn. Und diese Zeugin hier hat kein Alibi. Die Mordwaffe ist nicht auffindbar. Kümmern Sie sich bitte darum, einige unserer Leute haben das Gebiet schon abgezäunt und warten auf Sie.«

Jennifer nickte, dann ging sie wieder zu ihrem Auto und fuhr in Richtung Rurberg am Rursee. Um dorthin zu gelangen, musste man bergab eine kurvige Schikanenstrecke benutzen. Bei der schlechten Witterung fiel das der Ermittlerin nicht leicht, doch endlich hatte sie die letzte Kurve erreicht, fuhr dann durch den Ort zur Uferstraße.

Als sie in diese einbog, sah sie schon ihre Kollegen vor einem etwas älteren Haus stehen. Sie parkte ihren Wagen und ging zusammen mit den Männern in das Haus. Es bestand aus zwei Etagen, die untere Wohnung war im Moment nicht genutzt. In der oberen angelangt, sah sie sich um. Durch einen Flur, zu dessen Seiten Schlafzimmer, Bad und eine Abstellkammer lagen, kam man in ein relativ geräumiges Wohnzimmer, von dem durch einen Raumteiler ein Küchenbereich abgegrenzt war. In der Mitte des Wohnbereiches standen ein Tisch, zwei Sessel und eine Schlafcouch, kurzum die übliche Einrichtung.

Die Couch war ausgeklappt und bot eine große Liegefläche. In einer Ecke des Raumes stand ein Fernseher auf einem kleinen Regal, an der Längsseite daneben eine Kommode mit Kerzen und Schleifen an einem Fenster. Die linke Wand bildete eine große Glasfläche mit Tür zum Balkon. Ansonsten war der Raum relativ leer. Da, wo der Tote gelegen hatte, waren Umrisse mit Kreide gezeichnet. Ein Polizist brachte Polaroidbilder vom Tatort und vom Toten.

»Es handelt sich um den Mieter der Wohnung, Peter Bauer, 43 Jahre alt, Alkoholiker, hat einen Sohn, lebte hier zusammen mit seiner Frau, Sabine Bauer. Als wir ihn fanden, waren drei seiner Rippen in der Herzgegend gebrochen, allerdings hat ihn eine tiefe Schnittwunde getötet. Wir haben die Mordwaffe noch nicht gefunden, doch wir gehen davon aus, dass ihm ein spitzer Gegenstand mit viel Kraft ins Herz gestoßen wurde. Der Täter muss durch den Garten geflohen sein. Da die Türe jedoch nicht beschädigt ist, gehen wir davon aus, dass er einen Schlüssel hatte. Es könnten somit gewesen sein: seine Frau, sein Sohn oder der Hausbesitzer. Wir versuchen gerade herauszufinden, wo seine Familie ist. Der Tatort wird weiter nach Waffen abgesucht.«

Jennifer hatte aufmerksam zugehört. Sie sah sich wieder die blutbefleckte Couch an und die Fotos, dann fragte sie:

»Könnte der Täter eine Frau gewesen sein? Welche Voraussetzungen muss er denn erfüllen, um eine solche Wunde zu verursachen? Wie lange ist sein Tod etwa her? Und wie konnte die Frau ihn finden? Das Gebäude ist nur über den Balkon einsehbar.« Der Polizist sah ebenfalls auf die Bilder.

»Wir gehen davon aus, dass er etwa seit dreizehn Stunden tot ist, also gegen halb elf heute Morgen getötet worden ist. Sonst können wir nichts sagen.« Jennifer gähnte.

»Ich werde jetzt nach Hause fahren. Sorgen Sie bitte dafür, dass seine Frau und sein Sohn morgen gegen zehn auf der Wache sind. Und schicken Sie auch den Hauseigentümer und die Zeugin, die den Mann gefunden hat. Ich werde mich um sie kümmern.«

Sie nahm die Fotos an sich und ging zum Auto. Sie stieg ein, startete den Motor und verließ den Tatort. Als sie ihre Haustüre hinter sich abgeschlossen hatte, wankte sie erschöpft ins Schlafzimmer. Sie ließ sich aufs Bett fallen und schlief bald darauf ein.

Am nächsten Morgen ging ihr Wecker etwas später. Jennifer fühlte sich besser. Als sie sich einen Kaffee gemacht hatte, nahm sie wieder die Fotos zur Hand. Ein Toter mitten in einem Wohnzimmer, das durch eine Verandatüre betreten worden war. Und keine Spur einer Tatwaffe. Mehr Anhaltspunkte hatte sie nicht. Mehrere Bilder zeigten auch die Einrichtung des Zimmers. Nichts Ungewöhnliches war zu erkennen. Kein Hinweis. Also gab sie ihrem Kater noch sein Frühstück und fuhr dann wieder zur Wache. Sie betrat ihr Büro. Larry und der Inspektor traten ein. Larry hielt eine Mappe in den Händen.

»Wir haben etwas Interessantes entdeckt. Bei der Obduktion bemerkte man, dass sich in der Wunde Glassplitter befinden. Am Gartenzaun hat man auch kleine Glasstücke gefunden. Wir gehen jetzt davon aus, dass der Mörder durch ein Loch im Gartenzaun geflohen ist, dabei ist ihm die Mordwaffe, wohl eine große Glasscherbe, zerbrochen. Er hat nicht alle Teile gefunden. Eines stört uns jedoch. Fußabdrücke wurden auch gefunden, doch sie sind sicher nicht zur Zeit der Tat entstanden. Das muss viel später gewesen sein. Ich denke, es war Abend. Der Mord ist jedoch vormittags begangen worden. Die Frage ist: Wer kehrt nach Stunden zum Tatort zurück?«

Jennifer bedankte sich und sah auf die Uhr. Es war etwa viertel vor zehn. Bald traf die sehr verwirrte Sabine Bauer ein. Sie hatte die Nachricht vom Tod ihres Mannes durch einen Polizisten über ihr Handy erhalten. Die Nummer hatte in einem Telefonbuch der Familie gestanden. Schließlich waren alle eingetroffen, außer dem Hausbesitzer, der sich seit zwei Wochen in Kanada befand. Jennifer befragte zuerst die Zeugin:

»Ich heiße Anna-Maria Hertz und bin ledig. Ich habe den Toten gefunden. Ich bin zuerst zur Haustür gegangen und habe geklingelt. Er hat nicht aufgemacht, deshalb bin ich durch das Gartentor auf den Balkon gekommen und wollte herein, als ich ihn da liegen sah. Es war so ein schrecklicher Anblick! Ich habe sofort die Polizei angerufen, die Türe stand ja noch offen, da bin ich zum Telefon und habe sie geholt.«

Jennifer hörte interessiert zu, ein Polizist saß neben ihr und machte sich Notizen.

»Wie konnten Sie denn durch das Gartentor? Und das ohne Schlüssel!«

Die Frau senkte den Kopf.

»Ich hatte einen. Ich habe Peter auf der Arbeit kennen gelernt. Wir hatten eine Affäre. Wir wollten uns treffen, weil seine Frau zu einer Freundin gefahren war, um der beim Auszug zu helfen. Deshalb konnte ich herein. Aber ich hätte keinen Grund gehabt, ihn zu ermorden! Er wollte sich scheiden lassen.«

Jennifer ließ als nächstes die Frau des Toten herein. Sie war immer noch aufgeregt. Sie berichtete ebenfalls vom Auszug ihrer Freundin Marlies, die von Brandt nach Siersdorf aufgebrochen war. Diese bestätigte das in einem Telefonat. Also hatte Sabine Bauer ein Alibi. Außerdem behauptete sie, nichts von einer Affäre zu wissen.

Nach einigen Fragen wandte sich Jennifer an Marcus, den 17-jährigen Sohn des Opfers. Er zeigte eine Kinokarte und sagte, er sei mit seinem Englisch-Kurs um acht Uhr losgefahren und bis fünf Uhr in Aachen geblieben. Auch sein Lehrer konnte das bestätigen. Somit war er für die Tatzeit auch nicht frei gewesen.

Zusätzlich erschien eine Nachbarin auf der Wache, die berichten konnte, dass sie eine Gestalt durch den Garten hetzen gesehen habe. Das sei etwa gegen sechs Uhr abends gewesen. Eine relativ große Person, vermutlich ein Mann, die hingefallen und dann durch den Zaun gehuscht sei. Da jedoch eine zweite Person nur Sekunden später über den Balkon gekommen war, habe sie es nicht für nötig gehalten, die Polizei zu rufen. Sie musste sich zwar einige boshafte Kommentare von Jennifer gefallen lassen, doch auch sie half der Polizei mit ihrer Aussage.

Nach zwei Stunden mussten sie die Zeugen entlassen, da ihnen nichts nachgewiesen werden konnte. Das warf jedoch einige Fragen auf, mit denen sich die Ermittlerin jetzt auseinander setzen musste: Der Mord war vormittags, etwa gegen halb elf begangen worden. Der Täter hatte eine Glasscherbe genommen und sie mit einem heftigen Stoß in sein Opfer gerammt. So lagen die Fakten. Doch irgendetwas störte Jennifer daran. Es klang so merkwürdig. Durch die Aussage der Nachbarin wurde bekräftigt, dass der Mörder nochmals gegen sechs Uhr am Haus gewesen sein musste. Er floh durch den Zaun, fiel in seiner Eile hin und zerbrach das Glas. Dann sammelte er schnell die Scherben auf, übersah jedoch einige. Zielstrebig sprang er durch das Loch im Zaun, denn sonst hätte Frau Hertz ihn ja gesehen. Außerdem musste er irgendwie in den Besitz des Schlüssels gekommen sein. Und er musste sicher sein, dass nur das Opfer im Haus war. Es konnte sich hier nicht um einen Einbruch handeln, es war vielmehr ein geplanter Mord. Nur die Zeugin Hertz hatte kein Alibi. Und scheinbar auch kein Motiv. Aber sie konnte es ja nicht gewesen sein, was die Nachbarin bestätigte. Es sei denn, sie wäre schon einmal dort gewesen und wiedergekehrt. Doch was wollte dann der oder die andere zur gleichen Zeit im Garten? Der, der das Glas mithatte? Wenn sie Komplizen gewesen wären, wäre er oder sie nicht so panisch geflohen.

Sie kam nicht weiter. Was sie sich auch überlegte, das alles passte irgendwie nicht zusammen. Welches Motiv konnte es für die Tat gegeben haben? Er hatte nach Angaben seiner Familie keine Feinde, keine Schulden und war kein schlechter Mensch gewesen. Auch als sie sich zu Hause immer wieder die Fotos ansah, fand sie keine Erklärung. Es hatte keinen Sinn. Auch wenn sie alle bisherigen Fälle noch einmal durchging, es brachte sie nicht ans Ziel.

Zwei Tage später sollte sich das jedoch ändern. Larry rief bei ihr an und bestellte sie dringend in die Wohnung, die Marcus gehört hatte.

Er war mit sechzehn Jahren in eine eigene Wohnung in Rollesbroich gezogen, ein Dorf, das nur zwei Kilometer von der Wache in Simmerath entfernt war. Larry hatte von dessen Mutter erfahren, dass sich ihr Sohn erhängt hatte. Er hatte einen Brief hinterlassen, der Jennifer als Kopie gegeben wurde. Sie las ihn.

Liebe Mutter,
vergib mir. Ich konnte nicht anders. Ich weiß schon lange, dass er Dich betrogen hat. Ich konnte es ihm nicht verzeihen. Und seit er dann auch noch mit dem Trinken angefangen hat, hasste ich ihn über alle Maßen. Ich habe ihn ermordet. Er hat es nicht anders verdient. Doch wie ich es gemacht habe, behalte ich für mich. Ich gebe für den Mord an ihm nun auch mein Leben, so ist es gerecht. Außerdem will ich nicht als Mörder dastehen.

Larry seufzte.

»So findet der Fall eine rasche Lösung. Schon irgendwie seltsam. Ich dachte, du würdest es herausfinden. Aber jetzt hat der Spuk ein Ende.« Er ging zu seinem Wagen.

Jennifer sah ihm nach, dann noch einmal auf den Brief. »Hat er nicht«, murmelte sie.

Als sie wieder in ihrem Wohnzimmer saß, trank Jennifer genüsslich einen Kaffee. Sie hatte die Kopie des Briefes neben sich auf den Tisch gelegt und las sich immer wieder die Zeilen durch. Es war zu einfach. Natürlich, der Brief sagte alles aus, aber warum sollte der Sohn sich umbringen, wo er doch ein Alibi gehabt hatte? Niemand hatte ihn verdächtigt. Es gab kein Indiz dafür. Und über Tod und Leben zu entscheiden, war nicht leicht. Jemand, der Selbstmord beging, musste sehr stark sein, um dieses Vorhaben durchzuführen.

Jennifer erinnerte sich an einen Freund aus ihrer Schulzeit. Seine große Schwester war vor einigen Jahren bei einem Unfall auf der Achterbahn gestorben. Die Eltern waren schon tot, sodass für ihn eine Welt zusammengebrochen war. Er hatte sich umbringen wollen, doch obwohl er eine starke Persönlichkeit war, hatte er nicht die Kraft dazu. Genauso wenig traute Jennifer dem jungen Marcus das zu.

Sie las erneut die Zeilen. Es war eine sehr markante Schrift. Die Buchstaben waren sehr gerade und sahen eigentlich etwas zu fein aus für eine Jungenschrift. Sie waren leicht geschwungen, was ebenfalls eher untypisch war. Außerdem hatte Marcus seinen Namen nicht unter den Brief gesetzt. Der Brief schien jedenfalls in Eile geschrieben worden zu sein. Er war leicht verschmiert, wie wenn man nach dem Ausradieren über ein Blatt Papier wischt.

»Das ist doch nicht normal!«, dachte die Ermittlerin. »Der Brief ist sehr kurz, Marcus hat nicht unterschrieben, die Schrift ist seltsam und verwischt. Außerdem hat ein Jugendlicher sich umgebracht, weil er nicht als Mörder leben wollte. Da ist doch etwas oberfaul! Niemand würde sich in so einer Situation als Mörder bezeichnen. So etwas ist absolut absurd!«

Sie nahm das Telefon und rief ihren Kollegen an.

»Larry, ich bin's. Ich habe einen sehr wichtigen Auftrag für dich. Marcus Bauer muss sofort gründlich auf jede noch so kleine Spur von irgendwelchen Betäubungsmitteln oder ähnlichem untersucht werden. Ich habe meine Zweifel, das heißt, ich möchte den Selbstmord bestätigt wissen.«

Larry willigte ein. Jennifer untersuchte inzwischen den Brief auf alle noch so kleinen Hinweise. Während sie auf die Ergebnisse der Mediziner wartete, ließ sie den Brief von einem Fachmann überprüfen. Zudem hatte sie sich einige Schulhefte des Toten beschafft, mit denen die Schrift verglichen werden sollte.

Sie kam schließlich zu Ergebnissen, die ihre Theorie bestätigten. Der Brief war höchst wahrscheinlich nicht von Marcus geschrieben worden. Die verschmierten Stellen deuteten darauf hin, dass der Schreiber die Hand in einem ungewöhnlichen Winkel führen musste, wie es bei Linkshändern üblich ist. Außerdem stimmten die Buchstaben nicht wirklich miteinander überein.

Dann traf der Laborbefund ein. Larry hatte ihn sofort an Jennifer weitergeleitet. Der Tote wies tatsächlich noch Spuren eines drogenähnlichen Mittels auf, das rezeptfrei in Apotheken erhältlich war. Es wirkte stark betäubend, was seine Benutzung als Schmerzmittel begründete. Sofort ließ Jennifer die ganze Wohnung des jungen Mannes durchsuchen, jedoch wurde keine ähnliche Substanz gefunden. Außerdem wäre der nach Einnahme des Medikamentes nicht im Stande gewesen, sich zu erhängen: die gefundene Dosis war viel zu hoch. Sie hatte unmittelbar zu Bewusstlosigkeit geführt.

Jennifer schlug eine Aktenmappe auf den Tisch.

»Es war Mord, das ist sicher. Er ist wahrscheinlich vom selben Täter ermordet worden, vermutlich einem Linkshänder. Der wollte ihm den Mord an seinem Vater anhängen. Sehr clever, aber er hat nicht gut genug gearbeitet. Der Text hat ihn verraten. Aber das wirft neue Fragen auf. Wir müssen den Täter finden. Ich glaube zwar nicht, dass der noch mal zuschlägt, aber was, wenn doch? Wer hätte noch einen Grund, den Vater und den Jungen umzubringen? Seine neue Freundin mit Sicherheit nicht. Seine Frau vielleicht. Ist die denn Linkshänderin? Und selbst, wenn sie es wäre, sie hat ein Alibi. Verdammt noch mal, niemand hat zur Tatzeit jemanden in die Wohnung gehen sehen, der Täter ist aber offensichtlich noch mal zurückgekommen und anscheinend wollte niemand dem Opfer etwas anhaben. Das kann doch nicht sein! Ich habe so viele Fälle gelöst, aber so einen habe ich noch nie erlebt!«

Larry stand auf und ging auf sie zu.

»Beruhige dich doch. Ich würde vorschlagen, du fährst jetzt nach Hause und ruhst dich aus. Schlaf eine Nacht darüber, morgen sehen wir weiter. In Ordnung?«

Jennifer nickte und verließ wortlos die Polizeistation.

Sie stieg langsam in ihren Wagen, fuhr von ihrem Parkplatz und kam bald in ihrer Einfahrt an. Dort schaltete die Detektivin den Motor aus und legte den Kopf auf das Lenkrad. Sie fühlte sich vollkommen kraftlos und erschöpft. Der Fall raubte ihr die Nerven. Vielleicht hätte sie den Brief nie lesen sollen. Sie hätte einfach den Sohn für einen Mörder gehalten und den Fall abgeschlossen. Und dann? Dann wäre der nächste Mord geschehen und einer ihrer Kollegen hätte den Täter gestellt. Nein, sie konnte nicht aufgeben. Sie sah auf. Dann stieg sie aus und ging zu ihrer Haustür. Drinnen begrüßte Findus sein Frauchen lebhaft. Sie ging ins Bad und drehte erst mal den Wasserhahn auf. Ein bisschen Entspannung konnte sie vielleicht auf andere Gedanken bringen. Sie ließ die Wanne voll laufen.

Aber auch nach einer halben Stunde – ihre Haut war bereits aufgeweicht – konnte sie nicht aufhören, über den Täter nachzugrübeln. Sie stutzte. Wieso hatte sie eigentlich noch gar nicht darüber nachgedacht, dass der Mord eventuell auch zu einer anderen Zeit begangen worden sein könnte? Es gäbe sicherlich noch eine Möglichkeit. Sie erhob sich wieder und ging zu Bett. Diese Nacht war seit Tagen die erste, in der Jennifer wieder vernünftig schlafen konnte. Am nächsten Morgen weckte Findus sie mit lautem Schnurren. Sie nahm ihn auf den Arm und ging in die Küche. Dort setzte sie ihren Kater auf einen Stuhl und sah ihn an:

»Weißt du was, Findus, wenn ich heute mit meiner Theorie Erfolg habe, dann bekommst du einen gebratenen Kabeljau, ganz allein für Dich! Na, ist das was?«

Findus schnurrte. Sie kraulte ihren Liebling noch etwas, dann machte sie sich wieder auf den Weg zur Wache. Dort angekommen sprang sie aus dem Wagen und lief zu Larry.

»Hallo, Larry, wir müssen noch einmal zur Wohnung von Frau Bauer. Ich muss etwas sehr wichtiges nachprüfen.«

Sie gingen zum Oberinspektor, doch dieser wollte keinen Haussuchungsbefehl herausgeben. Jennifer erklärte ihm ihren Verdacht:

»Es ist folgendermaßen: Der Mörder hat ihn um ein bis zwei Uhr getötet. Wenn er später noch einmal wiedergekommen ist, heißt das, er konnte die Tatwaffe vorher nicht entfernen. Warum? Weil er die Tat nicht direkt, sondern durch irgendeinen Mechanismus begangen hat. So musste er zur Tatzeit nicht da sein. Das perfekte Alibi konnte geschaffen werden. Da gibt es jedoch ein Problem für ihn: Er wollte alles in Ruhe beseitigen, kam jedoch nicht dazu, alles in Ordnung zu bringen. Seither ist die Wohnung nur noch von der Frau des Toten betreten worden. Das heißt, wenn diese die Tat so begangen haben sollte, könnten wir nur hoffen, dass sie eine Spur übrig gelassen hat. Sie hatte als Einzige ein Motiv.«

Der Inspektor hielt die abenteuerliche These für nicht schlecht.

»Da könnte was dran sein. Aber enttäuschen Sie mich nicht.«

Unmittelbar darauf standen Jennifer und Larry vor der Tür zur Wohnung. Frau Bauer ließ sie widerwillig herein. Drinnen sah Jennifer sich genau um. Es gab keinen Schrank mit einer Vorrichtung oder ähnlichem. Wie könnte der Mörder es nur gemacht haben? Sie lehnte sich gegen die Kommode. Als sie sich genauer umsah, fiel ihr Blick auf einen leuchtenden Faden, der neben der Kommode lag. Sie hob ihn auf. Es war ein Stück Nylonschnur. Was machte die denn hier? Sie drehte sich um und sah sich genau die Kommode an.

Dort hielt sie verdutzt inne: Kaum sichtbar war ein weiteres Stück Schnur um den Haken gebunden, an dem die Gardine befestigt war. Aber wozu? Auffällig war: Es war ein linkshändig gebundener Knoten. An der anderen Seite war nichts. Sollte dieses Stück Schnur etwas mit dem Mord zu tun haben? Die Kommode stand in gerader Linie zu der Couch, auf der Peter Bauer gelegen hatte. Eine Schnur … damit band man doch normalerweise etwas fest. Nur was? Sie ließ den Blick durch den Raum schweifen. Jeden Zentimeter suchte die Ermittlerin einzeln nach einem Beweis ab, etwas, womit der Mord begangen worden sein konnte. Da, genau über der Couch war ein zweiter Haken. Was tat der da? Für einen Lampenhaken war er zu klein, er wäre ausgerissen. Aber er musste einen Hinweis geben. Wenn jetzt aber die Schnur … nein, darauf käme niemand. Das konnte einfach nicht sein. Oder doch?

Es gab nur diese eine eigentlich einfache Lösung: Die Schnur war zur Befestigung einer großen Glasscherbe genommen worden. Dann wurde die Schnur durchtrennt und die Glasscherbe fiel herab auf das Opfer. Nur gab es einen Haken an der ganzen Sache. Wie konnte das Opfer genau dann unter diesem Mechanismus sein? Der Mann hätte liegen müssen, doch dann hätte er das doch gesehen. Er musste betäubt worden sein oder geschlafen haben. Als Alkoholiker könnte er zwar getrunken haben, doch niemand hätte sich darauf verlassen können. Also blieb nur die Betäubung. Wie bei Marcus.

Jennifer ging in das Schlafzimmer. Sie nahm kurzerhand sämtliche Schubladen aus der Halterung und stieß auf ein kleines Kästchen. Darin lagen Medikamente. Sie drückte einige Tabletten aus den Verpackungen und steckte sie ein. Sie verließen die Wohnung unverrichteter Dinge. Larry war sichtlich enttäuscht.

»Was meinst du, was Maurice dazu sagt? Denkst du etwa, er ist jetzt total begeistert?«

Jennifer war das egal. Sie fuhr nach einer Strafpredigt des Oberinspektors zu einer Apotheke und verlangte die genaue Analyse der Tabletten. Am gleichen Abend rief sie die Gerichtsmediziner an, die die Untersuchung bei Marcus durchgeführt hatten. Es handelte sich um das gleiche Mittel. Sie war so nah dran! Jetzt musste sie nur noch den Auslöser jener ungewöhnlichen Mordeinrichtung finden. Wer hatte das Kabel durchtrennt?

Sie nahm die Fotos. Eine Kommode, zwei Gardinen an der Wand, ein Tischdeckchen, eine abgebrannte Kerze, ein Schmuckdöschen und … Halt, da war doch was! Jennifer sah es sich noch einmal ganz genau an. Kein Zweifel, so musste es gewesen sein. Jetzt fehlten nur noch ein paar kleine Teile des Puzzles. Es war ein Spiel mit dem Feuer. Doch Jennifer musste es einfach riskieren. Sie rief noch einmal bei der Ehefrau und bei der Zeugin Hertz an und lud beide für den nächsten Tag aufs Präsidium. Hoffentlich würden sie nicht merken, dass sie unsicher war, was ihre Beweise anging.

Der Tag X war gekommen. Jennifer nahm all ihren Mut zusammen und fuhr zur Wache, wo sie ihre Kollegen mit Andeutungen auf das Eintreffen der Zeugen vorbereitete. Schließlich waren alle in Jennifers Büro versammelt. Larry hatte ihr noch versichert, dass er ihr die Daumen drücken würde. Mit ruhiger Stimme begann sie.

»Ich habe Sie hierher bestellt, weil ich noch einmal mit Ihnen den Fall durchgehen möchte. Frau Bauer, ihr Mann ist ermordet worden. Und Sie, Frau Hertz, haben den Täter gesehen. Ist das richtig?« Beide nickten.

»Die Obduktion hat nun ergeben, dass der Mord gegen ein bis zwei Uhr begangen worden ist. Das passt nicht mit den bisherigen Erkenntnissen zusammen, denn der Mörder wäre sicher nicht noch einmal zurückgekehrt. Auch einen Komplizen halte ich nicht für wahrscheinlich. Der Mörder muss ein Bekannter der Familie sein, da er im Besitz eines Schlüssels gewesen sein muss. So auch Sie, Frau Hertz, was gegen Sie spräche, ebenso ihr nicht vorhandenes Alibi. Was sagen Sie dazu?«

Frau Hertz schüttelte den Kopf.

»Ich hatte doch keinen Grund für einen Mord! Und außerdem hat die Nachbarin den Täter fliehen sehen!« Jennifer nickte.

»Das ist richtig. Ich würde es Ihnen auch nicht zutrauen, aber egal. Fragt sich nur, warum der Mörder wirklich zurückgekehrt ist.«

Jetzt ergriff Frau Bauer das Wort: »Was soll das eigentlich? Sie wissen doch, dass mein Sohn der Mörder war! Und das habe ich eben schon einmal gesagt.« Jennifer neigte den Kopf auf die Seite.

»Kannten Sie ihren Sohn nicht besser? Er stand mitten im Leben, hatte keinen Grund für die Tat und er war Rechtshänder. Der Knoten im Strick war aber von einem Linkshänder gebunden, Marcus ist vorher betäubt worden. Auch er ist ermordet worden, der Brief war gefälscht. Der Mörder wollte dadurch von sich selbst ablenken. Also: es muss jemand gewesen sein, der auch den Schlüssel zu seiner Türe hatte. Und derjenige ist Linkshänder … So wie Sie, Frau Bauer. Was meinen Sie denn zu dieser These?«

Frau Bauer stand das Entsetzen ins Gesicht geschrieben.

»Und ich weiß, sie sind im Besitz der Tabletten, mit denen ihr Sohn betäubt worden ist. Wie sieht es jetzt aus?«

Frau Bauer stotterte: »Ich ... Sie ... Sie glauben doch nicht, ich ... Nein, das können Sie nicht beweisen. Ich habe meinen Mann nicht umgebracht, ich war bei meiner Freundin. Das wissen Sie doch. Und ich habe keinen Grund gehabt, meinen Sohn zu töten!«

Jennifer triumphierte innerlich. Sie hatte noch immer ihren Trumpf, den letztgültigen Beweis, auf Lager:

»Ich will Sie alle nicht länger auf die Folter spannen. Der Mord war, das gebe ich zu, sehr gut geplant. Der Mörder hat eine Glasscherbe benutzt und diese an einer Nylonschnur befestigt. Dazu hat er den auf diesem Bild sichtbaren Haken und die Aufhängung der Gardine benutzt. Darunter hat er auf die Kommode eine Kerze gestellt, die bei einer bestimmten Höhe begann, die Nylonschnur zu schmelzen, bis diese schließlich riss. Das Opfer wurde mit Tabletten betäubt und unter der Scherbe auf der Couch platziert. Der Mordplan glückte. Abends musste dann jemand in die Wohnung kommen und die Spuren beseitigen. Frau Hertz hat ihn daran gehindert. Er musste fliehen, ließ die Mordwaffe dabei aber fallen. So konnte die Polizei Scherben sichern. Was mich zu dieser Theorie bringt, ist ein Stück Nylonschnur, welches sich auf ihrem Zimmerboden befand, Frau Bauer. Und ein zweites, das immer noch am Gardinenhaken hängt. Auch Ihr Motiv kann ich Ihnen nennen: Die Affäre ihres Mannes. Wollen Sie es nicht doch einfach zugeben? Die Tabletten sind bei ihnen gefunden worden, ebenso habe ich Beweise, dass Sie von der Affäre gewusst haben. Die Schrift im Brief ihres Sohnes könnten wir prüfen lassen, ebenso die Nylonschnur. Ersparen Sie uns den ganzen Aufwand doch bitte.«

Frau Bauer schluckte, dann senkte sie den Kopf.

»Respekt, Frau Inspektor. Sie haben es tatsächlich herausgefunden. Ich gratuliere. Dabei hatten wir uns doch solche Mühe gegeben! Nun gut, es ist ja eigentlich gerecht, dass ich überführt wurde. Mein Komplize war mein Sohn, das ist auch richtig. Er sollte die Scherbe beseitigen und die Schnur, doch er muss es vergessen haben. Ich war so beunruhigt, dass ich auch nicht mehr danach gesehen habe. Vielleicht hätten Sie mich dann nicht gefasst. Aber auch wenn Sie eine noch so gute Beobachterin sind, eine falsche Aussage haben Sie gemacht: Ich habe ihn nicht wegen der Affäre ermordet, sondern damit er nicht noch eine Familie zerstört. Wir hatten eine kleine Tochter, Rosalie. Sie ist mit sechs Jahren bei einem Autoun-fall gestorben, den mein Mann verursacht hat. Er war betrunken gefahren und hatte die Kleine mitgenommen, obwohl ich ihm das verboten hatte. Mein Sohn und ich haben ihn dafür gehasst. Als ich dann von der neuen Frau erfuhr, wollte ich noch so ein Unglück verhindern.«

Sie sagte nichts mehr. Zwei Polizisten brachten sie weg.

Der Inspektor war voll des Lobes und gratulierte Jennifer noch viele Male. Larry zog ebenfalls den Hut vor ihr und bot an, mit ihr zur Feier des Tages essen zu gehen. Jennifer bedankte sich, doch sie lehnte ab. Als Larry sie nach dem Grund fragte, sagte sie nur:

»Ich habe schon jemanden auf gebratenen Kabeljau eingeladen.« Sie ließ den verwirrten Larry stehen.

Er rief: »Man lädt doch niemanden auf Kabeljau ein!«

Jennifer lachte und lief fröhlich zu ihrem Wagen. Zu Hause wartete geduldig der kleine Findus auf seinen Fisch.

Der Marder

Vor mir auf dem Schreibtisch liegt ein Foto unserer Abiturklasse, aufgenommen irgendwann zu Beginn des 13. Schuljahres, im August oder September. Am Ende sollten es ein paar Leute weniger sein. Neben dem Foto liegt eine Zeitung: Der Programmierer, der Holländer, der große Schweiger und ich sind auf dem Foto zu sehen. Ich weiß, es ist nun an der Zeit, etwas richtig zu stellen.

Es war nicht gerecht, dass wir damals in der Zeitung waren, weil wir den ›Marder‹, einen Dieb und Erpresser an unserer Schule, geschnappt hatten. Ich erinnere mich noch genau daran, was passiert war. Es muss zu Beginn unserer zweiten Klausurphase gewesen sein. Mein Blick fällt auf das Foto und ich sehe uns alle dastehen …

Ich weiß nicht, warum wir es damals gemacht haben, ich glaube, es war eine Idee der Schülerzeitung, zu der auch ich gehörte. Jedenfalls sind alle dabei, außer Vanessa, ich glaube, sie war krank. Ganz rechts stand, sehr bezeichnend, mit seiner Glatze, als Einziger nicht lächelnd, Klaus-Dieter Geiger, genannt ›Skinny‹. Er lächelte nie, und Gerüchte besagen, ein Mädchen aus unserer Stufe hätte ihm einen Zahn ausgeschlagen, als er zudringlich wurde und ihr Freund nicht dabei war. Daneben stand Rudolf Hellmann mit seiner Freundin Irmgard Esser. Weiter ein paar Leute, von denen es hieß, sie seien nur dann nicht blau, wenn sie bekifft wären. Natürlich haltlose Übertreibungen, aber man sagte es dennoch. Zu ihnen gehörte auch Mehmet, ein türkischer Schüler. Er fürchtete sich, ganz zu recht, vor Skinny, der immer tat, als wäre er der Größte. Neben ihm stand Miriam Bayer mit ihrem Freund Harry Bongartz. Die beiden waren wohl das Traumpaar unsere Stufe, von allen beneidet. Sie waren schon seit einer Klassenfahrt in der Neunten zusammen und brachen damit auch Rudolfs und Irmgards Rekord. Olaf Ziegler, Miriams Ex, stand hinter Harry. Er hatte ihr nie verziehen, dass sie Harry vorgezogen hatte. Daneben kamen die beiden Polen, Anton Nostrop und Lukas Chodov, Frank Haller, der Holländer (der gar keiner war, sondern nur in Holland wohnte), Udo Reeder, der Chaot, im Hintergrund. Vor ihm stand der Programmierer Ulrich Auerbach. Dann, alle überragend, Jörg Peters, der große Schweiger. Er war beides, groß und ein Schweiger. Zuletzt, links außen, also so weit wie möglich von Skinny und Rudolf entfernt, ich, Kai Erwins, mit gespielt gezwungenem Lächeln und als Einziger mit Jacke in der Sonne.

Damals, 1996/97, als wir das Abitur machten, gab es immer wieder Ärger, weil auf dem Schulparkplatz Autos aufgebrochen wurden. Wir nannten den Dieb ›Marder‹, weil diese Tiere auch immer an Autos gehen und ich außerdem einmal in der Physiksammlung ein Marderfell entdeckt habe und aus Spaß zum Physiklehrer und Ulrich gesagt habe:

»Vielleicht raubt der ja immer die Autos aus.« Der Witz war zwar nicht besonders, aber der Name hielt sich. Eigentlich hatten wir nie im Sinn gehabt, selber nach ihm zu suchen. Doch das änderte sich.

Es war an einem Mittwoch Nachmittag, wir hatten gerade noch Englisch, danach zwei Freistunden vor Sport. Herr Zelter *held a speech* über *how to use the verb* ›make‹. Er ärgerte sich maßlos, dass wir immer ›make‹ verwendeten, egal, ob es passte oder nicht. Auch ich ärgerte mich, nicht, weil alle ›make‹ benutzten, sondern weil ich nicht, wie zum Beispiel Vanessa, Englisch abgewählt hatte.

»Schon gehört? Rudolfs Auto wurde jetzt auch geknackt.« sagte Frank zu dem neben ihm sitzenden Udo. Der zuckte bloß mit den Schultern, während ich heimlich Schadenfreude verspürte.

»Na und?« sagte Udo. »Meins auch. Letzte Woche.«

Es klingelte, bevor Zelter seine Hausaufgaben diktieren konnte. Miriam zeigte, dass sie manchmal doch pünktlich sein konnte. Pünktlich zum Klingeln war sie an der Tür, wo Harry sie bereits erwartete. Udo, Frank und ich packten unsere Sachen, während Ulrich mit dem Lehrer (in besserem Englisch als dieser) abklärte, wann man denn nun ›make‹ verwenden durfte.

Auch ich wurde an der Tür erwartet, allerdings aus anderen Gründen als Miriam. Vanessa gab mir mit den Worten »Kai, hast du Deutsch?« mein Physikheft zurück. Ich verneinte und sie meinte nur:

»Gut, dann mach ich das jetzt.«

»Dann mach ich solange Sowi.« entgegnete ich.

Im Aufenthaltsraum herrschte die übliche Lautstärke, nicht wirklich leise, aber man konnte immerhin noch seine Hausaufgaben erledigen. Vanessa schrieb an ihren Deutschaufgaben, ich diskutierte mit Anton und Frank über ›Soziale Auswirkungen des Treibhauseffektes‹. Miriam und Harry übten am Nachbartisch irgendetwas. In der Ecke stand Rudolf mit Irmgard und tuschelte, während er es irgendwie auch noch schaffte, gleichzeitig gegenüber Lukas, Olaf und Mehmet einen auf Macho und ganz toller Hecht zu machen. Einige Mädchen redeten über den letzten Diskobesuch im B52. Alles in allem ein ruhiger Tag, wenn nicht im Radio irgendeine für meinen Geschmack primitive Musik gelaufen wäre. Als sich dieses Problem durch Staumeldungen endlich löste, trat Skinny ein.

Gewöhnlich regten seine unqualifizierten Kommentare niemanden mehr auf. Doch diesmal, als er hereingestürmt kam, wütend nach Opfern stierend, ging er zu weit.

»Ihr Scheiß-Kanaken habt meine anderthalb Mille geklaut!« blökte er Anton und Lukas an, die den Fehler gemacht hatten, gerade zwei Worte auf polnisch zu sprechen. Wenn einer von ihnen einen Polenwitz machte, war es mir egal, denn sie wussten, dass es nicht so war. Aber Skinny meinte es ernst. Gewöhnlich gehörte es nicht zu meinen Stärken, rechten Polemikern meine Meinung zu sagen, aber diesmal schwieg ich nicht.

»Halt deine dumme Fresse und warte, bis unter deiner Glatze mal ein Gehirn nachwächst. du weißt, dass sie es nicht waren. Deine Skinhead-Kacke kannst du für dich behalten.«

Skinny baute sich drohend hinter mir auf, und ich gebe zu, ich bekam es mit der Angst zu tun.

»Machste jetzt einen auf sozial, wie? Diese Kan...«

Ich versuchte ruhig zu wirken. »Noch ein Wort, Klaus, und ich...«

»Und was? Soll ich dir eine reinhauen?« Die Geschichte begann schon, eine für mich unerfreuliche Wendung zu nehmen, als sich plötzlich, überraschend, Miriam einmischte.

»So wie ich dir eine verpasst habe?« fragte Miriam vom Nachbartisch. »Zeig doch mal deine Zahnlücke.«

Skinny warf ihr einen vernichtenden Blick zu und knirschte mit den Zähnen, wobei er wider Willen seine Zahnlücke sichtbar werden ließ.

»Ach nee. du blöde Schlampe hilfst dem Streber auch noch. Kann der sich nicht selber wehren?«

»Doch. Aber dann fliege ich von der Schule«, sagte ich. Irgendwie beruhigte es mich, zu wissen, dass ich im Falle eines Falles nicht ganz allein dastand.

Skinny jedenfalls suchte sich gleich ein neues Opfer.

»du warst es, Ali.«

Gemeint war Mehmet, aber für Skinny hießen alle Türken Ali oder Achmed.

»Kann mir vorstellen, dass du das Geld brauchst. Hast wohl einen Kredit für dein neues Auto und musst die Zinsen bezahlen.«

Wieder intervenierte Miriam. »Warum nimmst du überhaupt so viel Geld mit in die Schule?«

Doch auch Skinny stand nicht allein da. An seiner Stelle antwortete Rudolf. (Möglicherweise war er gar kein Sympathisant, es war nur bekannt, dass er vermutlich der einzige Junge der ganzen Stufe war, der sich nie auch nur ansatzweise für Miriam interessiert hatte.)

»Kann mir vorstellen, dass du dir das nicht vorstellen kannst. Du hast ja nicht mal genug Geld, um dich schick zu machen.« Irmgard kicherte, während Rudolf weiterredete.

»Oder für Zigaretten. Komisch, wo doch dein Vater so ein hohes Tier bei den Bullen ist.«

»Staatsanwaltschaft«, korrigierte Miriam und warf ihm einen Blick zu, der dem Skinnys fast nicht nachstand. »Außerdem muss sich ja nicht jeder die Bude voll qualmen. Oder sich kiloweise Schminke ins Gesicht schmieren.«

Das sah Rudolf als Angriff auf Irmgard.

»Pass auf, was du sagst!«, brüllte er und drohte ihr.

»Hey, wer Miriam bedroht, bedroht mich«, antwortete Harry und die Situation drohte zu eskalieren. Doch Rudolf wusste, dass Harry einer der wenigen war, die in Sport besser waren als er, und er wollte nicht ausprobieren, ob er wirklich regelmäßig Selbstverteidigung trainierte.

»Humphrey Bogart beschützt seine Freundin. Wie rührend«, murmelte er, nahm sein Sportzeug und verschwand mit Irmgard, obwohl wir noch über eine Stunde Zeit hatten.

Schließlich vergaßen wir über den Streit, dass Skinny bestohlen worden war.

Der Donnerstag begann mit dem langweiligsten Fach: Englisch, Doppelstunde. Obwohl ich genau wusste, wie meine Uhr aussah, fand ich sie interessanter als Herr Zelters Unterricht. Außerdem wollte ich überprüfen, ob man wirklich seine Uhr nach Zelters Geschrei stellen konnte. Es hieß, regelmäßig um Viertel nach acht käme Miriam. Zelter nahm das jedes Mal persönlich – er dachte wohl, das käme nur bei ihm vor. Dabei trug selbst unser Deutschlehrer Ralf Huber, der bei anderen über Verspätungen einfach mal hinwegsah, bei Miriam regelmäßig den Vermerk ›zu spät: Miriam Bayer‹ ins Klassenbuch ein.

Doch heute schien sie nicht zu spät zu kommen. Sie schien überhaupt nicht zu kommen. Das war schon ungewöhnlich, denn neben Ulrich und mir war sie die einzige, die bisher das Abitur mit unter fünf Fehlstunden hätte schaffen können, natürlich nicht, wenn man die Viertelstunden zu Beginn jedes Tages zusammenrechnete.

»Miriam, why are you so late?«, fragte Zelter, als Miriam dann doch in der Tür erschien.

»Sorry, but I made my homework yesterday in the evening and so I slept to long.«

»No!« schimpfte Zelter. »You never *make* your homework.«

»Of course. Soll ich's Ihnen zeigen?« Miriam wollte schon ihren Rucksack öffnen, doch Zelter ging es um etwas anderes.

»No. You maybe *did* your homework, obwohl das wahrscheinlich doch nur Mist ist. But you never *make* it. Herrgott, das Thema hatten wir gestern doch schon.«

Miriam ging zu ihrem Platz, ohne weiter auf Herrn Zelter zu achten. Ich entdeckte eine Schramme auf ihrer Stirn, die unter ihren Haaren verdeckt war, jetzt jedoch sichtbar wurde, weil sie sich die Haarsträhnen aus der Stirn wischte, die beim Laufen dorthin geweht worden waren. Auch an ihrer linken Hand hatte sie einige Krusten an den Fingerknöcheln.

» What did you make?«, fragte Frank Miriam, als wir nach dem Unterricht nach unten gingen.

»Lass' mich bloß mit Englisch in Ruhe«, fauchte Miriam.

»Was hast du gemacht?«, fragte ich nach, da sie keine Antwort gegeben hatte. »Hat Skinny sich an Dir gerächt?«

» Quatsch. Das heißt, so genau weiß ich das nicht. Gestern, als ich nach Hause gefahren bin, kam plötzlich ein Jeep auf mich zu. Ich stand ganz normal an der Ampel, da gibt der Typ plötzlich Gas, fährt gegen mein Fahrrad, erwischt mich mit dem Spiegel am Kopf und rast weiter. Bis ich mich dann aus dem Schrotthaufen, der von meinem Rad übrig war, befreit hatte, war der schon weg.«

Am Schaukasten fiel mir zum ersten Mal wieder der Vorfall von gestern ein. Der Aushang zum Thema ›Stellt eure Autos nicht auf den Lehrerparkplatz‹ war ersetzt worden. Er hätte auch hängen bleiben können, es stand nichts Neues drauf. Lediglich in der Ecke des Zettels war nun ein Marder abgebildet. Ich ignorierte den Zettel und sah auf den Vertretungsplan. Skinny allerdings las den Zettel genau.

»Ist doch seltsam, dass sie deinen neuen Geländewagen nicht geknackt haben, Mehmet.« rief er überlaut. Miriam blieb wie vom Schlag getroffen in der Menge stehen.

»Woher weißt du plötzlich meinen Namen?«, fragte Mehmet, doch Skinny redete weiter.

»Wie kannst du dir überhaupt so eine Karre leisten? Und warum wird grad der nicht geklaut?«

»Erstens habe ich nichts Wertvolles drin. Zweitens steht er nicht auf dem Schulparkplatz. Und drittens haben ihn gestern welche aufgeknackt.«

In der Pause bemerkte ich, wie Miriam und Harry über den Schulparkplatz gingen. Das war an sich nichts Ungewöhnliches, die beiden verschwanden oft in Pausen und Freistunden. Doch seltsamerweise blieben sie an einem Auto stehen. Es war nicht das von Miriams Vater. Es war ein grüner Geländewagen. Ich beobachtete, wie Miriam um ihn herumging und ihn dann etwas genauer zu begutachten schien, bevor sie, mit Harry diskutierend, in Richtung Ausfahrt davonging.

Neugierig geworden, sah auch ich mir den Wagen an. Der linke Kotflügel war verkratzt, außerdem entdeckte ich hellblaue Lackspuren. Welche Farbe hatte Miriams Fahrrad? Hellblau? Ich hatte keine Ahnung. Außerdem, wer wäre so dumm, den Wagen dann hier abzustellen, wenn er eine Schülerin dieser Schule damit angefahren hatte? Ich entdeckte, dass auch der Spiegel links verbogen und angeknackst war. Kein Zweifel. Ich kniete nieder, um noch die Stoßstange in Augenschein zu nehmen.

Plötzlich erhielt ich einen Schlag auf den Kopf und stieß gegen den Kühlergrill. Ich fuhr herum, um meinem Angreifer auszuweichen, und ein zweiter Schlag traf mich. Ich erkannte Mehmet.

»Jetzt halt mal die Lu...« Ein weiterer Schlag traf mich aufs Auge und ich sackte zusammen.

»Du bist das also! Wie hast du dich genannt? Der Marder!« rief

Mehmet. Er holte wieder aus, doch ich hatte mich wieder gefasst und fing seinen Schlag ab.

»Jetzt hör mal auf, hier rumzuspinnen! Was glaubst du, wollte ich hier machen?« Er war dabei, sich zu befreien.

»Mein Auto aufbrechen.« Ich schüttelte den Kopf.

»Für wie blöd hältst du mich? Soll ich durch die Motorhaube in dein Auto klettern? Wenn ich deine Karre knacken würde, würde ich durch die Tür oder den Kofferraum gehen.«

Mehmet schwieg. Ihm wurde klar, dass er übereilt gehandelt hatte. Wenn ich wirklich der Marder wäre, hätte er warten müssen, bis ich an der richtigen Stelle gearbeitet hätte. Ich nutzte seine Schweigepause, um die Rollen zu tauschen.

»Mal was anderes: Wo warst du gestern zwischen halb vier und halb fünf?«

»Was geht dich das an?«

»Ist doch nicht so kompliziert. Gestern, nach Sport«, sagte ich aufbrausend. Mehmet kannte meine Vorgeschichte (zwei Klassenkonferenzen wegen unangebrachten Aggressionen gegenüber meinen Mitmenschen) und zog es vor zu antworten.

»Ich bin nach Hause gegangen, um für die Klausur am Montag zu üben. Ist doch nur fünf Minuten von hier.«

»Und dein Auto?«

»Ich wohne direkt da vorne, da brauche ich kein Auto. Das stand bei mir vor der Tür.«

»Und warum steht es heute nicht da?«

»Ist mir zu unsicher. Wie du vielleicht mitgekriegt hast, ist es gestern aufgebrochen worden.« Um unseren Streit nicht wieder aufzunehmen, verschwieg ich, dass hier auch ständig Autos geknackt wurden.

»Naja«, murmelte ich und entfernte mich. »Ehrlich gesagt, ich sehe auch keinen Grund, warum du Miriam überfahren solltest.«

»Mehmets Jeep war das Tatfahrzeug?«

»Ja.« Ulrich, Udo und Vanessa schienen mir nicht zu glauben, was ich berichtete.

»Warum sollte er das tun?« Ich lehnte mich vor und sprach leiser, damit nicht der ganze Aufenthaltsraum mithören konnte.

»Ich habe nicht gesagt, dass Mehmet der Täter war. Gestern wurde sein Auto aufgebrochen.«

»Worauf willst du hinaus?«

»Skinny könnte sich an Miriam rächen wollen. Sie hat ihn vor der ganzen Stufe lächerlich gemacht. Oder Rudolf, der ständig den großen Macker markiert und gestern im Aufenthaltsraum ...«

»Das war doch bedeutungslos. Du willst doch nur, dass Rudolf es war, weil du ihn nicht leiden kannst.« Ulrich sprach aus, was ich selber dachte.

»Klar kann ich ihn nicht leiden. Also gut, Rudolf war es nicht. Was ist mit Skinny?« Udo schaltete sich ein.

»Der kann es nicht gewesen sein. Der hat die ganze Busfahrt rumkrakeelt, ich glaub Mehmet war das Thema.«

»Bleiben Mehmet und Rudolf.« Ulrich schüttelte den Kopf.

»Frag doch mal nach ihren Alibis, Krimi-Fan. Dann siehst du, wie sehr du dich verrennst.«

»Mehmet hat keines.« Vanessa stand auf und ging zum Mülleimer.

»Mehmet hat kein Alibi, Mehmet hat ein neues Auto, Mehmets Auto ist in diesen Unfall verwickelt.« Sie ließ eine Bananenschale in den Mülleimer fallen. »Passt ja wie die Faust aufs Auge ... 'tschuldigung.«

»Ist schon okay.« Ich hatte mein blaues Auge fast vergessen. »Gibt sicher eine tolle Story für die Schülerzeitung.«

Als nächstes hatten wir Deutsch. Ralf Huber, unser Deutschlehrer, bemerkte schon beim Eintreten mein Veilchen.

»Was hast du denn gemacht?«

»Kleines Missverständnis auf dem Parkplatz.« Ich wollte Mehmet da raushalten, da Skinny im selben Deutschkurs war.

»Wer war das?«

»Ist schon geregelt.«

Ich machte eine abwehrende Geste, doch Huber nahm die Sache nicht so leicht.

»Ach? Dann ist das hier wohl an dich adressiert.« Er zog einen Zettel aus der Tasche und ich warf einen Blick darauf. Nein, den Brief hatte ich noch nie gesehen. Es stand nur ein Satz auf dem Papier, computergeschrieben: ›*Wer nicht zahlen will, muss fühlen*‹

»Nein, der ist sicher nicht für mich. Woher kommt denn der?«

»Lag gestern bei euch im Aufenthaltsraum. Und du bist sicher nicht gemeint?«

»Sicher. Ich erkläre Ihnen nachher, was passiert ist, nicht vor dem ganzen Kurs.«

»Okay.«

Jörg, der neben mir saß und dem ich ebenfalls von meinem Erlebnis erzählt hatte, hatte auch einen Blick auf den Brief geworfen.

»Ob das Miriam galt?« Ich zuckte mit den Schultern.

»Mehmet oder Rudolf, wer immer es war, geht aufs Ganze«, flüsterte ich.

»Wir sollten Huber erzählen, was wir wissen.«

»Wir wissen doch gar nichts.« Das Jagdfieber hatte mich gepackt.

»Wir sollten erst etwas herausfinden, bevor wir Huber irgendwas sagen.«

»Sag mal, Miriam, kennst du diesen Zettel?« Ich zeigte ihr den Brief und war erleichtert, als sie verneinte. Wie hätte ich ihr erklären sollen, wie ich an den Zettel gekommen war? Vanessa hatte ihn bei Huber ›geliehen‹, als sie sich hatte beraten lassen.

»Was soll denn das sein?«, fragte Miriam mich. »Tut nichts zur Sache. Ich wollte lediglich wissen, ob du ihn kennst.«

»Sag mal, geht dein Reportergeist mit dir durch?«

Ich antwortete nicht, weil Skinny wieder lautstark gegen Mehmet hetzte.

»Schade, dass der es nicht gewesen sein kann«, dachte ich mehr, als ich es sagte, doch sie hatte es trotzdem gehört.

»Was?«

»Dein Unfall.«

»Wieso? Wer sagt, dass er es nicht war?«

»Udo hat ihn im Bus Stunk machen hören.«

»Wann?«

»Direkt nach der Schule, bis zur Endhaltestelle.«

»Hm.«

»Wieso fragst du?« Miriam antwortete nicht.

»Naja, es geht mich ja auch nichts an«, sagte ich und ging.

»Miriam interessiert sich für deine Ermittlungen? Das ist ihr gutes Recht.« Es war Montag und Anton war nach langer Krankheit endlich wieder erschienen.

»Schon. Aber sie hat mich heute gefragte, ob ich was Neues weiß und...«

»Es interessiert sie halt.«

»Lass mich doch mal ausreden. Ich habe das Gefühl, dass sie mir etwas verschweigt. Sie weiß mehr als ich. Wenn sie wirklich Interesse an meinen Nachforschungen hätte, würde sie mir auch alles mitteilen, was mir hilft. Was hängt denn da?« Während wir auf dem Raumplan nach dem Raum suchten, wo ich Englisch schrieb, fiel mir ein Zettel auf, den jemand in den Schaukasten geschoben hatte: ›*Letzte Mahnung: Wer nicht fühlen will, muss zahlen. In der Turnhalle, Geräteraum, unter den kleinen Kisten. du weißt, wann*‹

»Nach der Klausur treffen wir uns im Aufenthaltsraum. Ich finde, man muss der Sache auf den Grund gehen. Viel Glück.«

»Danke.«

Ich musste ziemlich lange warten, da ich wieder als Erster abgegeben hatte. Immerhin hatte ich Zeit, den Zettel aus dem Schaukasten zu zerren, was gar nicht so einfach war, da dieser abgeschlossen war. Schließlich versammelte ich jedoch Udo, Ulrich, Anton, Frank und Jörg.

»Was denkt ihr dazu?«, fragte ich und reichte den Zettel rum.

»Hier liegt ein Fall von Erpressung vor.«

»Ulrich, dein Scharfsinn ist überwältigend.«

»Was soll ich schon dazu denken?«, meinte Ulrich.

»Dass du nicht denkst, ist mir klar. Mich interessiert: Wer kommt Eurer Meinung nach als Täter in Frage?«

»Mich interessiert vielmehr: Wer ist das Opfer?«, warf Frank ein.

»Gute Frage. Ich habe da mehrere Theorien. Nummer eins: Miriam interessiert sich für alles, weil sie erpresst wird. Sie will es aber nicht zugeben, weil sie sich deshalb schämt. Dazu würde auch der Überfall passen. In diesem Fall könnte Mehmet der Täter sein. Allerdings halte ich ihn nicht für so dumm, sein eigenes Auto zu benutzen«, erklärte ich. »Theorie zwei: Rudolf steckt hinter allem.«

»Dafür gibt es keinen Anhaltspunkt«, meinte Anton und drehte sich eine Zigarette.

»Gut, ist ziemlich abwegig. Ebenso Nummer drei: Miriam täuscht einen Unfall vor und sie erpresst jemand anderes. Mich horcht sie aus, damit sie rechtzeitig weiß, wann ihr hier der Boden zu heiß wird.«

»Coole Theorie. Aber würdest du es ihr zutrauen?«

»Nein. Aber da kann ich mich ja täuschen. Und nicht nur da. Theorie vier: Wir haben es mit völlig fremden Tätern und Opfern zu tun, der Unfall ist davon völlig unabhängig und wir tappen im Dunkeln.«

»Theorie fünf«, warf Udo dazwischen »Das Ganze ist ein übler Scherz, vielleicht von Miriam, die es lustig findet, wie du jeder Spur nachgehst.«

Ich fand das sehr überzeugend und deshalb sehr demotivierend. Allerdings hätte Miriam wissen müssen, dass diese Vorspiegelung falscher Tatsachen strafbar ist.

»Einzige Konstante: der Ort der Geldübergabe: die Turnhalle«, schloss ich.

»Soll das heißen, wir müssen die Turnhalle überwachen?«, fragte Anton empört. »Darauf hätte ich jetzt ja voll keinen Bock.«

»Nein. Das soll jemand machen, der sich damit auskennt. Ich teile Huber mit, was wir wissen. Uns bleibt dann nur noch zu beobachten, was weiter passiert. Sagt auch Vanessa Bescheid. Und kein Wort zu niemand, auch nicht zu Miriam.«

Huber nahm unsere Überlegungen wider Erwarten ernst und mit Besorgnis auf.

»Wenn hier wirklich Erpresser im Spiel sind, ist das kein Spaß. Dann ist das genau das, worauf die Kritiker der Gesamtschule seit langem warten: organisierte Kriminalität.«

Ich arbeitete gerade an einem Abizeitungsartikel über Ulrich, als Vanessa anrief. Und es ging nicht um Mathe.

»Kai, ich weiß von Frank, was du denkst.«

»Und? Willst du mir davon abraten, weil es zu riskant oder blödsinnig ist? Haben Ulrich und Anton schon versucht. Allmählich glaube ich selbst, dass ich daraus keine Geschichte machen kann.«

»Nein, ich denke, es könnte etwas dran sein an der ersten Theorie. du weißt vielleicht, dass ich bei Mode-Hauss jobbe?«

»Ja, und?«

»Zu meinen Kunden gehört die Jugend der Aachener Oberschicht. Gecheckt?«

»Nee. Worauf willst du hinaus?«

»Oberschicht, weißt du, wer dazu gehört?«

»Na, ich nicht.«

»Herr Bayer, folglich auch seine Tochter, egal, was Rudolf sagt. Und neuerdings auch Mehmet.«

»Mehmet. Na und?« Vanessa begann zu flüstern. »Die beiden haben sich hier gerade getroffen. Mir kam es so vor, als würde Miriam ihn bedrohen. Ich nehme an, sie hat ihn im Verdacht und er streitet es ab. Aber ich frage mich, woher Mehmet das Geld hat, all die teuren Markenartikel zu kaufen.«

»Nach dem Auto sollte der doch erst mal ziemlich pleite sein. du, ich muss aufhören, er kommt gerade zum Bezahlen.«

Plötzlich war sie weg. Ich fragte mich, ob es nicht besser sei, Huber zu informieren. Doch mir selber schien der Verdacht zu weit hergeholt. Wenn Mehmet unschuldig war, würde ich nicht nur als Depp, sondern als Rechter dastehen. Darauf hatte ich keine Lust.

Auch am Dienstagabend rief mich jemand an. Ich fand das seltsam, zwei Anrufe in einer Woche, so viele erhalte ich sonst im ganzen Monat nicht.

»Hallo, ich bin's, Frank.«

»Was gibt's?«

»Wir überwachen Mehmet.«

»Wer ist wir?«

»Udo und ich.«

»Und warum?«

»Vanessa hat uns von der Sache bei Mode-Hauss erzählt. Außerdem hatte er heute Streit mit Miriam. Hast du das nicht mitbekommen?«

»Nein. Ich war heute zwei Stunden in der Schule, bei mir ist jede Menge ausgefallen.«

»Hol Jörg ab. Wir fahren hinter Mehmets Jeep her, von der Innenstadt nach Brand.«

»Na und? Er wohnt doch da.«

»Eben nicht. Meine Mutter arbeitet beim Einwohnermeldeamt. Er ist umgezogen.«

»Wann?«

»Keine Ahnung.«

»Dann hat er vielleicht gelogen, als er sagte, er habe das Auto nicht benutzt. Ich komme zur Turnhalle.«

»Gut, die anderen sind informiert. Selbst Ulrich ist überzeugt.«

»Bin schon unterwegs.«

Jörg stoppte seinen Wagen auf dem Schulparkplatz, wobei er beinahe Ulrich umfuhr.

»Mensch, kannst du nicht fahren?«

»Muss an meiner Fahrlehrerin gelegen haben.«

»Gut, das ist eine Entschuldigung.« Ich stieg aus. »Gut, dass du da bist. Frank hat mich am Handy.«

»Seit wann hast du ein Handy?«

»Ist Antons. Ich bin dafür, dass du die Einsatzleitung übernimmst.«

»Wieso?«

»Weil du Strategiespiele spielst, während die anderen nur blöde rumballern.«

»Meinetwegen.« Ich nahm Antons Handy.

»Hallo, Frank?«

»Ah, du bist es, Kai. Mehmet biegt in die Heussstraße. Keine Panik, er braucht noch was, wir sehen nur seinen Blinker.«

»Alles klar. Ulrich besetzt die Hinterseite, Richtung Sportplatz. Udo verstärkt ihn dann. Anton übernimmt den Diskoeingang. du parkst den Eingang zum Parkplatz zu und versteckst Dich da. Ich und Jörg bewachen die Seite zur Schule. Alles klar? Dann alle auf ihren Platz.«

Ich legte auf. Ulrich benachrichtigte Anton, der gerade vom Rauchen kam. »Scheint so, als hätte Mehmet tatsächlich etwas damit zu tun.«

»Es könnte Zufall sein.«

Ich schüttelte den Kopf und wies auf ein Auto direkt an der Sporthalle. »Das ist kein Zufall. Miriam ist schon da.«

Jörg und ich versteckten uns im Gebüsch neben den Basketballkörben.

»Seckie müsste man sein. Damals war es einfacher, sich hier zu verstecken.« Jörg nickte nur.

»Warum benachrichtigen wir nicht einfach die Bullen?«

»Bei Fehlalarm bezahlst du die Einsatzkosten. Und anonyme Hinweise werden oft nicht ernst genommen. Außerdem würde Miriams Vater davon Wind bekommen und der soll sehr aufbrausend sein. Vielleicht ist es besser, die Sache zu regeln, bevor wir die Polizei einschalten.«

Mir fiel gerade ein, dass das eher ziemlich dumm war, aber es war jetzt zu spät etwas zu ändern. Mehmets Jeep, bereits repariert, wurde geparkt. Mehmet rüttelte an der Tür unter dem überdachten Gang zur Schule, doch sie war verschlossen. Gut so, denn die war eine Schwachstelle in meinem Plan. Ich fragte mich gerade, wieso überhaupt eine Tür offen sein sollte, als Mehmet die Tür zur großen Halle öffnete, die dem Schulhof gegenüberlag.

»Er ist drin. Verstecken wir uns neben der Tür. Wenn er rauskommt, schnappen wir ihn uns.«

Kaum waren wir da, als Frank, Udo und Ulrich erschienen.

»Was ist los?«

»Bei uns war zu.«

»Gut, verstärkt Anton. Halt!«

Udo und Frank waren schon verschwunden, doch Ulrich blieb.

»Habt ihr auch die Tribünentür kontrolliert?«

Ulrich schlug sich mit der flachen Hand vor die Stirn und wollte los, doch er war noch nicht weit, da passierte es.

Alles ging sehr schnell. Jemand fluchte lautstark im Gang. Dann flog die Tür auf und Ulrich direkt vor die große Nase. Es war nicht Mehmet, sondern Skinny, aus dem Mundwinkel blutend. Dessen Rolle war mir ziemlich unklar, doch vorsorglich hielt ich ihn auf, indem ich ihn stolpern ließ. Im fiel eine Rolle 100-Euro-Scheine aus der Tasche.

Mehmet kam gemächlich den Flur entlang.

»Und? Hast du dem Großmaul endlich gezeigt, was eine Harke ist?«, fragte ich ihn.

»Nee. Ich habe, wie befohlen, das Geld hinterlegt und mich dann versteckt. Ich wollte wissen, wer demnächst noch mehr von mir haben will. Da kam er hier plötzlich brüllend aus dem Geräteraum.« Er versetzte Skinny einen Fußtritt. Ich sah auf ihn hinab.

»Ich würde dir am liebsten richtig die Fresse polieren, aber ich will nicht von der Schule fliegen. Irgendwer sollte die Polizei rufen!« Skinny grinste verächtlich und zeigte dabei zwei Zahnlücken, unterließ jedoch angesichts der Überzahl jeden Fluchtversuch.

Draußen waren plötzlich Sirenen zu hören und ein Mann, der sich später als Staatsanwalt Bayer vorstellte, brüllte durch ein Megaphon: »Herr Geiger! Geben Sie auf! Das Gelände ist von der Polizei umstellt. Sie haben keine …«

Er stoppte, weil Ulrich, Udo und Frank Skinny zu den Polizisten brachten. Ich ging mit Jörg und Mehmet zu Anton, um ihm zu sagen, dass die Sache gelaufen war.

»du bist uns eine Erklärung schuldig, Mehmet.« sagte ich und deutete auf die Geldscheine, die immer noch dalagen, damit jemand sie sicherstellen konnte.

»Woher kommt dein plötzlicher Reichtum? Vor einem Vierteljahr hast du noch jeden um Geld angebettelt.«

»Ich habe in IT-Aktien gemacht. Die haben eine unglaubliche Rendite. Auch, wenn es K. D. nicht passt, wenn mal ein Türke Erfolg hat.«

Wir winkten Anton heran und kehrten zurück. Ich war noch nicht ganz zufrieden. Mir blieb immer noch die Frage, wer Miriam angefahren hatte. Polizisten stellten Fragen und auch einige Reporter waren aufgekreuzt und begannen, uns zu interviewen und Fotos zu machen.

»Hat Ihnen der Täter das Auge blau geschlagen, als Sie ihn aufgehal...«

»Nein. Das Opfer.«

So kamen wir in die Zeitung.

Bei einer Durchsuchung von Skinnys Wohnung wurden außer rechten Symbolen auch einige Autoradios mehr sichergestellt, als er für sein Mofa brauchen konnte. So hatten wir, ohne es zu wissen, den ›Marder‹ geschnappt ...

Gestern rief mich Miriam an. Harry war nach der missglückten Abiturprüfung nach München abgehauen, um sein Glück als Fußballer zu versuchen. Damit war es ihr endlich erlaubt, etwas zu verraten, was sie ihm zuliebe immer verschwiegen hatte.

»Kai, vielleicht schaffst du es ja noch, das in die Abizeitung zu bringen. Ich meine, wenn du deine tolle Geschichte überhaupt damit versauen willst, dass du auf deinen...«

»Ich bin zwar nur noch eine Woche Reporter, aber so lange sollte ich doch die Wahrheit erzählen.«

»Also gut.«

Der folgende Bericht ist die fast wörtliche Wiedergabe von Miriams Bericht, nur einige (nicht alle) meiner Zwischenfragen habe ich gestrichen.

»Mir war ziemlich früh klar, dass Klaus-Dieter nicht sauber war. Er hatte, wie du sicher weißt, vorgegeben, ihm sei Geld gestohlen worden. Seitdem hielt ich ihn für den Marder. Es war die Menge, die mich stutzig gemacht hatte: 1500 Mark nimmt einfach niemand mit in die Schule. Gleichzeitig war es zu wenig, um Mehmets Reichtum zu erklären. Ich habe wohl den Fehler gemacht, eine entsprechende Bemerkung zu machen, denn am selben Nachmittag geschah der Unfall, besser gesagt: der Anschlag.«

»Aber Skinny konnte es doch gar nicht gewesen sein. Udo hat ihn gesehen.«

»Der Fehler lag bei dir. Woher Klaus-Dieter gewusst hat, dass ich Harry besuche und vor allem, wann ich von dort weggefahren bin, weiß ich nicht. Jedenfalls hatte er genug Zeit, den Jeep zu stehlen. Er hatte ja gar keinen Grund, mit Udos Bus zu fahren, außer, er wollte in Mehmets neue Wohngegend kommen. Wahrscheinlich hat er eine ganze Weile in dem gestohlenen Wagen vor Harrys Haustür gesessen. Jedenfalls hatte er mich erwischt. Dann entdeckte ich die Lackspuren. Bis zu diesem Zeitpunkt hatte ich noch an einen Unfall geglaubt. Es war höchst unwahrscheinlich, dass Mehmet sein eigenes Auto für einen Anschlag verwenden würde. Als du mir den Brief zeigtest, dachte ich, dass irgendwer den ›Marder‹ beobachtet hatte und ihn nun erpresste. Ich habe mich gefragt, wer Skinny denn erpressen sollte, bis ich dann, nur zum Spaß eigentlich, mal die Rollen vertauscht habe. Harry hat das sofort ernst genommen und überlegt, ob du vielleicht das Opfer sein solltest. Aber dann hättest du mich nicht gefragt. Es musste also ein Dritter das Opfer sein. Mir fiel nur einer ein, der plötzlich viel Geld hatte und gleichzeitig tyrannisiert wurde, so dass bei ihm Schutzgeld zu holen wäre: Mehmet. Im Mode-Hauss und in der Schule habe ich ihn ausgefragt. Er hatte jedoch Angst, wollte nichts sagen. ›Erst Kai, dann du. Ist das eine Verschwörung, dass ihr mir alle nachschnüffelt?‹ Im Laufe des Gesprächs ist ihm dann wohl etwas über Dienstag rausgerutscht. ›Ab Dienstag habe ich meine Ruhe‹, glaube ich. ›Am Dienstag ist also die Geldübergabe?‹, hab' ich nachgehakt. Das hat ihn so wütend gemacht, dass er auf mich losgegangen wäre, wenn Harry nicht in der Nähe gewesen wäre.«

»Ich weiß, Vanessa hat es gesehen. Sie stand auf der anderen Seite des Fensters, deshalb hat sie nichts gehört.«

»Dann haben Harry und ich uns am Dienstag Nachmittag im Geräteraum versteckt. Drinnen fürchteten wir, der Erpresser hätte uns beobachtet haben können. Doch Skinny hatte nicht bemerkt, dass der Tribüneneingang offen war. Er hat die Tribüne durch die Halle erreicht, die er von da oben gut beobachten konnte. Wir hatten vor, ein Foto zu machen. Harry hätte den Erpresser festgehalten, während ich mit dem Fotoapparat geflohen wäre und die Polizei benachrichtigt hätte. Doch als Skinny dann kam, mussten wir schnell umdisponieren. Denn er war mit einem Messer bewaffnet und sah wie paranoid um sich. Vielleicht war ihm gerade klar geworden, dass er sich strafbar machte. Ich habe mir jedenfalls schnell einen Medizinball aus dem Regal geholt, während er durch die Suche nach dem Geld abgelenkt war. Hast du schon mal so ein Ding an die Birne gekriegt? Klaus Dieter schon. Zwar hat sein Hohlschädel das ganz gut weggesteckt, aber immerhin hat er das Messer fallen lassen. Harry ist dann auch gleich drauf und wollte ihn mattsetzen, während ich

Papa gebeten habe, mit der ›ihm untergeordneten Behörde‹, also der Polizei, zur Schule zu kommen. Als Skinny das mitbekommen hat, hat er die kleinen Kästen umgestoßen und ist abgehauen, während Harry aus dem Haufen heraus gekrochen ist. Aber vorher hat Harry ihm noch einen Zahn ausgeschlagen, passend zu dem, den ich ihm einmal rausgehauen habe.«

»Warum seid ihr weder gesehen worden, noch habt ihr euch später gemeldet? Beziehungsweise, wenn ihr nicht wolltet, warum erzählst du es mir dann jetzt?«

»Harry hat das Abitur vermasselt und ist nach Bayern abgehauen, deshalb habe ich keine Veranlassung mehr, zu schweigen. Er hat mich immer gebeten, es für mich zu behalten, da er sich mal einen Scherz mit meinem Vater erlaubt hat und seither Angst vor ihm hat. Mein Vater war damals ziemlich sauer. Als wir ihn dann durchs Megaphon brüllen hörten, ist Harry kurzerhand mit mir abgehauen. Solange wir zusammen sind, soll ich es nicht verraten, hat er gesagt. Er hat wirklich geglaubt, er könnte Schwierigkeiten bekommen, weil wir noch befreundet sind. So etwas hatte mein Vater ihm mal angedroht. Außerdem stehe ich nicht so darauf, in die Zeitung zu kommen.«

»Das hättest du dir früher überlegen müssen. Ich werde alles in die Abizeitung setzen.«

»Das ist doch etwas völlig anderes. Außerdem, wer sagt, dass du mir die Story überhaupt glaubst?«

»Ich. So etwas in der Richtung muss passiert sein. Denn Mehmet hat Skinny nicht verprügelt, da bin ich mir sicher. Ich finde, du solltest Polizistin werden. Den richtigen Riecher hast du bewiesen.«

»Danke. Aber ich habe schon fast sicher einen Studienplatz. Jura.«

»Klingt ja prickelnd.«

Christian Balduin
Ein nächtlicher Besucher

I ch lag im tiefsten Mitternachtsschlaf, als unser Rottweiler Rüde Sultan lautstark anschlug.

»Elender Kläffer«, knurrte ich verärgert und rieb mir verschlafen die Augen.

Das Affentheater veranstaltete Sultan nun schon die dritte Nacht in Folge. Er bellte fünf Minuten lang bis ich putzmunter war und verzog sich dann in irgend einen Schmollwinkel auf unserem weitläufigem Hof zurück. Eva, meine Frau, bekam von dem ganzen Zirkus, den der Hund veranstaltete, nichts mit. Sie lag wie immer friedlich neben mir und schlief. Im Schlaf konnte man sie stehlen, ohne dass sie es bemerkt hätte.

Was mich diese Nacht langsam nervös machte, war die Art, wie Sultan bellte. Ich wurde den Gedanken nicht los: Vor unserem Hoftor steht jemand, der den Hund provoziert.

Der Schreck fuhr mir in die Glieder. Hoffentlich strolcht draußen kein Einbrecher herum. Unser Hab und Gut lag mitten im Feld, drei Kilometer vom Dürener Ortsrand und 900 Meter von der nächsten Ortschaft entfernt.

Obwohl der Hof einer Festung glich, hatte ich zum ersten Mal, seit wir hier in der Einsamkeit wohnten, ein ungutes Gefühl. Unser Anwesen war dreimal so groß wie ein Fußballplatz, ringsum mit einem zwei Meter hohen Zaun aus Eisengittern eingefasst, der elektronisch überwacht wurde. Wer diese Hindernisse überwand, würde von Sultan gebührend empfangen werden – der Hund war abgerichtet. Manchmal hatte ich selber ein wenig Angst vor der ›schwarzen Bestie‹, wie ich ihn oft nannte.

Sultan bellte unentwegt. Er überschlug sich regelrecht. Behutsam stand ich auf und ging zum Fenster. Die Rollläden waren wie immer hochgezogen. Eva konnte bei einem total abgedunkelten Zimmer nicht schlafen. Sie fürchtete sich vor der Finsternis.

Neugierig spähte ich zum Fenster hinaus. Hell erleuchtete der Vollmond unser Anwesen. Von Sultan keine Spur. Er hielt sich vermutlich auf der anderen Seite des Hauses am Eingangstor auf.

Am besten war, wenn ich ins Erdgeschoss ging, um nachzusehen, was los war. Die Außenbeleuchtung rund um unser Haus leuchtete jeden Winkel aus. Wenn sich jemand draußen vor dem Tor herumtrieb, würde das Licht ihn vertreiben. Entschlossen – mein Herz raste wie nach einem 100-Meter-Sprint – ging ich nach unten. Vom Korridorfenster aus konnte der gesamten Eingangsbereich eingesehen werden.

Als das Licht anging, kam Sultan zum Hauseingang gespurtet. Ich öffnete die Tür.

»Pass gut auf, alter Knabe«, sagte ich zu dem Hund und streichelte ihn liebevoll.

Draußen war weit und breit keine Menschenseele zu entdecken. Ein paar Minuten blieb ich reglos stehen. Friedliche Stille schlug mir entgegen. Ich gab Sultan einen freundlichen Klaps und ging wieder ins Haus. Vorsichtshalber ließ ich das Außenlicht brennen und beobachtete vom Korridorfenster aus noch eine ganze Weile unser Eingangstor. Sultan stand davor wie ein Denkmal, starr und stumm. Beruhigt ging ich wieder nach oben.

Kaum im Bett, schlug Sultan erneut an, aber nur ein paar Sekunden lang. Es hatte sich angehört, als würde er sich vom Haus entfernen. Das war natürlich totaler Unsinn. Im Zaun gab es kein Schlupfloch. Ich schloss die Augen und versuchte zu schlafen.

Plötzlich drangen Geräusche an mein Ohr, die ich bis jetzt nie wahrgenommen hatte. Die alte Kastanie vor unserem Schlafzimmer ächzte und stöhnte bei jedem Windstoß. Die leisen Tritte der Siebenschläfer auf unserem Dachboden, die um diese Zeit auf Beutejagd gingen, hörten sich an, als würde eine Heer Ratten den Speicher bevölkern.

Bisher hatte ich die Ängste unserer Vorgänger, ein älteres Ehepaar, immer belächelt. Als ihre Kinder ausgezogen waren, hatten sie aus Furcht vor Einbrechern den Hof verkauft. Eva und ich erfüllten uns einen Traum und kauften uns vor zehn Jahren diesen Bauernhof. Den Beruf als selbstständiger Elektromeister hatte ich hingeschmissen und mich meinem Hobby, der Kunst, verschrieben. Mit Erfolg. Meine Gemälde – ich kreierte die Klassische Moderne – fanden reißenden Absatz. Auf der ersten Etage hatte ich mir ein Atelier eingerichtet. Eva hatte im Erdgeschoss eine

Heilpraxis eingerichtet. Sie konnte sich ebenfalls über Mangel an Kunden nicht beklagen.

Ich drehte mich zur Seite. Die Digitaluhr auf meinem Nachtschränkchen zeigte zehn Minuten nach ein Uhr an. Seit gut einer halben Stunde war Sultan ruhig. Trotz dieses positiven Zeichens hielt mich eine innere Unruhe wach. Unser Eingangstor hatte nirgendwo einen toten Blickwinkel, aber wenn sich jemand flach auf den Boden legte, konnte man ihn nicht sehen. Für Sultan war eine am Boden liegende Person ein Zeichen der Unterwürfigkeit. In dieser Situation verhielt er sich angriffsbereit, aber ruhig.

Nervös wälzte mich auf den Rücken und versuchte zu schlafen. Vergeblich. Ich versuchte es mit Autogenem Training: »Ich atme tief ein und aus – tief ein und aus ... Mein Körper entspannt sich. Ich fühle, wie eine wohltuende Schwere ...«

Ein knarrender Laut ließ mich senkrecht hochfahren. Das konnte nur die Kellertür im Hinterhof gewesen sein. Wir schlossen sie fast nie ab. Nur diese Tür kreischte und stöhnte beim Öffnen und Schließen wie die Pforte in einem Geisterschloss. Ich wollte die Scharniere seit Wochen ölen. Wieder knarrte die Tür. Sie wurde zugezogen. In panischer Angst rüttelte ich Eva wach.

»Wir haben einen ungebetenen Besucher«, flüsterte ich ihr ins Ohr.

Eva blickte mich verständnislos an.

»Ist das einer deiner dummen Scherze?«, fragte sie verärgert.

»Glaubst du ich würde dich mitten aus dem Schlaf reißen, um dir einen Schreck einzujagen?«

»Und was war letzte und vorletzte Nacht ...? Lass mich bitte schlafen. Du hörst Gespenster.« Abrupt drehte sie sich auf die andere Seite. Nach ein paar Augenblicke sagte mir ihr regelmäßiger Atem, dass sie wieder schlief.

Minutenlang lag ich da, ohne mich zu regen. Es blieb still im Haus. Hatte der Wind die Tür bewegt? Ich verwarf diesen Gedanken. Die knarrende Kellertür war eindeutig auf- und zugezogen worden – der Wind würde sie unregelmäßig bewegen.

Verflixt, ich musste etwas unternehmen, bevor es zu spät war. Im Atelier hatten wir Telefon. Von dort aus konnte ich die Polizei verständigen. Hoffentlich beschränkte der Einbrecher sich auf das untere Geschoss.

Ein kaum wahrnehmender Laut im Erdgeschoss ließ mir das Blut in den Adern gefrieren. Im Wohnzimmer zog jemand Schubfächer auf. Vorsichtig weckte ich erneut meine Frau.

»Eva, glaube mir, das ist kein Scherz. Unten sind Einbrecher«, flüsterte ich und legte ihr meine Hand auf den Mund.

In diesem Augenblick wurde unten erneut ein Schubfach aufgezogen – laut und deutlich. Das Geräusch konnte nur von unserem Sekretär stammen. Sein Schubfach hatte keine Laufschienen und war voll gepackt mit Akten.

»Wer ist da unten? Einbrecher …? Wo ist Sultan?«, stotterte Eva konfus.

»Hast du dein Handy hier?«, fragte ich leise.

Ein Kopfschütteln war die Antwort.

»Ich schleich mich ins Atelier und verständige die Polizei. Wenn ich draußen bin, schließt du hinter mir die Tür ab.«

Eva nickte nur. Ich sah im Mondlicht, wie ihre Augen starr vor Schreck waren.

Leise schlich ich aus dem Schlafzimmer. Eva schloss hinter mir ab. Wenn der Einbrecher als Nächstes Evas Praxis auf den Kopf stellen würde, hatten wir eine Chance, dass die Polizei noch rechtzeitig eintraf. Aber was war, wenn der Gangster jetzt gleich hochkam? Er wusste ja, dass wir hier waren.

Ich war alles andere als ein athletischer Draufgänger. Panik kam in mir auf. Würde der Einbrecher uns beide töten? Mir lief ein Schauer über den Rücken.

Auf Zehenspitzen schlich ich zur Ateliertür und drückte in Zeitlupe die Klinke nieder. In diesem Augenblick klangen unten im Korridor leise Schritte. Atemlos registrierte ich jedes Geräusch. Hoffentlich verschwand der Typ da unten so leise wie er gekommen war.

Verdammt, ich war die ganze Zeit von einem Einbrecher ausgegangen. Was wäre, wenn zwei oder drei unser Haus auf den Kopf stellten? War es nicht besser, wenn ich ins Schlafzimmer zurück ging und wir uns schlafend stellten?

Ein weiterer Laut im Erdgeschoss ließ mich erstarren. Es war unverkennbar, jemand nahm die erste Treppestufe, um anschließend zu verharren.

Ich musste handeln. Mein Blick streifte den Blumentopf mit dem Geldbaum – ein ideales Wurfgeschoss. Wie der botanische Name der Blume hieß, wusste ich nicht, es war mir in diesem Augenblick auch gleichgültig. Den schweren Blumentopf aufzunehmen, über die Brüstung zum Treppenhaus zu heben und gezielt fallen zu lassen, das war meine Chance.

Im Treppenhaus bestand die Außenwand aus Glasbausteinen und es war jetzt vom Mondlicht hell erleuchtet. Gewissensbisse plagten mich. Ich stellte mir vor, wie der schwere Tontopf niedersauste und dem, der da hochkam, den Schädel zertrümmerte. Unschlüssig bückte ich mich, um den Blumentopf anzuheben. Meine Arme wurden schwer wie Blei. Nein, bewusst einen Menschen umzubringen, brachte ich nicht übers Herz – auch keinen Einbrecher.

Wieder war ein Schritt auf der Treppe zu vernehmen.
»Das war die zweite Stufe«, durchfuhr es mich siedendheiß.
Ich riskierte einen Blick über das Geländer. Was ich sah, gab mir den Rest. Ein Mann mit vorgehaltener Pistole in der Rechten und mit einer Taschenlampe in der Linken stand reglos auf der Treppe und lauschte. Noch drei oder vier Stufen, und er würde freie Sicht auf den oberen Flur haben. Der Typ war nicht nur gekommen, um zu stehlen, der würde, wenn nötig, auch töten.
Er blickte nach oben. Wie elektrisiert zuckte ich zurück.
»Hoffentlich hatte er mich nicht entdeckt! Nur weg aus dem Flur«, pochte es wie verrückt in meinem Hirn. Aber wohin? Um ins Schlafzimmer zu flüchten, war es zu spät. Zum Glück stand die Tür zum Badezimmer offen. Ich huschte hinein. Von hier aus konnte ich den Treppenaufgang beobachten, ohne selbst gesehen werden zu können.

Der Mann schien auf der Treppe zu verharren. Hatte er mich entdeckt? Wusste er, dass ich auf ihn wartete?
»Mein Gott hilf mir«, betete ich stumm.
Meine Nerven waren zum Zerreißen gespannt, die Stille war zum Wahnsinnigwerden. Was konnte ich gegen einen bewaffneten Gangster unternehmen? Nichts … gar nichts. Der Fall Hugo Dremmler spukte wie ein Film durch meinen Kopf. Hugo Dremmler, ein Sexualverbrecher, war kürzlich aus der Dürener Forensik geflohen und hatte auf seiner Flucht blutige Spuren hinterlassen. Fast ausschließlich hatte er abseits gelegene Häuser aufgesucht, die Frauen vergewaltigt und die Männer kaltblütig ermordet.
Erneute Schritte auf der Treppe rissen mich aus meinen Gedanken. Ein kahl geschorener Kopf erschien über dem Rand der Flurdecke. Instinktiv machte ich einen Schritt rückwärts. Mein rechter

Fuß berührte einen harten Gegenstand. Das konnte nur mein Isolationsmessgerät sein. Gestern Abend beim Duschen war die Sicherung des Durchlauferhitzers im Bad durchgebrannt. Als gelernter Fachmann hatte ich das Gerät auf Erdschluss geprüft und war nach der Reparatur zu faul gewesen, um es noch wegzuräumen.

Ein verwegener Gedanke kam mir. Der Impuls des Isolationsmessgerätes hatte auf der höchsten Stufe eine Prüfspannung von 2500 Volt. Das könnte die richtige Waffe sein, um mit dem Einbrecher fertig zu werden.

Vorsichtig hob ich das zigarrenkistengroße Gerät hoch und hängte mir den Tragriemen um den Hals. Den Wahlschalter nach rechts auf die höchste Spannungsstufe drehen, war Routine. Das leise Pfeifen des Oszillators signalisierte mir: Das Gerät ist betriebsbereit.

Vorsichtig nahm ich beide Prüfspitzen in die Hände. Mein Daumen der rechten Hand legte sich automatisch auf die Prüftaste. Während der Gangster unser Gästezimmer unter die Lupe nahm – das Zimmers lag unmittelbar am Treppenaufgang – würde er mir den Rücken zuwenden. Eine ideale Voraussetzung, um mit vier fünf schnellen Schritten unbemerkt an den Mann heranzukommen, ihm die Prüfspitzen rechts und links in den Hals zu bohren und dann die Prüftaste zu betätigen. Der hohe Spannungsimpuls würde ihn sekundenlang schocken – Zeit genug, um ihm die Pistole zu entreißen. Mit einer Waffe umgehen, das hatte ich beim Bund gelernt. Vor ein paar Monaten war ich selbst mit der Prüfspannung in Berührung gekommen. Das war ein Gefühl gewesen, als würde einem die Schädeldecke abgehoben.

Ich riss mich los von meinen Gedanken, ich musste handeln. Entschlossen warf ich einen Blick in den Flur. Mist, verdammter, der Kerl stand bereits in der Tür unseres Gästezimmers. Was für ein Riese – einen Kopf größer und doppelt so schwer wie ich. Er füllte den gesamten Türrahmen aus.

»Reiß dich zusammen«, machte ich mir Mut und wollte zu einem Spurt ansetzen.

In diesem Augenblick drehte sich der Gangster um. Schnell zog ich mich zurück. Der Schein einer Taschenlampe blitzte auf, um gleich wieder zu erlöschen. Mein Herz stand still. Für den Bruchteil einer Sekunde war das Bad hell erleuchtet gewesen. Ob der Lichtstrahl mich erfasst hatte? Wenn ja, stand es schlecht um mich. Wut stieg in mir hoch. Mich einfach abschlachten lassen, dazu war ich nicht bereit.

Mit angewinkelten Armen und beide Prüfspitzen in den Händen stand ich da wie ein Westernheld – mit schlotternden Knien, der wusste, dass er in den nächsten Sekunden umgenietet würde.

Es kam zum Glück anders als befürchtet: Deutlich vernahm ich, wie die Türklinke zu meinem Atelier niedergedrückt wurde. Hier an dieser Tür würde der Einbrecher gewiss länger verweilen. Meine Bilder ringsum an den Wänden und auf den Staffeleien würden ihn ablenken und es war meine letzte Chance ihn zu überwältigen, denn nur noch an dieser Tür drehte der Kerl mir den Rücken zu.

Ich atmete tief durch. Jetzt oder nie. Entschlossen stürmte ich nach vorne – lautlos. Eins – zwei – drei – vier – fünf große Schritte und ich stand auf Tuchfühlung hinter dem Riesen. Ich riss beide Arme hoch und bohrte ihm, wie geplant, beide Prüf-spitzen rechts und links in den Hals. Mit dem Daumen betätigte ich die Prüftaste. Ein tierischer Schrei war die Antwort. Ich ließ die Taste los und drückte abermals. Wieder dieser Schrei. Pistole und Taschenlampe des Einbrechers fielen polternd zu Boden. Ich scherte mich nicht darum. Wie besessen drückte ich die Prüftaste immer und immer wieder. Ich war wie von Sinnen. Ich brachte den Mann um. Beim zehnten oder elften Mal sackte der massige Körper vor mir in sich zusammen und kippte wie ein nasser Sack nach vorne. Erst jetzt kam ich wieder zu mir. Hastig nahm ich die Pistole an mich.

»Jens, was hast du getan?«, flüsterte eine Stimme hinter mir.

Geistesabwesend drehte ich mich um. Eva stand vor mir – kalk-weiß im Gesicht. Erst jetzt bemerkte ich, dass sie das Flurlicht ein-geschaltet hatte.

»Hol bitte Isolierband aus meiner Werkstadt im Keller, um den Kerl hier zu fesseln«, kam es erleichtert über meine Lippen.

»Bist du wahnsinnig? Ich soll jetzt, zu dieser Stunde, allein in den Keller und Isolierband holen. Das ist doch nicht dein Ernst!«

Evas Stimme überschlug sich.

»Was ist, wenn der Mann einen Komplizen hat, der mich unten empfängt?«

Ich streichelte ihr beruhigend über die blasse Wange.

»Ein Komplize wäre längst hier angetanzt.« Ich nickte selbst be-stätigend.

»Okay. Bleib du hier. Ich geh' in den Keller. Nimm die Pistole und halte den Kerl in Schach. Schieß ihm in den Bauch oder anderswo hin, wenn er versuchen sollte aufzustehen.«

»du weißt doch, dass ich Waffen hasse. Ich kann mit einer Pistole nicht umgehen.«

»Wenn wir noch lange diskutieren, wer was tuten soll, bekommen wir Probleme. Lange wird der Kerl hier nicht bewusstlos sein.«

Eva kniete sich zu meinem Entsetzen nieder und legte ihren Daumen an die Halsschlagader des vermeintlich Bewusstlosen.

»Bist du von Sinnen?«, stotterte ich.

Sie hob den Kopf und starrte mich mit weit aufgerissenen Augen an.

»Der Mann ist tot. Jens, du hast ihn umgebracht.« Eva wälzte den Toten auf den Rücken und machte ihm die Brust frei.

»Vielleicht helfen Wiederbelebungsversuche«, sagte sie.

Ich registrierte es nur im Unterbewusstsein. Nur ein Gedanke ging mir durch den Kopf:

»Gott sei Dank. Wir haben dieses Abenteuer überlebt.«

»Es ist zwecklos«, hörte ich Eva flüstern. »Der Mann hat einen Herzschrittmacher. Die hohe Spannung ist Schuld an seinem Tod. Am besten wir verständigen die Polizei und schließen uns für den Fall, dass doch noch ein weiterer Einbrecher im Haus ist, in deinem Atelier ein.«

Als sie zum Telefon ging und den Hörer abhob, fing mein Hirn wieder an zu funktionieren. Mit ein paar raschen Schritten war ich bei Eva und riss ihr den Hörer aus der Hand.

»Bist du total durchgeknallt? Die Polizei kann später noch informiert werden. Zuerst müssen wir uns über die Folgen klar werden«, sagte ich in einem Ton der keinen Widerspruch duldete.

Eva starrte mich entsetzt an. So war ich in all den Jahren noch nie mit ihr umgesprungen.

»Lass hören«, sagte sie völlig down.

»Nach der heutigen Rechtssprechung bin ich der böse Bube. Der arme Kerl hier wollte doch nur seine Haushaltskasse aufbessern und ich, ich habe ihn vorsätzlich, in boshafter Art und Weise umgebracht.«

»du hast doch in Notwehr gehandelt. Es blieb dir doch keine andere Wahl. Woher solltest du wissen das der Mann einen Herzschrittmacher hat? Außerdem, wir haben ihn nicht eingeladen.«

»Da kommt noch ein zweites Problem auf uns zu. Weißt du, aus welcher Sippe der Gangster stammt …? Nein. Selbst wenn wir vom Gesetz verschont werden, wer gibt uns die Garantie, dass nicht einer der Anverwandten des Gangsters den Racheengel spielt?«

»du hast recht«, gab Eva zu. »Was hast du denn vor? Willst du ihn irgendwo verbuddeln?«

»Um Himmels Willen, nein. Wir fahren ihn weit weg und setzten ihn auf irgend eine abgelegene Bank.« Ich atmete tief durch.

»Aber vorher müssen wir ausfindig machen, wo der Typ seinen PKW hat. Der sieht nicht danach aus, als ob er unnötig weit zu Fuß geht.«

Eva fuhr sich nachdenklich durch ihr kastanienrotes Haar.

»Wenn er den Wagen irgendwo abgestellt hat, dann wahrscheinlich hinter den Weißdornsträuchern.« Langsam bekam ihr Gesicht wieder Farbe.

»Was ist mit Sultan? Hat er unseren Hund getötet?« Sie stieß den Toten wütend mit dem Fuß in die Rippen.

Den PKW des Gangsters fanden wir, wie Eva vermutet hatte, hinter den Weißdornsträuchern, die nur einen Katzensprung von unserem Hof entfernt waren. Ihre Befürchtung, dass Sultan tot war, traf nicht ein. Der Rücksitz des Ganovenautos war voller Hundehaare und Blut. Vermutlich hatte er mit einer läufigen Hündin Sultan weggelockt.

Auf einem Wirtschaftsweg nahe der Sophienhöhe bei Jülich haben wir den Mann noch in der gleichen Nacht auf eine Bank verfrachtet. Sultan tauchte am frühen Morgen wieder auf.

Zwei Tage später stand folgender Bericht in der lokalen Presse: *Der seit langem gesuchte, fünffache Mörder Antonius Weidenzaun wurde auf einer Bank am Fuße der Sophienhöhe tot aufgefunden. Vermutlich erlag er einem Herzinfarkt. Antonius Weidenzaun wurde während seiner letzten Haft ein Herzschrittmacher eingepflanzt. Sein gesundheitlicher Zustand …*

Catrin Schlütz

In den Fängen der Automafia

Schon seit einigen Tagen hatte Katharina das Gefühl beobachtet zu werden, wenn sie morgens mit ihrer Golden Retriever Hündin Monica durch den Friesenrather Wald ging.

Die aktive Exportmanagerin, die erfolgreich in einem Walheimer Autohaus PKWs in sämtliche europäische Länder verkaufte, neigte sonst nicht gerade dazu, ängstlich zu sein. Im Gegenteil, oft schüttelten ihre Freundinnen den Kopf, wenn sie hörten, dass Katharina zu später Stunde noch durch die entlegensten Winkel des Waldes streifte.

Sie wurde auch an diesem Morgen das ungute Gefühl nicht los, dass jemand den von ihr eingeschlagenen Weg parallel mitging. Sie konnte förmlich die Nähe einer Person spüren, fast das Atmen hören …

»Verdammt noch mal, jetzt ist aber Schluss damit. Ich seh' ja schon Gespenster«, versuchte sie sich Mut zu machen. Sie schaute zu ihrer Hündin, die fröhlich voranlief und keine Anzeichen machte, etwas Ungewöhnliches gewittert zu haben.

Glücklicherweise erspähte sie von Weitem ihre ehemalige Nachbarin mit den beiden Cockerspaniels, die eilig auf sie zukam. Die Hunde trafen zuerst aufeinander, beschnüffelten sich intensiv und Monica legte sich wie meistens unterwürfig auf den Rücken.

»Steh auf, du gefährlicher Wachhund«, sagte Katharina zu ihr.

»Guten Morgen Angelika«, rief sie ihrer Bekannten zu, erleichtert diese zu treffen.

»Hallo Katharina, seit wann brauchst du denn einen gefährlichen Wachhund?«

»Ach, das war nur so dahingesagt«, antwortete Katharina schnell. Sie war ein bisschen verlegen, von ihren Befürchtungen durfte sie unmöglich etwas verraten. Die mit beiden Beinen im Leben stehende Angelika würde sie für völlig überspannt halten!

Die beiden Frauen unterhielten sich kurz, verabschiedeten sich dann aber, da sie beide zur Arbeit eilen mussten.

Kaum wieder allein, kamen diese merkwürdigen Gedanken wieder.

»Wer sollte mich verfolgen«, murmelte Katharina vor sich hin.

Dabei hatte sie innerlich schon einen vagen Verdacht, schob diesen aber sofort weiter, wenn er wieder einmal drohte sich in ihren Gedanken einzunisten.

Nachdem Sie ihre morgendliche Runde beendet hatte, ließ sie Monica in den Bach Inde springen – einerseits zum Vergnügen des Hundes, anderseits zwecks der Reinigung, denn der Hund durfte anschließend in ihr schickes Cabriolet.

Zu Hause angekommen, fütterte die junge Frau ihre treue Gefährtin, packte ihr eigenes ›Futterkörbchen‹, das sie für sich und ihren Boss jeden Morgen zurecht machte und sprang danach unter die Dusche. Ganz kurz kam das beklemmende Gefühl wieder, das sie seit einiger Zeit immer wieder übermannte, wenn sie alleine war. Sie vertrieb es aber direkt, indem sie den eisigen Strahl der Dusche über ihren Kopf hielt und so blitzschnell wieder zur Realität zurückkam.

Kathtarina atmete tief durch, und allmählich verdrängten die Gedanken an den bevorstehenden Arbeitstag die Befürchtungen des Morgens.

Im Büro angekommen, überfiel sie ihr Boss direkt mit mehreren Fragen und Ideen für den neuen Arbeitstag.

»Moment«, bremste sie ihn, »lass mich doch erst einmal hereinkommen.«

Schon klingelten gleichzeitig ihr Handy und der Festanschluss. Der Tag schien ja wieder richtig turbulent zu werden. Na ja, dann war sie wenigstens abgelenkt und Geld verdient wurde auch. Als der Boss erneut ihr Büro betrat, hing sie noch immer am Telefon und sprach hintereinander erst französisch mit ihrem Kunden Joseph, verhandelte dann auf Italienisch mit Naldo und erklärte zum Schluss in flüssigem Englisch einem Kunden die Ausstattung eines Autos.

Als sie endlich auflegen konnte, machte der Boss ein leicht genervtes Gesicht.

»Na endlich, bei dir ist ja heute wieder die Hölle los. Hast du mal fünf Minuten Zeit für mich?« Seine Stimme klang ein wenig beleidigt.

»Ja klar, ich komme sofort in dein Büro«, entgegnete Katharina, während sie schon anfing, ein neues Angebot ins Italienische zu übersetzen. Sprachen waren ihre absolute Leidenschaft, und besonders hatte sie ihr Herz an die italienische Sprache und alles, was mit Italien zu tun hatte, gehängt.

Nachdem sie die Besprechung hinter sich gebracht hatte, stürzte die Managerin sich wieder in ihre schriftliche Arbeit. Wieder einmal hatte ihr Boss sie in ihrem Übereifer bremsen müssen. Wenn es nach Katharina ginge, würde sie noch mehr Autos verkaufen, noch knappere Liefertermine zusagen und so langsam den Rahmen der Firma sprengen. Einerseits wütend auf ihren Boss, andererseits aber einsichtig, setzte sie die von ihm gewünschten Änderungen sofort um.

Sieben Stunden später, nachdem sie ihren Arbeitstag erfolgreich bewältigt und ihren Kollegen ein schnelles »a domani« zugerufen hatte, stieg sie in ihr Auto und brauste davon. Plötzlich stieg diese merkwürdige Angst wieder in ihr hoch und drohte, ihr langsam die Kehle zuzuschnüren. Da fasste sie einen Gedanken. Sie wollte sofort Gaby anrufen und sich mit ihr treffen. Sie musste jemandem ihre Befürchtungen mitteilen, und mit wem konnte sie besser reden als mit Gaby, die immer einen Rat wusste und außerdem die Personen kannte, vor denen Katharina Angst hatte?

Sie wählte die Telefonnummer von Gaby, die in Eynatten, unweit der deutsch-belgischen Grenze wohnte. Als diese sich meldete, fiel Katharina sofort mit der Tür ins Haus:

»Hi Gaby, ich brauche Deine Hilfe und ein offenes Ohr. Hast du Zeit?«

»Was ist denn passiert?«, fragte Gaby sofort. »Wie kann ich dir helfen?«

Sie schätzte diese unverschnörkelte Art von Gaby, die praktisch und hilfsbreit war und nie lange fackelte, wenn es darum ging ihrer Freundin beizustehen.

»Ich muss mit dir reden. Sollen wir zusammen in Friesenrath mit den Hunden gehen?«

»Können wir machen«, entgegnete Gaby. Katharina war dankbar über die direkte Zusage ihrer Freundin .

»Gut, wann kannst du da sein?«

»Ich habe die kleine Chiara heute sowieso bei meiner Mutter und Harry hat Spätdienst. Ich kann in 20 Minuten auf dem Parkplatz sein.«

»O. K., ich ziehe mich nur schnell um. Bis gleich!«

Katharina parkte vor ihrem alten Bruchsteinhaus aus dem 18. Jahrhundert, welches von einem kleinen Garten umgeben war. Sie liebte dieses hutzelige Haus und nannte es liebevoll ›kleines Hexenhaus‹. Normalerweise fühlte sie sich hier pudelwohl, aber seit einiger Zeit kontrollierte sie abends alle Fenster und Türen doppelt, schloss das hölzerne Eingangstor ab und war insgesamt hellhöriger und aufmerksamer als sonst.

Schnell zog sie nun eine Jeans, Pulli und Turnschuhe an, steckte sich eine Tüte Gummibärchen in ihren kleinen Rucksack und stürmte zur Tür. Als sie ins Auto sprang und losbrauste, sah sie im Rückspiegel einen schwarzen Golf mit belgischem Kennzeichen, der ihr schon am Abend vorher aufgefallen war. In der verkehrsberuhigten Zone blieb es nicht lange unbemerkt, wenn ein fremdes Auto längere Zeit irgendwo parkte.

Wenige Minuten später erreichte sie den verabredeten Parkplatz am Wald und ließ Monica aus dem Auto springen, die schwanzwedelnd auf die wartende Gaby und den freudig bellenden Dackel Chico zulief.

Die beiden Hunde stürmten im Duett los und Gaby und Katharina begannen ihr Gespräch locker und unverfänglich.

»Und wie war dein Arbeitstag?«, fragte Gaby.

»Och, stressig und hektisch wie immer«, antwortete Katharina. »Du weißt ja, wie das bei uns abläuft, wenn die Exportkunden aus dem Urlaub zurück sind. Jeder will alles, sofort und fast geschenkt. Aber ich bin zufrieden.«

»Na schieß schon los«, munterte die Freundin Katharina auf. »Ich spür' doch, dass du loslegen willst.«

Dankbar für Gabys Verständnis sprudelte Katharina los: »Du erinnerst dich doch an meine italienischen Kunden, die du bei mir im Büro gesehen hast, als ich mit ihnen lautstark verhandelte.«

»Meinst du Rinaldo, den älteren Mann, der ein Gesicht wie eine alte Krähe hat? Und diesen Giuseppe, der in Belgien wohnt und mit dem du teils französisch und teils italienisch gesprochen hast?«

»Ja, die beiden hatten aber einen neuen Partner dabei, vielleicht hast du den auch gesehen. Ein etwa 35jähriger Typ namens Francesco, der sein Bein nachzieht. Wir nennen ihn Captain Ahab.«

»Den kenne ich nicht, nur aus deinen Erzählungen.«

»Jedenfalls dieser Francesco scheint ganz eng mit dem größten italienischen Autoimporteur zusammenzuarbeiten, einem Mann namens Vincente. Ich kenne ihn allerdings nicht persönlich, man sagt, dass er sich nur im Hintergrund aufhält und seine Fäden zieht, was auch immer das heißen mag.«

»Und was hat das mit dir zu tun?«, fragte Gaby verwundert. »Da bedrückt dich doch irgendwas!«

»Ich weiß auch nicht«, antwortete Katharina zögerlich, »aber ich habe das Gefühl, dass die irgendwas von mir wollen. Ich glaube sogar, dass sie mich beobachten lassen.«

»Jetzt mach mal langsam, was sollen die denn von dir wollen!« Gaby war empört und ängstlich zugleich, vermutete sie doch hinter jedem italienischen Kunden gleich die Mafia. Sie verstand sowieso nicht, warum es sich lohnte, die Autos in Deutschland zu kaufen, wo es die gleichen Fahrzeuge doch auch in Italien gab.

»Wie kommst du denn darauf? Gibt es irgendwelche konkreteren Anzeichen als deinen Verdacht? Was sagt dein Boss denn dazu?«

»Der weiß nichts, um Gottes Willen, das darf niemand erfahren. Bitte versprich mir, dass du mit niemandem darüber redest. Los, versprich es mir sofort!«, sprudelte es aus Katharina heraus.

»Nein, nein, keine Sorge, jetzt erzähl schon weiter. Los, schütte dein Herz aus! Deiner alten Freundin kannst du doch wirklich alles sagen.«

»Ich werde den Eindruck nicht los, dass die mich für irgendetwas benutzen wollen. Wenn ich nur dieses komische Gefühl loswürde. Ich habe schon Verfolgungswahn, glaube ich. Ich zermartere mir seit Tagen das Hirn, aber ich weiß nicht, was ›die‹ von mir wollen oder wie ich ihnen nützen könnte.« Traurig und ratlos ließ sie ihren Kopf mit den langen blonden Haaren hängen.

Gaby versuchte sie zu beruhigen: »Schau mal, du bist eine sehr attraktive Frau, das weißt du. Du hast eine tolle Figur und deine blonden Haare und hellen Augen machen diese italienischen Papagallos bestimmt ganz schön an. Hast du dir darüber schon mal Gedanken gemacht, dass die dich einfach nett finden?«

Schon öffnete Katharina den Mund um zu protestieren, aber Gaby kam ihr zuvor.

»Ich weiß, was du sagen willst. Niemand spricht dir deine geschäftlichen Qualitäten ab. Und dein Sprachtalent zeugt auch nicht gerade von einer dummen Blondine. Aber trotzdem: Was wäre, wenn einer deiner Kunden sich in dich verliebt hat und dir einfach nur nachstellt? Damit wirst du doch wohl fertig; das Problem kennst du doch nicht erst seit gestern.«

Ja, es war wahr, beruhigte sich Katharina. Das hatte sie noch gar nicht in Erwägung gezogen.

»Aber es gibt so viele hübsche Blondinen, die zudem auch viel jünger sind! Außerdem ist ein in Italien lebender Mann nicht scharf auf eine Frau, die tausende Kilometer weit entfernt lebt, wo er doch in seinem Land die hübschesten Frauen der Welt hat!«

»Du mit deinem Faible für Italien. Dort gefällt dir wohl einfach alles! Die Frauen sind schön, ja, aber eher dunkelhaarig!«

»Okay, Gaby, ich versuche einfach, es aus deiner Sicht zu sehen. Lass uns über was anderes reden. Ich brauche jetzt ein bisschen Ablenkung!«

»Ich schlag Dir was vor: Harry kommt erst ganz spät nach Hause und Chiara ist nicht da. Was hältst du davon, wenn du uns was Schönes kochst und wir uns einen gemütlichen Abend bei dir machen? Ich könnte ja mal wieder bei Dir übernachten!«

»Das ist eine super Idee. Das machen wir. Und morgen sieht die Welt bestimmt wieder anders aus.«

Erleichtert legten die beiden einen Schritt zu, da es langsam dunkel wurde und der Wald nicht unbedingt einladender wurde. Zu Hause angekommen, versorgten sie erst die beiden Hunde, die sich dankbar über ihre Näpfe hermachten.

Während Katharina anfing, ein leckeres Essen im Wok zu zaubern, legte sich Gaby in die Badewanne. Sie genoss das heiße Bad und lauschte entspannt Katharinas Lieblings-CD, dem Soundtrack von »Eiskalte Engel«. Doch plötzlich zuckte sie zusammen. Was war das für ein merkwürdiges Geräusch draußen, so als ob sich jemand am Tor zu schaffen machte? Aber sie behielt die Nerven und sagte nichts, damit sie ihre Freundin, die sich gerade beruhigt zu haben schien, nicht wieder nervös machte.

»Wann bist du fertig? Ich will dich nicht hetzen, aber ich habe tierischen Hunger! Und ich habe einen super Vanillepudding gekocht!«, rief Katharina.

»Ich komme gleich«, antwortete Gaby. Sie kletterte aus der Wanne, trocknete sich ab und besprühte sich mit Katharinas Lieblingsparfüm. Als sie ins Wohnzimmer kam, war sie von der angenehmen Atmosphäre, die Katharina geschaffen hatte, überrascht.

»Mein Gott, hast du es gemütlich gemacht! Die vielen Kerzen und der Duft nach leckerem Essen«, rief Gaby.

Das Wohnzimmer war wirklich behaglich mit der niedrigen Zimmerdecke, dem braunen Holzboden, der warm im Kerzenlicht leuchtete und den vielen silbernen Leuchtern und Gefäßen, die um die Wette strahlten.

Die beiden Frauen machten sich hungrig über den Wok her und ließen von dem knackigen Gemüse und den würzigen Sojastäbchen nichts übrig. Dazu tranken sie ein Glas gekühlten Weißwein und redeten über Gott und die Welt.

Satt und zufrieden ließen sie sich in die Sofaecke fallen, löffelten ihren Vanillepudding mit Himbeersoße und schauten noch ein bisschen fern.

Als ihnen die Augen zuzufallen drohten, schlug Katharina vor, schlafen zu gehen. Nachdem sie sich bettfertig gemacht hatten und über die knarzende Treppe ins Obergeschoss geklettert waren, ließ sie der böig werdende Wind aufhorchen. Sie schauten sich an, lachten und sprangen ins Bett. Dackel Chico kletterte mit hinein und kuschelte zwischen die Frauen, wogegen die Retrieverhündin Monica es vorzog, im Wohnzimmer zu bleiben, wo ihr Korb stand.

»Ich hör doch draußen was«, flüsterte Katharina plötzlich. »Da ist doch jemand an meinem Tor!«

Mittlerweile war es kurz vor Mitternacht und die beiden waren starr vor Angst.

»Ich ziehe vorsichtig die Jalousie hoch«, wisperte Gaby »und du bleibst im Bett!«

»Kommt nicht in Frage«, antwortete Katharina mutig.

»Wenn da jemand ist, dann will er etwas von mir. O. K., ich komme!«

Wütend zog sie sich die Jeans wieder an, schlüpfte in ihre Turnschuhe und zog sich ein Sweatshirt über, obwohl ihr warm war.

»du wirst doch wohl nicht rausgehen«, flüsterte Gaby aufgeregt.

»Und ob«, antwortete Katharina, »jetzt reicht's mir endgültig. Ich mache mir nicht länger die Nerven kaputt.«

Sie rannte die Treppe hinab, während Gaby vorsichtig aus dem Fenster spähte.

»Ich seh nichts Ungewöhnliches«, rief sie nach unten.

Katharina schloss die Haustür auf, schnappte sich ihren Baseballschläger, der an der Garderobe stand. Sie riss die Haustür auf. Ihr

Herz schlug laut und raubte ihr fast die Luft zum Atmen. Sie spähte in die Dunkelheit und rief:

»Hallo, wer ist denn da?«

Natürlich kam keine Antwort. Sie wagte sich hinaus und kontrollierte das Schloss am Holztor, aber es sah so aus wie vorhin, als sie abschloss.

Sie streifte durch den Garten, lugte hinter ihr Gartenhaus und schaute zu ihrem Schlafzimmerfenster hinauf, wo Gaby sie mit großen Augen beobachtete. Sie öffnete das Fenster und rief: »Komm jetzt endlich rein, du bis nicht Superwoman! Wenn hier wirklich jemand war, dann ist er längst über alle Berge.«

Aber Katharina hatte wieder dieses Gefühl wie morgens im Wald. Sie spürte die Augen, die sie beobachteten. Abrupt drehte sie sich um, und da stand er im trüben Licht der Außenlampe. Katharina wollte schreien, aber sie hatte keine Stimme mehr. Sie wollte den Knüppel hochreißen und losstürmen, aber ihre Beine versagten.

Gaby zog den Kopf durch das kleine Fenster zurück und rannte in Katharinas Büro, wo sie hektisch nach dem Telefon griff und die Polizei rief.

»Buona sera, bellissima«, sagte Francesco. Seine schwarzen Augen glänzten in seinem blassen Gesicht, und das Mondlicht ließ ihn wie einen Geist erscheinen.

In einem Satz sprang er über das Tor. Katharina hatte sich ein bisschen gefangen.

»Was willst du hier mitten in der Nacht? Ich denke, du bist wieder in Italien?«

»Ich gehe nicht zurück nach Italien ohne dich«, antwortete er ruhig.

Er schien kaum zu atmen und wirkte wie eine Wachsfigur aus dem Kabinett von Madame Tussaud.

»Was redest du da? Du musst doch verrückt sein. Verschwinde und lass mich in Ruhe. Die Polizei kommt jeden Moment.«

Aber sie konnte ihn nicht einschüchtern.

Er machte einen Schritt auf sie zu und sie auf ihn. Innerlich zitterte sie, aber sie versuchte äußerlich stark zu wirken, so wie er sie aus der Firma kannte.

»Was willst du von mir, Francesco?«, fragte sie streng. Gaby beobachtete die beiden, während sie Chico die Schnauze zuhielt, damit er nicht bellte. Die Gefahr bestand bei Monica nicht, Gaby hatte sich davon überzeugt, dass die Hündin ruhig in ihrem Korb schlief.

Francesco sprach, ohne sein Gesicht zu verziehen.

»Du kommst mit nach Italien, das ist der Wunsch von Vincenzo.«

»Was habe ich mit deinem Scheiß-Vincenzo zu tun? Was will er von mir, er kennt mich doch gar nicht!«

»Doch, er weiß alles von dir. Dass du unsere Sprache sprichst und dass du die besten Kontakte zu den Autoherstellern hast. Er weiß das alles zu schätzen. Und deshalb nehmen wir dich jetzt mit. Wieso sollen wir immer den Umweg über deinen Boss gehen? Da verlieren wir doch nur Geld! Wenn wir direkt in Deutschland kaufen können, verdienen wir viel mehr.«

»Aber ihr werdet doch wohl gegen Bezahlung eine gute Dolmetscherin finden. Dafür muss man doch niemanden entführen. Ihr seid doch total bescheuert!« Katharina war es äußerst mulmig zu Mute.

»Ja schon, aber die verfügt nicht über deine Kontakte im Autogeschäft. Du bist die absolut wichtigste Person für unsere Geschäfte in Deutschland. Und jetzt: darf ich bitten?« Katharina spürte wie sich etwas in ihren Rücken bohrte und Francesco sie sanft nach vorne stupste.

»Du bedrohst mich mit einer Pistole?«, wisperte sie. »Ich komme auch so mit, dann kann ich mit deinem merkwürdigen Vincenzo selber sprechen. Dem werde ich schon klarmachen, dass das nicht so läuft, wie er sich das denkt. Der tickt doch nicht richtig.«

Sie versuchte ihrer Stimme einen festen Ton zu geben, aber Francesco schob sie weiter bis zu seiner dunklen Limousine. Jemand öffnete die Autotür und Francesco schubste sie auf die Rücksitzbank. Da erst erkannte sie die Person im Fond.

»Rinaldo, du auch?«, fragte Katharina enttäuscht.

Sie hatte den alten Mann immer als zuvorkommenden, netten Gentleman kennen gelernt.

»Du gehörst also auch dazu?« Sie hätte weinen können vor Verzweiflung, riss sich aber zusammen.

»Naldo ist unser Padrone in Belgien. Es war seine Idee, die beste der er seit langem hatte«, sagte Franceso und brauste mit durchdrehenden Reifen los, wendete und raste Richtung Belgien davon.

Gaby, die die Szene beobachtet hatte, wählte mit zitternden Fingern die Nummer von Katharinas Boss. Endlich nahm er ab und sie zwang ihre Stimme zur Ruhe.

»Hallo, hier ist Gaby. Es tut mir leid, dass ich so spät störe, aber Sie müssen mir helfen. Man hat Katharina entführt.«

»Was?«, antwortete der Boss, der sofort hellwach war. »Wann, wo? Wer steckt dahinter?«

»Ich glaube, das waren Kunden von euch. Ein Italiener heißt Francesco und einer Naldo oder so. Die haben sie einfach mitgenommen und …«

»Ich fahre sofort los«, unterbrach sie der Boss. »Wenn ich im Auto bin, rufe ich Sie zurück, sie sind bestimmt Richtung Belgien gefahren. Wie heißt dieses Scheißkaff noch gleich, ah Herve, ja genau, da sind sie bestimmt hin. Rufen Sie sofort die Polizei an, sie sollen ihre belgischen Kollegen nach Herve zum Verteilerkreis schicken! Ich fahr so schnell ich kann dorthin.«

Er sprang von der Couch, wo er schon eingenickt war, rannte in den Flur und zog sich blitzschnell seine Schuhe an. Er riss die Jacke vom Garderobenhaken, so dass dieser fast von der Wand fiel, und stürzte in die Garage. Bevor er losraste, rief er seiner Frau noch zu, dass sie sich nicht aufregen solle.

Katharinas Chef fuhr durch den Ortsteil Brand und raste in die Autobahnauffahrt, dass er fast die Kontrolle über sein Auto verlor.

»Verdammt, fahr vorsichtiger«, sagte er zu sich selbst. »Ich helfe ihr nicht, wenn ich einen Autounfall baue.«

Er machte sich furchtbare Sorgen, da er sich für seine Mitarbeiterin verantwortlich fühlte, die er ja mit diesen Leuten zusammengebracht hatte. Was konnten sie nur von ihr wollen, fragte er sich die ganze Zeit, während er über die Autobahn in Richtung Herve jagte.

Er rief Gaby an.

»Gibt es etwas Neues?«

»Nein, kein Lebenszeichen von ihr«, antwortete Gaby mit dünner Stimme. »Was kann ich denn noch tun?« Sie war völlig verzweifelt, denn sie hatte wahnsinnige Angst um ihre Freundin.

»Ich rufe Sie an, wenn ich in Herve bin. Haben Sie keine Angst, ich werde sie aus den Klauen dieser Leute befreien.«

»Bitte passen Sie auf sich auf.«

Aber er hatte schon aufgelegt.

Francesco hatte den Wagen auf dem Vorhof der Autofirma in Herve abgestellt. Nachdem er mit jemandem telefoniert hatte, was weiter zu tun sei, stieg er aus und ließ Naldo mit Katharina alleine.

»Wie geht's jetzt weiter?« Katharina flüsterte die Frage leise.

»Hab keine Angst«, sagte Rinaldo. »Dir wird nichts passieren, dafür sorge ich, aber du tust, was ich dir sage!«

»Aber warum das alles Rinaldo? Ich hätte nie gedacht, dass ihr zur Automafia gehört, dass du ...«

»Sei still!«, befahl er ihr und sie schluckte ihre vielen Fragen runter.

Da sah sie plötzlich den Wagen ihres Bosses auf den Vorhof zufahren. Von nun an überschlugen sich die Ereignisse.

Jemand riss die Autotür auf und zerrte Katharina hinaus, während Rinaldo versuchte, sie festzuhalten. Dann ging die andere Autotür auf und ihr Boss schlug ungebremst die Faust in Rinaldos Gesicht. Giuseppe packte sie, riss sie mit sich fort und raunte ihr zu: »Frag nicht, komm einfach mit. Ich helfe dir.«

»Aber, gehörst du denn nicht dazu? Ich dachte, ihr steckt alle unter einer Decke?«

Er antwortete nicht und sie liefen durch eine Garage in eine Wohnung, wo Giuseppe die Tür zuschlug. Atemlos setzten sie sich auf eine Couch.

»Ich wollte mitverdienen an der ganzen Sache, aber ich konnte es nicht übers Herz bringen, dir weh zu tun.« Er schaute sie traurig aus seinen blauen Augen an. »Ti amo, Katharina.«

Katharina wusste plötzlich nicht mehr, was sie denken oder fühlen sollte, legte ihren Kopf an Giuseppes Schulter und fing an zu weinen. Sie konnte sich gar nicht mehr beruhigen und Giuseppe strich ihr über die langen blonden Haare.

Plötzlich spürte sie eine warme Zunge in ihrem Gesicht. Sie öffnete ihre Augen und schaute in die großen braunen Augen ihrer Retrieverhündin.

»Monica, du? Wo bin ich?«

Monica wedelte freudig mit dem Schwanz, froh, dass ihr Frauchen endlich aus dem Traum erwacht war, in dem sie gekämpft und geweint hatte.

»Ach Monica, ich habe nur geträumt? Gott sei Dank!«

Sie schloss die Arme um ihre Hündin, küsste sie auf den Kopf und sprang aus dem Bett.

Ein neuer, spannender Tag im Autogeschäft wartete auf sie.

Wilhelm Arlt
Späte Rechnung

Verächtlich legt Beate Isenberg den Brief mit den aufgeklebten Buchstaben zur Seite. Es ist der dritte in dieser Woche, oder besser gesagt, seit ihr Mann, Prof. Dr. Isenberg, verschwunden ist.

»Von mir aus könnt ihr den alten Geizkragen behalten. Doch wenn ihr ihn umbringt, dann legt ihn wenigstens irgendwo öffentlich ab, damit jeder sehen kann, dass er tot ist. Vor allem die Versicherungen«, denkt sie bei sich und wirft einen bitterbösen Blick zu dem Ölschinken, der an der Wand der Bibliothek hängt.

Der zeigt einen bulligen Mann, der selbstsicher vor dem Maler posiert. Das Bild ist genauso altmodisch und muffig wie das ganze Zimmer mit seinen dunklen, erdrückenden Möbeln und den staubig wirkenden Sesseln. Doch das ist der Stil, den der alte Akademiker immer gepflegt hat. So, wie es in vergangenen Zeiten war. Der Herr Professor als Respekt einflößende Gestalt, die immer Recht hat und von allen hofiert werden muss.

Beate geht zu dem ausladenden Schreibtisch und greift den Hörer des veralteten Telefons, welches schon seit Jahrzehnten seinen Dienst verrichtet. Sie wählt eine Nummer, die sie von einem Zettel abliest.

Während sie dem Freizeichen zuhört, denkt sie über die Schandtaten des allseits so geachteten Professor nach: Wie er vor knapp zwei Jahren seine Lebensversicherung frühzeitig kündigte, um so flüssiges Geld in die hoffnungsvoll boomenden Neuen Märkte zu investieren. Er tat das natürlich nicht ohne ihr dabei den Verlust ihrer Sicherheit, nach seinem Ableben, vorzuhalten. Von dem erhofften Gewinn würde sie nichts bekommen, da sein Erbe schon aufgeteilt ist und ihr nur ein Bruchteil davon zusteht. Die Lebensversicherung zu ihren Gunsten war in besseren Zeiten ausgehandelt worden, als sie ihn noch bei seiner Männlichkeit packen konnte. Doch diese war ihm bei ihr abhanden gekommen. Wenn sie doch noch einmal zum Vorschein kam, dann nur bei blutjungen Frauen, die sich ihren Unterhalt mit solchen gewissen ›Vergnügungen‹ verdienten.

»Hallo, hier Isenberg, Beate Isenberg«, spricht sie in den Hörer, als sich endlich jemand an der anderen Seite der Leitung meldet.

»Ach, Frau Isenberg«, erwidert Pelle Braun, der diensthabende Polizist bei der Kripo Aachen. »Was kann ich für sie tun?«

»Ich hab schon wieder so einen verdammten Brief bekommen, er lag eben vor der Tür, als ich nach Hause kam.«

»Wir kommen vorbei und sehen uns das Ding mal an, warten sie bitte auf uns.«

Der Polizist legt den Hörer in die Mulde des Fernsprechgerätes, das sich so total von dem unterscheidet, mit welchem er zuvor verbunden war. Er geht einige Schritte zu einer Bank, die an einer Seite des Büros steht. Dort liegt, langausgestreckt und mit einem nassen Tuch auf der Stirn, sein Kollege, Inspektor Fritz Schlader. Von allen nur ›Schlager‹ genannt, weil er im Büro immer den Radiosender hört, der nur deutsche Schlager sendet, was allen anderen Kollegen auf die Nerven geht.

»Eh, Schlager, die Isenberg hat wieder einen Brief bekommen«, stört Braun seinen Teamgefährten.

»Ist mir egal, das macht meinen Kopf auch nicht klarer«, jammert der Liegende und wendet sein Gesicht zur Wand hin.

»Nun nimm endlich eine Tablette, ist ja nicht mehr mit anzusehen, wie du dich quälst.«

»Scheiß Migräne. Hol mir mal bitte das Röhrchen und ein Glas Wasser!«

»Sonst noch was?«

»Bitte.«

Die Polizisten sitzen im Dienstwagen, Pelle Braun fährt, während Fritz Schlader daneben sitzt und immer noch den Lappen gegen seine Stirn drückt. Sein Gesichtsausdruck ist alles andere als ausgeglichen.

»Was haben wir denn jetzt über den Fall?« erkundigt sich der Inspektor mit müder Stimme.

»Ich war heute Morgen unterwegs und hab einige von unseren Lieblingen abgefangen. Die sollen sich mal umhören.«

»Du glaubst, das bringt was?«

»Wenn der Prof wirklich entführt wurde und das von Leuten aus Aachen eingefädelt wurde, dann erfahren die etwas, da bin ich mir sicher.«

»Ob die das dann auch ausspucken, bleibt aber abzuwarten.«

»Damit können die Pluspunkte sammeln und ihr Konto ausgleichen.«

»Sind aber einige von den kapitalen Hirschen dran beteiligt, die reden gar nicht.«

»Da hast du recht, doch ein Versuch ist es wert. Auch hab ich so ein Gefühl, dass was anderes als eine Erpressung dahinter steckt. Die Briefe sind so allgemein gehalten, keine Forderungen. Nur der Hinweis, wir sollen uns da raushalten. Und ob da so viel zu holen ist, bezweifle ich sowieso. Die Frau wird nicht viel rausrücken, die ist froh, wenn der Alte nicht mehr wiederkommt.«

»Wie kommst du dazu?«

»Ich kenne die Frauen, reden und denken sind zwei verschiedene Sachen bei denen, doch die Körpersprache verrät sie. Und die Isenberg hat sich bei unserem ersten Besuch ganz schön verraten.«

»Ja, ja, du und die Frauen. Verschon mich bitte damit. Ist heute schon was von der Spurensuche gekommen?«

»Die haben noch nichts. Die Briefe geben nichts her. Mal sehen, was der von heute bringt, doch scheint der Entführer ein Auge auf seine Machenschaften zu haben, damit nichts auffällt.«

Professor Isenberg sitzt gefesselt auf einer Matratze in der Ecke eines dunklen Raumes. Auch wenn Licht da wäre, könnte er nichts erkennen, da sein Kopf in einem Sack steckt, der zwar etwas Licht an die Augen lässt, jedoch nicht durchsichtig ist. Jede Bewegung lässt ein Stöhnen über seine Lippen kommen, da die Fesselung recht stramm sitzt und die Haut an seinen Hand- und Fußgelenken aufgescheuert hat. Hinzu kommt ein penetranter Faulgeruch von feuchtem Mauerwerk und der Anwesenheit diversen Ungeziefers. Letzteres macht sich durch Knistern und Knabbern bemerkbar, welches sich in der näheren Umgebung abspielt. Dauernd hat der Professor das Gefühl, gleich von hungrigen Ratten angegriffen zu werden. Obwohl er noch nichts gespürt hat, schlägt er seine gebundenen Beine des öfteren seitlich auf den Boden, um die Quälgeister zu vertreiben.

Seine Gedanken beschäftigen sich seit seiner Gefangennahme mit dem Grund dieser Aktion. Die Entführer haben ihn abends an einem Geldautomaten abgefangen und mit einiger Gewalt in einen alten Kombi geworfen. Seltsam war, dass sie sein Geld nicht genommen haben, obwohl er es unter ihrer Beobachtung in die

Brieftasche gesteckt hatte. Wahrscheinlich liegt es dort immer noch.

Verpflegt wird er von einem maskierten Mann, der zur Fütterung den Sack entfernt, aber eine grelle Lampe in seine Augen scheinen lässt. Dann bekommt er einen pampigen Brei in den Mund geschoben, der undefinierbar, jedoch nicht schlecht schmeckt und sättigt. Nach einigen kurzen Minuten wird dann sein Kopf wieder vermummt. Nicht ein Detail hat er bisher erkennen können. Auch wurde noch kein Wort mit ihm gesprochen. Daher ist ihm der Beweggrund seiner Entführung schleierhaft. Er hat schon Geld angeboten, doch keine Antwort darauf bekommen. Es muss etwas Besonderes sein, redet er sich ein, doch an sein Leben wollen sie wohl nicht, denn auf sein leibliches Wohl wird geachtet, sieht man von den Schürfwunden ab. Auch diese werden mit Salben behandelt, was nur bedingt hilft. Seine Notdurft kann er auf einem transportablen Toilettensitz verrichten.

Während er so über seine Situation sinniert, hört er ein Geräusch auf dem Flur. Dies ist ein anderes als die Tage zuvor. Es sind die Schritte von mehr als einem Mann und dazu kommt das Schleifen eines Gegenstandes. In der Nähe wird eine Tür aufgestoßen und etwas in eine Ecke geworfen, ähnlich wie seine Ankunft hier in dem Verlies. Beim Aufprall ist ein Stöhnen zu vernehmen. Es wurde wahrscheinlich ein weiterer Gefangener gebracht.

»Wer mag das sein«, fragt sich Isenberg, »ob der was mit mir zu tun hat, vielleicht ein Bekannter?«

Doch nach kurzer Zeit ist es wieder still und der Gefangene lauscht, ob er etwas von seinem Zellennachbarn hört. Doch nur ein leises Scharren ist zu hören.

Unter den Bäumen am Kaiserplatz herrscht gelangweiltes Gedränge. Die lokalen Junkies stehen in Gruppen zusammen und unterhalten sich. Es ist immer das gleiche Thema, Drogenbeschaffung oder vielmehr Geldbeschaffung, da dies das andere einschließt. Hin und wieder hört man einen kurzen, lauten Disput, der jedoch gleich wieder von Nebenstehenden unterdrückt wird. Es ist ein abgerissener Haufen Menschen, der sich hier, wie jeden Tag, rumtreibt. Die vorbeieilenden Passanten betrachten sie nur verächtlich aus den Augenwinkeln, um nur ja nicht deren Aufmerksamkeit auf sich zu ziehen. Hunde laufen umher und balgen sich an den wenigen freien Plätzen.

Etwas abseits stehen drei Typen zusammen und unterhalten sich leise. Es sind zwei verlotterte Männer in schmutziger verkommener Kleidung. Der eine, ›Hinker‹ genannt, ist groß und bullig und um einige Jahre älter als sein Pendant, ›Flipper‹ gerufen, der klein und sehr schlank ist.

Der Dritte steht im krassen Gegensatz zu den beiden Gesprächspartnern. Er ist sauber gestylt in schwarzer Lederkleidung, der man den hohen Preis an sieht. Dazu hat er eine auffallende gelbe Mütze auf dem Kopf, sein Markenzeichen. Sein Name, Max Frei, ist wenigen Leuten bekannt. Er wird von seinen Bekannten, und das ist fast die ganze Stadt, nur ›Schäele Pott‹ genannt. Woher der Name kommt, weiß niemand so genau. Er selber sagt nichts dazu. Seine offene Art, jedermann zu jeder Gelegenheit anzusprechen und dann eine gepflegte Unterhaltung zu führen, hat ihn bekannt gemacht. Auch wenn man ihm eine gewisse Zugehörigkeit zum Rotlichtmilieu nachsagt, gibt ihm das eine gewisse pikante Note, die den mehr oder weniger prominenten Zeitgenossen anspricht. Womit er seinen Lebensunterhalt bestreitet ist vielen unbekannt. Dabei ist dieses Unterfangen gar nicht so anrüchig, wie einige meinen. Er arbeitet, wenn er denn will oder muss, überall, wo kurzfristig eine Hand gebraucht wird. Durch seine Kontakte, auch zu den Unternehmern der Stadt, ist es meist ein Job, bei dem man sich nicht schmutzig macht. Während des Gespräches dreht er sich hin und wieder zur Seite und stößt einen trockenen, verkrampften Husten aus.

Der Ledergekleidete löst sich von der kleinen Gruppe, verabschiedet sich durch ein kurzes Winken und steuert eine Bank an, auf der eine junge Frau sitzt. Sie krümmt ihren Körper und zieht die Beine an den Leib.

»Hallo Iri«, grüßt der Ankommende mit sanfter Stimme die Sitzende. »Wie geht es Dir heute?« Dabei streicht er ihr liebevoll über das lange, strähnige Haar. Seine Geste wird jedoch nicht anerkannt. Die Frau entzieht sich seiner Berührung.

»Scheiß Frage, Schäele. Es ist fast nicht auszuhalten«, antwortet die Gefragte mit gequälter Stimme. Dabei dreht sie das Gesicht zu ihm hin. Es ist ganz fahl und schuppig. Die Augen eingefallen und dunkel gerändert.

»Hast du noch Tabletten?«

»Nö, hab keine Kohle mehr.«

»Ich hol dir welche, warte nur etwas.«

»Nicht zu viele, die werden mir doch nur geklaut.«

»Das soll einer wagen«, bemerkt Max, und man hört es seiner Stimme an, dass er dies auch so meint.

Fritz Schlader und Pelle Braun, die beiden Kripoleute, verlassen die pompöse Villa von Professor Isenberg, die im Stadtteil Ronheide liegt und von ebensolchen Wohlstandszeugen umgeben ist.

»Und, was meinst du?«, fragt Pelle Braun seinen Kollegen, während sie zum Auto gehen.

»Die blöden Briefe, die kann er sich auch behalten, immer der gleiche Text.«

»Ist dir aufgefallen, wie herablassend die über ihren Mann redet? Ich habe das Gefühl, die hat mit seinem Verschwinden zu tun.«

»Das glaub ich nicht, der ist nur egal, ob er gefunden wird.«

Als die beiden kurz vor ihrem Wagen stehen, ertönt ›Blue Spanish Eyes‹, die Anrufmelodie von Schlagers Handy. Kompliziert holt er es aus seiner Hosentasche und nimmt den Anruf entgegen. Während er zuhört, lehnt er sich gegen den Kotflügel des Wagens. Pelle Braun steigt schon ein. Kurz darauf ist das Gespräch beendet und Schlader setzt sich dazu.

»Was Dienstliches?«, fragt der Fahrer.

»Kann man wohl sagen. Es gibt noch eine Entführung.«

»Was? Wer denn?« Pelle Braun ist erstaunt und macht den gerade gestarteten Motor wieder aus.

»Ein Dr. Meinberg. Seine Tochter hat sich im Präsidium gemeldet. Wir fahren sofort zu ihr, ist nicht weit, gleich um die Ecke.«

Die Polizisten stellen den Wagen unter hohen Bäumen ab und gehen nebeneinander über die Straße zu einem Grundstück mit schmiedeeisernem Tor. Nur eine Sekunde müssen sie warten, nachdem sie geklingelt haben. Eine Frauenstimme fragt nach, wer dort sei. Fritz Schlader meldet sich und gibt den Grund ihres Besuches an. Sogleich wird die Tür freigegeben. An der Haustür werden sie von einer eleganten Frau erwartet. Pelles Kennerblick sagt ihm gleich, dass sie Mitte dreißig ist. Es ist die Art Frau, die ihm nicht gefällt, da er bei solchen Frauen nicht landen kann. Die verkehren nur mit ihresgleichen.

»Das ist mein Kollege Braun«, stellt Schlader ihn vor.

Er ist hingerissen von der Eleganz der Dame, was seinen Bewegungen und dem Tonfall seiner Stimme einen linkischen Anschein verleiht. Er wirkt unsicher.

Sie bittet die zwei herein und führt sie durch den großen Flur nach hinten in den Wintergarten. Die Frage, ob sie etwas trinken möchten, verneinen die Beamten. Nachdem alle drei sitzen, beginnt die Frau zu erzählen.

Sie hatte sich am vorigen Tag mit ihrem Vater, dem Herrn Dr. Dr. Meinberg, für den heutigen Tag verabredet. Da er aber nicht erschienen war, machte sie sich Sorgen. Es war nicht seine Art, eine Verabredung zu vergessen, erst recht nicht, wenn es mit ihr war. So hatte sie sich zu seinem Haus begeben, in dem er allein lebt. Dir Tür war verschlossen und die Alarmanlage eingeschaltet. Ein Blick in die Garage hatte ihr genügt um festzustellen, dass der große Wagen fehlte. Ein Anruf im Klinikum informierte sie, dass ihr Vater an diesem Tag nicht da sei. An diesem Tag hat er auch keine Termine. Er wird, wenn überhaupt, erst gegen Abend erwartet, falls er noch den einen oder anderen Besuch bei bestimmten Patienten machen würde. Doch diese Visiten waren sein eigener Wunsch, sie waren nicht vorgeschrieben und würden auch nicht berechnet, versicherte man ihr. Auch ein Anruf auf seinem Handy brachte nichts. Als sie dann nicht mehr weiter wusste, hatte sie noch einen Blick in den Briefkasten geworfen. Dort lag nur ein einzelner, unfrankierter Umschlag. Da er keine Anschrift trug, hatte sie ihn geöffnet.

Margot Regen-Meinberg, steht auf und holt den Brief, der auf einer Kommode liegt, und gibt ihn Fritz Schlader. Der nimmt vorsichtig das einzelne Blatt aus dem Kuvert. Es ist die gleiche Machart, die sie heute schon einmal gesehen haben. Auch wieder nur die Nachricht, dass Dr. Meinberg nicht nach Hause käme und man sich keine Sorgen machen müsse. Nur die Polizei solle aus dem Spiel bleiben. Keine weiteren Forderungen und keine Unterschrift.

»Frau Meinberg«, beginnt Fritz Schlader.

»Regen-Meinberg«, verbessert die Angesprochene.

»Entschuldigung, Frau Regen-Meinberg, wer kann an der Entführung ihres Herrn Vaters ein Interesse haben? Was macht er privat oder beruflich, dass er so etwas auslösen könnte?«

»Mein Vater hat kein Privatleben, er lebt für seinen Beruf. Er ist Arzt, Spezialist für Harnwegserkrankungen und Transplantationschirurgie. Eine anerkannte Koryphäe auf diesen Gebieten und voll ausgebucht.« Man hört den Stolz aus ihrer Stimme.

»Könnte denn diese Entführung in Zusammenhang mit seinem Beruf stehen?«

»Ich kann mir da nichts vorstellen, tut mir leid. Und wie gesagt, privat lebt mein Vater total zurückgezogen.«

»Und doch hat man ihn entführt, wie es der Brief besagt«, wirft Pelle Braun ein mit herablassendem Unterton in der Stimme.

Die Frau überhört seinen Sarkasmus und macht ihnen deutlich, dass sie nichts über die Gründe sagen kann.

Die Polizisten verabschieden sich und nehmen den Brief mit.

Am Kaiserplatz, wo die Drogenszene ihre täglichen Geschäfte treibt, ist es an diesem Tag recht ruhig. Das regennasse Wetter, das seit dem frühen Morgen die Sonne vertrieben hat, lässt die empfindlichen Junkies frieren. Sie stehen näher als sonst zusammen und schweigen sich an. Nur die Hunde empfinden anders, sie tollen wie immer umher. Die Passanten sehen noch mürrischer nach dem Abschaum, wie sie das Strandgut der Gesellschaft nennen.

Irene Trauf, die Streunerin mit den langen strähnigen Haaren sitzt auf ihrem Stammplatz – ganz alleine. Sie hat eine alte, fleckige Decke um die Schultern gelegt. Ihre Lippen sind blau, die Wangen bleich und die Augen rot. Ein kontrastreiches Farbenspiel in diesem gequält wirkenden, jungen Gesicht. Ihre Augen starren ins Leere. Selbst als ihr einziger Freund, Schäele Pott, auf sie zusteuert, rührt sie sich nicht. Er setzt sich neben sie und nimmt sie in den Arm. Er weiß, dass Worte in dem Zustand, in dem sie sich befindet, fehl am Platze sind. Wie oft hat er ihr angeboten in seiner Wohnung zu bleiben, doch sie will ihre Freiheit nicht aufgeben, wie sie sagt. So quält sie sich in dieser Welt herum, ohne sie genießen zu können.

Seit einem Jahr geht das nun schon. Eine Niereninfektion hat ihren Körper zu einem Wrack gemacht. Aus einer lustigen, sorglosen jungen Frau wurde eine bedauernswerte Ruine. Jeder Fremde, der sie sieht, vermutet die Drogensüchtige in ihr. Doch Drogen, zumindest harte, hat sie nie genommen. Hin und wieder etwas Hasch, das sie ihrem Geist zugemutet hat, doch von den das Bewusstsein zerstörenden Sachen hat sie die Finger gelassen. Die Drogenszene hatte sie angezogen, doch nur deren Lebensstil, den sie falsch interpretierte. Sie hatte diese Leute aus einem romantischen Blickwinkel gesehen. Ein Künstler hatte sie zuerst mitgenommen. Dieser Mann hatte es ihr angetan, mit seiner Kreativität und seiner Lebensweise. In ihren Augen besaß er die Freiheit, die sie suchte. Keine Zwänge und wenig Wünsche. Dass seine Wünsche und sein Wille ganz auf die Beschaffung von Drogen fixiert waren, das hatte sie übersehen. Sie war vollkommen überrascht, als sie ihn tot in seinem Atelier fand, mit einer Spritze im Arm. Da sie nun alleine war, hielt sie an der Umgebung fest, in der sie mit ihrem Maler glücklich war. Doch der Geldmangel und die andauernde Kälte in dem alten Gemäuer mit seiner Feuchtigkeit hatten ihrer Gesundheit geschadet. Eine nicht auskurierte Nierenbeckenentzündung hatte ihre Nieren fast völlig zerstört. Nach einem Zusammenbruch auf offener Strasse war sie ins Klinikum eingeliefert worden, wo man ihre Krankheit diagnostizierte. Man gab ihr nur Hoffnung bei einer Transplantation, da sie die Dialyse, der sie sich alle drei Tage unterziehen muss, nicht verträgt. Bei ihrem ersten Besuch im Klinikum hatte sie Schäele Pott kennen gelernt, der ihre Situation erkannte und sich ihrer annahm. Was sie nicht richtig registrierte, war, dass er sich in sie verliebt hatte. Sie verbannte den Gedanken aus ihrem Kopf, da sie ihre Freiheit gefährdet sah. Doch inzwischen ist er der Einzige Mensch, an den sie sich wenden kann.

»Schäele, ich glaub, ich kann das nicht mehr lange mitmachen«, stöhnt sie nach einer Weile der Stille. Dabei sieht sie ihn mit ihren rotunterlaufenen Augen traurig an.

»Mach dir keine Sorgen, in wenigen Tagen geht es dir besser«, tröstet der Mann sie.

»Ich glaube nicht mehr dran.«

»Du wirst sehen, bist du schon mal von mir belogen worden?«

Plötzlich dreht sich die junge Frau zur Seite und ihr Kopf fällt auf seinen Arm, den er hinter ihrem Nacken postiert hat. Erschrocken sieht er ihr in die Augen. Sie ist ohnmächtig geworden. Schnell legt er sie behutsam auf die Bank. Aus der Tasche zieht er ein Telefon und ruft den Notarzt.

Fritz Schlader sitzt über einer Mappe mit Akten, die er überfliegt. Dabei schüttelt er mit dem Kopf, das ergibt alles keinen Sinn. Zwei entführte Doktoren, kein Motiv und keine Forderungen. Würden die Entführer doch nur Geld verlangen, dann könnte man über eine Falle bei der Übergabe nachdenken. Doch so laufen alle Gedankenspiele ins Leere.

Pelle Braun kommt herein. Er wirft seine Jacke über einen Kleiderhaken und geht zur Kaffeemaschine, die in einer Ecke versteckt steht.

»Scheiß Sommer«, jammert er, während er sich eine Tasse einschenkt und in kurzen, schlürfenden Schlucken trinkt. Dabei schlendert er zu seinem Platz am Schreibtisch.

»Ich hab zwei von meinen Freunden getroffen«, erzählt er nach einer Weile von seinem Ausflug in die Stadt.

Fritz Schlader sieht von seiner Akte fragend auf.

»Es geht ein Gerücht rum. Es wird von Entführung gesprochen und von einem Zusammenhang mit dem Klinikum.«

»Wo besteht denn da ein Zusammenhang? Nur weil der Meinberg dort praktiziert?«

»Es ist doch noch gar nicht bekannt, dass der entführt wurde. Es hat wohl jemand etwas darüber erzählt, vielleicht im Suff oder im Delirium. Ich konnte nicht rausbekommen, wer das war, ist über zu viele Ecken gegangen.«

»Dann sollten wir mal da ansetzen, haben ja sonst nichts.«

»Gut, vielleicht hör ich ja in der nächsten Zeit mehr. Wenn die ersten Worte gefallen sind, werden es auch noch mehr. Ich hab die Jungs sensibilisiert in dieser Beziehung.«

Die Kripobeamten gehen ins Foyer des Klinikums. Sie wenden sich direkt an die Information, wo sie sich den Weg in die Urologie zeigen lassen.

»Jetzt bin ich doch schon so oft hier gewesen, ich kann mich aber einfach nicht an das Gebäude gewöhnen«, bemerkt Fritz Schlader, während sie zu dem genannten Aufzug gehen.

»Ich finde das ganz faszinierend. Das sieht nach High-Tech-Medizin aus. Wie eine Krankenfabrik.«

»Eben, wie eine Fabrik, nicht wie etwas Menschliches.«

Nach einigen Minuten erreichen sie die gesuchte Station. Sie hatten sich vor ihrer Abfahrt vom Präsidium dort angemeldet. Den Grund ihres Besuches hatten sie unterschlagen.

Nachdem sie sich an der Stationsinformation gemeldet haben, werden sie von einer freundlichen, jungen Krankenschwester zu einem Büro geleitet, in dem sie von einer älteren Sekretärin begrüßt werden.

Sie bekommen Antworten auf ihre Fragen nach dem Wirkungskreis von Dr. Meinberg. Doch Gründe für seine Entführung können auch hier nicht gefunden werden. Lediglich wird wieder seine völlige Abkehr vom Privatleben hervorgehoben. Der Arzt verbringt den größten Teil seines Lebens hier im Klinikum.

Fitz Schlader befragt einen zufällig eintretenden Assistenzarzt nach einer Möglichkeit. Doch der junge Mediziner meint, Dr. Meinberg sei über jeden Zweifel erhaben. Es gebe niemanden, der ihm einen Kunstfehler nachsagen könne und ihn deshalb entführen würde. Auch könne man seine Entscheidungen durch ein derartiges Manöver nicht beeinflussen. Sicher wären einige Patienten daran interessiert, bei einer Transplantation bevorzugt zu werden, doch gebe es sehr strenge Bestimmungen in dieser Hinsicht, was eine Manipulation ausschließe.

Die Polizisten verabschieden sich nachdenklich und verlassen das Büro.

Auf dem Flur kommt ihnen eine auffällige Gruppe entgegen. Auf einer Bahre befindet sich eine junge Frau, die an diverse Schläuche angeschlossen ist. Geschoben wird der Wagen von einem Pfleger. Daneben läuft ein Mann in Lederkleidung und einer auffallend gelben Mütze. Letzterer scheint sehr besorgt um die Kranke.

In einem Bistro, nahe der Antoniusstraße, einem Treff von allerhand zwielichtigem Gesindel, stehen einige Männer an der Theke. Der Tag geht zur Neige und der Alkohol lockert die Zungen der Anwesenden. Ein schmächtiger, verlebt aussehender Mann in abgerissener Kleidung sucht die Nähe der Gruppe. Ganz beiläufig erzählt er von der Entführung der zwei Akademiker. Als die Namen Meinberg und Isenberg fallen, dreht sich einer der Dastehenden, ein älterer Mann mit stattlicher Statur, zu ihm hin.

»Ach, die Berge, wie schön«, bemerkt er mit einem leichten Grinsen.

»Wieso Berge?«, hakt der Schmale nach. Dabei drängt er sich unauffällig näher.

»Das war damals eine feine Gesellschaft, nur studierte Leute in dem Club. Ich habe denen dann abends was zum Vernaschen besorgt, natürlich ganz diskret. Und die Berge, Meinberg und Isenberg waren die liebsten. Zweimal war ich kurz davor, denen eins auf die Fresse zu geben, so hatten die meine Pferdchen behandelt. Doch dann stimmte der Preis und wir waren beruhigt. Eine ganz üble Bande.«

»Aber das machen doch viele von diesen feinen Pinkeln«, hält der Frager das Gespräch aufrecht.

»Alle, doch dann ist was passiert, das nicht so geplant war. Meine Mädchen waren es ja gewohnt etwas fester angepackt zu werden, doch da war eine Feier in dem Club, da waren den beiden meine Damen nicht mehr fein genug. Die haben sich dann eine von der

Bedienung vorgenommen. Eine Klassefrau, muss ich schon sagen, doch die wollte nicht mitmachen, da haben sie sie gezwungen.«

»Damit sind die durchgekommen?«

»Erst nicht. Die Kleine ließ sich nicht kaufen und hat sie angezeigt. Doch da gab es einen Oberstaatsanwalt, der wollte unbedingt in den Club und hat den Fall einfach abgewürgt. Wie der das gemacht hat, weiß ich nicht. Ich jedenfalls hab nichts mehr davon gehört. Der Club hat noch einige Zeit so weitergemacht wie vorher, nur die Berge waren nicht mehr so wild. Der Vorfall hat sie wohl doch schockiert. Das kannten die nicht, das sich jemand gegen sie stellt.«

»Was war denn mit der Frau?«

»Weiß ich nicht, hat mich auch weiter nicht gejuckt.«

»Wie hieß die denn?«

»Du bist ganz schön neugierig, du Nase. Was interessiert dich das?«

»Nur so, Wenn du schon die Geschichte erzählst«, bemerkt der Neugierige in einem abwertenden Ton.

»Fern, Almut Fern. Hab mich damals um sie bemüht, kurz nachdem Vorfall. Doch die war viel zu hochnäsig, nichts für mich.«

Der Schmale hat genug gehört, unauffällig verzieht er sich aus der Kneipe. Der Informant hat seine Geschichte schon wieder vergessen und widmet sich seinem Bier.

Schäele Pott sitzt am Bett von Iri und hält ihre Hand. Leise spricht er mit ihr, doch sie kann es nicht hören. Seit ihrem Zusammenbruch auf der Bank ist sie nicht mehr zu sich gekommen. Die Sanitäter und der Notarzt hatten sie an Ort und Stelle versorgt und dann direkt ins Klinikum geschafft. Nachdem sich ein Arzt um sie gekümmert hatte, wurde sie an allerhand Schläuche und Kontrollgeräte angeschlossen. Auf dem Flur hatte Schäele Pott sich dann mit dem Arzt unterhalten. Dieser machte ihm wenig Hoffnung. Die einzige Möglichkeit, sie zu retten war eine Nierentransplantation. Doch die sei im Moment nicht möglich, da keine geeignete Niere zur Verfügung stehe. Daraufhin setzt Schäele sich noch kurz ans Bett der Kranken.

»Iri«, spricht er zärtlich mit der dahindämmernden Frau, »das ist nun das Letzte, was ich für dich tun kann. Wir werden uns wohl nicht mehr in diesem Leben treffen.«

Dabei streicht er ihr sanft übers Haar. In seinen Augen blitzen einige Tränen auf. Als er dies bemerkt, dreht er sich schnell zur Seite, sie soll es nicht bemerken. Er steht auf und geht raus. Die Kranke blickt ihm nur kurz müde hinterher. Vor der Tür stoppt ihn ein heftiger Hustenkrampf.

Der Kaffee dampft in den Tassen der Polizisten. Pelle Braun ist ganz zufrieden mit sich und hat einen seiner Schokoriegel, die er in seiner Schublade hortet, spendiert. Kurz zuvor hat er einen Anruf von einer seiner Kontaktpersonen bekommen. Die Geschichte von dem Club der Akademiker ging von Mund zu Ohr. Sofort danach hatten die beiden Kripobeamten eine ihrer Hilfskräfte ins Archiv geschickt, um Einzelheiten zu erfahren.

»Die Geschichte liegt aber schon weit zurück«, bemerkt Fritz Schlader, nachdem er den letzten Rest des Schokoriegels in den Mund geschoben hat.

»Ja, schon, doch da ist ein Zusammenhang zwischen den beiden und auch noch eine offene Rechnung«, entgegnet sein Kollege, während er seine verklebten Finger ableckt und dann mit einem Taschentuch abreibt.

»Gesetzt den Fall, es wäre so, dann müsste doch etwas aus dieser Entführung resultieren. Eine Forderung nach Strafe oder eine Wiedergutmachung mittels Geld.«

»Vielleicht gibt es eine Forderung, von der wir nichts wissen«, wirft Pelle Braun ein.

»du meinst, die Frauen sagen nicht alles?«

»Ist doch möglich. Die unterrichten uns über die Entführung, wollen sich aber eigene Möglichkeiten offen lassen.«

»du meinst, wenn wir nichts erreichen, helfen sie sich selber?«

»Könnte doch sein.«

Während die Polizisten noch diese neue Theorie überdenken, kommt ein Mitarbeiter herein und legt Schlader eine Mappe hin.

»War nicht allzu viel zu bekommen. Da hat der alte Löffler ganz schön rumgewirbelt. Fast alle Unterlagen sind verschwunden, wenn es denn welche gab«, unterrichtet er die Wartenden. »Ich habe nur etwas über eine Almut Fern gefunden. Da war eine Befragung, im Zuge einer Anzeige. Über das Ergebnis steht nichts drin. Ist wohl alles vernichtet. Die Frau hat einige Jahre später geheiratet und hieß dann Trauf. Die hat eine Tochter, Irene Trauf. Die ist aber älter als die Hochzeit der Frau. Wenn ihr mich fragt, die ist so alt wie der Fall der Vergewaltigung.«

Fritz Schlader setzt sich auf und nimmt die Füße vom Schreibtisch.

»Was macht die Frau denn heute?« fragt er den Kollegen.

»Sie ist vor einiger Zeit gestorben, genau wie ihr Mann, bei einem Unfall. Die Tochter lebt seitdem allein. Ein Kollege von der Droge war zufällig bei mir, als ich das rausfand. Der hat den Namen Irene Trauf schon gehört. Die ist wohl öfters unten am Kaiserplatz kontrolliert worden, war aber immer sauber. Scheint sich dort nur gern aufzuhalten. Der Kollege meinte, Schäele Pott würde sich um sie kümmern. Ich weiß nicht, ob das Ganze hilft, doch wo ich das doch schon erfahren hab, könnt ihr das auch wissen.«

»Ist richtig, wir werden das mal prüfen. Danke.«

»Hey, Schlager, das ist ja alles ein Zufall! Eben im Klinikum, war der Schäele Pott doch bei der Kranken, die da vorbei gerollt wurde.«

»Hab ich nicht drauf geachtet.«

»Na klar, der blöde, gelbe Hut, kann man doch gar nicht übersehen. Kennst du den überhaupt?«

»Wer kennt den nicht?«

»Ich frag mal nach, was der da wollte.« Pelle nimmt den Hörer vom Telefon und lässt sich mit der Urologie verbinden.

Professor Isenberg sitzt zusammengekrümmt in seinem Verlies. Der Sack vor seinem Gesicht ist verschwunden und eine kleine Leuchte erhellt den Raum. Wenn er sein Drumherum wahrnehmen würde, sähe er ein sauberes Zimmer, das ordentlich aufgeräumt und frisch gestrichen ist. Nichts von dem, was er sich in seiner Dunkelheit ausgemalt hat, trifft zu, nur der faule Geruch, der von den alten Mauern kommt, die hinter der renovierten Fassade liegen. Doch ihm ist nicht nach Äußerlichkeiten. Die letzten Stunden haben ihm viel von seinem Stolz genommen. Nie hätte er geglaubt, dass man so etwas von ihm verlangen könnte. Noch weniger, dass er zustimmen würde. Wenn dies alles vorbei ist, muss er sein Leben neu ordnen und von einigen Aspekten reinigen.

Im Nebenraum sitzt Dr. Meinberg ebenso verstört auf seiner Matratze. Ihn drängen ähnliche Fragen wie seinem ehemaligen Freund und Trinkkumpan.

»Bingo. Fritz, jetzt geht's los!« Pelle Braun ist ganz aufgeregt.

»Dann erzähl mal.«

Der Kollege erzählt von seinem Telefonat mit dem Klinikum. Dort hat er erfahren, dass Schäele Pott, dort ist er auch unter diesem Namen bekannt, mit einer schwerkranken Frau angekommen ist. Die Frau ist Irene Trauf. Sie war schon des Öfteren zu Behandlung da. Die Nierenerkrankung wird auch angesprochen. Doch hinzu kommt, dass unbedingt eine Spenderniere gefunden werden muss, da sie sonst nur wenige Tage zu leben hat. Auf die Frage, ob der Mann noch da sei, bekommt er eine negative Antwort.

»Zählen wir mal eins und eins zusammen«, wirft Schlader ein. »Die Frau ist schwer nierenkrank und stirbt, wenn sie keine Spenderniere bekommt. Der Meinberg ist Chirurg und das auch noch für diesen speziellen Fall. Stellt sich nur die Frage, was hat der Isenberg damit zu tun?«

»Vielleicht muss der das Geld geben, da er genau wie Meinberg etwas mit der Mutter der Trauf gemein hat.«

»Überleg mal, es ist möglich, dass einer der beiden der Vater ist.« Schlader beugt sich über den Schreibtisch zu seinem jüngeren Kollegen rüber. Dabei hält er die Akte über die Vergewaltigung hoch.

»Wenn einer der Vater ist, dann wäre er doch auch ein potentieller Spender, oder?« Pelle ist ganz aufgeregt und springt zum Fenster.

»Aber woher soll Schäele Pott wissen, ob das funktioniert? Wenn Meinberg der Vater ist, hat er keinen Chirurgen und wenn keiner der beiden der Vater ist, was ja immerhin sein kann, dann hat eine Transplantation fatale Folgen.«

»Es hilft nichts, wir brauchen den Kerl, wir müssen eine Fahndungsmeldung rausgeben. Kümmere du dich darum, ich werde meine Informanten antriggern. Der ist bekannt wie ein bunter Hund, irgend jemand hat den gesehen, da bin ich mir sicher.«

Ein Stück außerhalb Aachens fährt ein großes Auto am Hintereingang einer Privatklinik vor. Zwei ältere Männer erheben sich schwerfällig von den Rücksitzen. Nachdem sie neben dem Wagen stehen, sieht man, dass ihre Hände gebunden sind. Sie werden von zwei Männern, von denen einer einen hinkenden Gang hat, durch die Hintertür geführt.

Nachdem die Gruppe einige Zeit im Haus verschwunden ist, nähert sich ein Krankenwagen der gleichen Tür. Eine Krankenliege wird aus dem Wagen gerollt und dann in das Gebäude gefahren.

Sogleich fährt der Wagen wieder ab. Den Fahrer hat man nicht gesehen. Nur beim Einbiegen in die Zufahrtsstrasse erkennt man ganz kurz einen gelben Fleck im Führerhaus.

Nachdem Fritz Schlader die Fahndung in Gang gebracht hat, telefoniert er mit dem Klinikum. Es ist möglich, dass sich der Gesuchte dort wieder eingefunden hat. Doch bekommt er eine seltsame Mitteilung. Nicht nur der Gesuchte, sondern auch die Kranke ist verschwunden. Obwohl sie nicht transportfähig ist.

Einige weitere Telefonate und er bekommt Gewissheit, dass auch ein Krankentransporter verschwunden ist. Sofort wird auch die Fahndung nach dem Fahrzeug ausgegeben.

Nach kurzer Zeit erscheint Pelle Braun im Büro. Schlager informiert ihn über die Neuigkeiten. Auch der andere hat etwas in Erfahrung bringen können. Schäele Pott hat sich wohl seit ein paar Tagen in einem leeren Gebäude in der Innenstadt aufgehalten. Es kursieren verschiedene gegensätzliche Gerüchte. Nur der Ort stimmt bei allen überein.

Sofort machen sich die zwei Polizisten auf den Weg dort hin. Während der Fahrt fordern sie Verstärkung an.

Nach einigen Minuten bekommen sie einen Anruf, bei dem ihnen die Identifizierung des Krankenwagens gemeldet wird. Dieser befindet sich wohl auf dem Weg Richtung Innenstadt. Schlader informiert seine Kollegen, sie sollten sich im Hintergrund halten, um nicht unnötige Gefahr für die Entführten und die Kranke heraufzubeschwören.

Die Nacht ist über Aachen hereingebrochen. Obwohl Sommer ist, haben doch dicke Wolken die Stadt zu dieser noch recht frühen Zeit, in ein diffuses Dunkel gehüllt. Normalerweise würde Schlader nun seinen Regenschirm in greifbarer Nähe halten, doch jetzt steht er an eine verrottete Steinmauer gepresst und wartet auf Zeichen seines Kollegen. Pelle hat sich vorsichtig dem Gebäude genähert, das ihm von seinen Informanten genannt worden war. Es ist ruhig und unauffällig. Vielleicht zu still hier, denkt er bei sich. Sonst treiben sich in solchen düsteren Ecken allerhand Gestalten rum. Das ist verdächtig. Er läuft um einen alten verrosteten Container und steht unvermittelt vor einem großen Tor. Anhand der Schleifspuren auf dem Boden erkennt er, dass dieses noch vor kurzem geöffnet war. Durch eine Ritze an der Seite zu Wand kann er einen Blick in den Innenraum werfen. Von dort strahlt ihm das leuchtende Orange eines Krankenwagens entgegen. Er sieht sich um, kann jedoch keine weitere Tür auf dieser Seite erkennen. Vorsichtig drückt er den Griff des Schlosses. Gut geölt entriegelt sich der Eingang. Ohne einen Ton öffnet er sich einen Spalt, breit genug für einen Mann. Pelle winkt seinem Kollegen zu, der ihn und das Gebäude im Auge behält. Im Umfeld liegen noch die Einheiten von weiteren Polizeiautos auf der Lauer. Es kann eigentlich niemand unentdeckt vom Gelände verschwinden.

Vorsichtig erkunden die Beamten die Örtlichkeit. Durch einen Flur schleichen sie an einigen unbeleuchteten Räumen vorbei. Kein Geräusch ist zu hören. Am letzten Zimmer angekommen, sehen sie sich unschlüssig an, soweit das in dieser relativen Dunkelheit möglich ist.

Plötzlich erschallt ein lautes »Halt!« aus dem Raum, vor dessen Tür sie stehen.

»Halt, bleiben sie stehen! Ich weiß, dass sie dort sind. Ich habe eine Geisel.«

»Schäele Pott, mach kein Scheiß, komm raus!«, appelliert Pelle. »Wir wissen, was du vor hast.«

»Na, wenn schon. Ihr bleibt jedenfalls draußen. Ich habe nichts mehr zu verlieren.« Ein Hustenanfall beendet seine Ansage.

Den Polizisten bleibt nicht anderes übrig, als der Aufforderung zu gehorchen, sie können den Raum nicht einsehen. Ob sich dort eine Geisel befindet, können sie nicht feststellen. Fritz Schlader schleicht sich zurück, um mit den wartenden Kollegen zu reden. Es ist inzwischen ein SEK angefordert worden, das wohl in wenigen Minuten eintreffen wird.

Qualvolle Minuten verrinnen für Pelle Braun, der es sich, soweit es ihm möglich ist, bequem gemacht hat. Mehrere Ansprachen seinerseits an den Entführer blieben unbeantwortet. Das Einzige, was er hört, ist dieser verkrampfte Husten.

Die Minuten verstreichen, ohne dass die Einsatzkräfte sich für einen Plan entscheiden können. Gelände und Gebäude sind zu unübersichtlich. Auch ist unbekannt, mit wie vielen Leuten sie es zu tun haben. Daraufhin schleicht Schlader wieder zu seinem Kollegen. Er will ihn gerade ablösen auf seinem Beobachtungsposten, da erklingt in dem Raum vor ihnen der Anrufton eines Handys. Sie hören nur ein kurzes Hallo, nachdem der Ton verklungen ist.

»Hallo, ihr da draußen, ich komme jetzt raus«, erklingt kurze Zeit später die Stimme des Entführers.

109

»Machen Sie keine Dummheiten, wir machen zuerst Licht«, erwidert Schlader. Er nimmt eine Magnesiumfackel zur Hand und zündet sie. Sogleich ist der ganze Raum von dem seltsamen Licht durchflutet. Er wirft die Fackel in den angrenzenden Raum. Dort erhebt sich eine Gestalt aus einer Ecke und kommt mir erhobenen Händen auf sie zu.

Ein kurzer Anruf und die Räumlichkeiten wimmeln nur so von Polizisten. Schnell ist der vermeintliche Geiselnehmer überwältigt.

Das Krankenzimmer ist schwach beleuchtet. In einem Bett liegt eine blasse Patientin. Durch ein Fenster kann man in den angrenzenden Raum sehen. Dort liegt ein Mann, auch er ist von Maschinen überwacht. Ein weiterer Mann, Dr. Meinberg, steht neben ihm und sieht ihn unverwandt an.

»Paul«, spricht er ihn leise an, obwohl dieser ihn nicht hören kann, »das war die letzte Rechnung, die wir noch zu bezahlen hatten.«

Im Nebenzimmer stöhnt die junge Frau leicht auf, der eben noch so nahe Tod ist von ihrem Gesicht gewichen.

Annette Förster, Johannes Tzschentke
Akte X, Aachen

... aus den Polizeiakten:

*N*achdem noch unbekannte Juwelendiebe elf Städte heimgesucht haben, wurde auch unsere Stadt nicht verschont. Dabei erreichten die Verbrecher eine neue Stufe ihrer Kriminalität: Der Ladenbesitzer der Goldschmiede am Elisenbrunnen, Roland Schiffling, wurde Montagmorgen tot aufgefunden. Die Polizei konnte noch keine Auskunft über die Todesursache geben.*

Seit mehreren Wochen werden, stets am Wochenende, zwei oder drei Juweliere von unbekannten Tätern bestohlen – bis Sonntag ohne Todesopfer. In insgesamt 27 Fällen wurden keine Spuren gewaltsamen Eindringens gefunden. Die Polizei steht vor einem Rätsel. Auch Durchsuchungen der Nachbarhäuser brachten die Ermittlungen nicht weiter. Neueste Alarmsysteme zeigten sich als wirkungslos, reagierten nicht. Trotz aller Gegenmaßnahmen fehlten große Teile der Auslagen. Der Schmuck wurde anscheinend wahllos entfernt. In einem Geschäft in München wurde besonders wertvoller Schmuck in einer Vitrine achtlos liegengelassen. Arbeiten die Täter planlos, oder steckt ein Trick dahinter?

Polizei und Spezialisten kommen nur schleppend voran. Auch in Aachen konnten bis jetzt keine neuen Erkenntnisse gewonnen werden. Aussagen von Passanten in Leipzig, München und Essen, die eine lindgrüne, unbewegliche Gottesanbeterin in den Ausstellungsräumen gesehen haben wollen, sind die einzige Spur. Nach Beschreibung von Passanten soll das Tier eine Größe von mindestens zwei Metern haben. Spezialisten rätseln, ob und wie das Tier mit den Einbrüchen in Verbindung stehen könnte, denn an den Tatorten fanden Spezialisten der Polizei ausreichend Spuren genetischen Materials, das Biologen eindeutig als Zellmaterial der Gottesanbeterin identifizierten.

Während die einen von geheimnisvollen, mystischen Vorgängen sprechen, reden andere von einer internationalen, hoch technisierten

Bande, die mit einer Lasershow die Form des kannibalischen Art-genossen-Fressers in den Räumen der Juweliere darstellt. Dagegen sprechen aber die genetischen Spuren des Tieres, welche in fast allen Geschäften an den Vitrinen und Auslagen gefunden wurden. Handelt es sich um ein genetisch verändertes Tier, welches Gold zum Überleben benötigt? Wenn ja, wie findet es Zugang zu den Räumlich-keiten der Geschäfte? Die Polizei hofft auf eine baldige Aufklärung der Umstände.

Es ist wieder einer dieser schrecklichen Dienstagmorgen, an dem die ganze Stadt dicht ist. Kommissar Bellenweck hat es so eilig wie sonst selten. Aber im Stau bleibt ihm Zeit, über seinen heutigen dreizehnten Hochzeitstag nachzudenken, an den er von seiner Frau heute Morgen beim Rasieren erinnert wurde. Eigentlich müssten seine Gedanken bei den Akten des Mordfalls sein, die auf seinem Schreibtisch warten. Aber Hauptkommissar Bellenweck ist Mensch geblieben. Seine Frau ist ihm die stützende Kraft, die er für diese Tätigkeit braucht. Sein oberstes Gebot ist, dass die Arbeit am Eingang der Behörde anfängt und beim Verlassen des Gebäudes nach Feierabend aufhört. Dennoch erwischt er sich immer wieder bei der Frage, was Menschen das Recht gibt, anderen das Leben zu nehmen. Morde hat er schon einige bearbeiten müssen, in den meisten Fällen mit Erfolg, aber nie einen wie diesen, nie einen, der offensichtlich von einer organisierten Bande durchgeführt worden war. Denn er glaubt nicht an dieses mysteriöse Tier, von dem die Presse berichtet. Seit Wochen füllen diese Juwelendiebe die Schlagzeilen der regionalen und überregionalen Presse. Sogar ein« Spezial« der Fernsehsender ist geplant, das die wissenschaftlichen Frage nach der Existenzmöglichkeit eines solchen Tieres diskutieren soll. Das könnte Bellenweck am wenigsten brauchen. Das Vorgehen der Täter war zeitlich identisch in allen Städten, denn es war fast immer die Nacht von Samstag auf Sonntag. Sollte die Polizei 3200 Juwelier- und Goldgeschäfte in der Umgebung schützen? Dafür ist das Polizeiaufgebot zu gering, wusste er, und wer würde so was schon genehmigen?

Juwelier Roland Schiffling, der Eigentümer der bekannten ›Schiff-lingkette‹, die schon seit Generationen in Aachen ansässig ist, war es, der noch am Freitag in der Tageszeitung vor seiner Hauptfiliale posierte. Er würde in seinem Geschäft Wache halten, hatte er den

Journalisten gesagt. Sein Geschäft würde man nicht ausrauben, nicht seines, so wahr er Schiffling heiße. »Nur über meine Leiche«, hatte er siegessicher ergänzt.

Kommissar Bellenweck hatte erst in der letzten Woche den Juwelieren eingeschärft, sich nicht auf die Alarmanlagen zu verlassen, sondern die Auslage über das Wochenende in die Tresore einzuschließen. Das sähe zwar nicht schön aus, aber die Kundschaft würde es schon verstehen. Wer mochte seiner Kundschaft schon leere Auslagen präsentieren? Sollte man den Kunden Bilder der edlen Stücke ins Schaufenster zum Betrachten reinlegen? Nein, so nicht. Die Juweliere hatten ›ihre‹ Sache auf die leichte Schulter genommen.

»Städte wie München werden heimgesucht, aber doch nicht unsere Kaiserstadt Aachen!«, hat einer von ihnen getönt.

»Was soll ich kleiner Hauptkommissar bei solch einem verzwickten Fall nur unternehmen?«, würde Bellenweck zum Feierabend seine Frau fragen, und sie würde ihm die gleiche Antwort wie in allen anderen schwierigen Fällen seiner Laufbahn geben: »Entspannt darüber nachdenken und mit ›deinen Spezialisten‹ diskutieren, was möglich ist und was nicht.«

Bellenweck weiß, dass er heute Abend diese Frage nicht stellen wird, nicht wenn er das Polizeigebäude verlassen hat, nicht am 13ten Hochzeitstag.

In Gedanken versunken, bereits in seinem Büro angekommen und auf den Sessel geplumpst, greift Bellenweck zum Telefon und beauftragt die neue Praktikantin am anderen Ende der Leitung, Fotos von den anderen Tatorten zu besorgen und natürlich auch die vom ermordeten Juwelier Schiffling. Kaum hat er den Hörer hingelegt, klingelt das Telefon. Der Staatsanwalt. Im Eilverfahren sollen die angrenzenden Häuser durchsucht werden, lautet seine Anweisung, gefolgt von der Frage ob es etwas Neues im Fall Schiffling gebe. Nein. Gut. Auf Wiederhören.

Eine solche Durchsuchung war in allen anderen Fällen durchgeführt worden, erfolglos, aber man kann ja nie wissen. Auch geniale Diebe machen Fehler, vor allem, wenn nach 27 Taten noch immer jeglicher Hinweis fehlt, da ist sich Bellenweck sicher. Telefonisch ordnet er die Durchsuchung an. Dazu formiert er ein Team seiner Spezialisten. Er selbst wird sich das Ganze später anschauen.

Nach vielen Überlegungen greift der Kommissar kopfschüttelnd in seine Arbeitstasche und findet die runde Dose, in die seine Frau gewöhnlich seinen Obstsalat füllt, den er so gerne isst. Aber heute kann er nicht durch den Deckel hindurchschauen, heute kann er nicht sagen, welchen sie zubereitet hat, heute ist es eine rote Dose. Mit besonders viel Liebe hat sein ›Frauchen‹, wie er sie liebvoll nennt, einen exotischen Früchte-Salat zubereitet. Mangos, die mag er besonders. In Gedanken an die 13 Jahre, die sie gemeinsam verbracht haben, bemerkt Bellenweck die Praktikantin erst, als sie schon direkt vor seinem Schreibtisch steht.

»Ehm … Herr Hauptkommissar?« Bellenweck sieht erschrocken auf. »Die Fotos sind da, gerade aus dem Labor! Ich habe sie mitgebracht. Fotos von anderen Tatorten wurden gefaxt. Ich habe sie in diesem Ordner abgeheftet.«

Der Kommissar nimmt die Fotos entgegen, schickt die Praktikantin mit einem Wink aus dem Zimmer und breitet die Bilder auf seinem Schreibtisch aus, während der Ordner in einer Schreibtischschublade verschwindet. Wieder ärgert sich Bellenweck über die Fotos, nicht etwa wegen der Leiche des Goldschmiedes, die darauf abgebildet ist. Sein Fotograf bereitet ihm den Ärger. Er erinnert sich noch an die Fotos der Leiche, bei der er zwei überdimensionale Nasenlöcher im Vordergrund sah, und im Hintergrund geschickt zwei Zaunpfähle einer Pferdekoppel im höchsten Punkt der Nase in Pose gesetzt waren. Es ist eine Farce, diesen Fotografen auf seiner Dienstelle zu dulden, der sich damit brüstet in Bielfeld Bildjournalismus studiert zu haben. Was Bellenweck als Kommissar erwarten dürfte, sind nüchterne Sachaufnahmen und nicht die exzentrischen Fotos seines ›Stars‹, der es liebt, die verwegensten Perspektiven mit der Dienstkamera auszuprobieren.

»Die Abzüge werde ich ihm diesmal mit einer mündlichen Verwarnung in Rechnung stellen«, denkt sich Bellenweck verärgert.

Sein Fotograf hatte die Kamera gegen die Deckenspiegel gehalten, um den Toten und die Auslage gleichzeitig zu fotografieren. In Gedanken stellt Bellenweck sich schon die Ausrede vor, die sein ›Star‹ benutzen würde: »Herr Kommissar, ich habe in dem barocken Geschäft keinen stabilen Stuhl finden können, auf dem man sicher stehen könnte ohne sich zu gefährden, da blieb mir nur der Deckenspiegel, um den Toten zu fotografieren.«

Dieser Rundumblick von oben auf Boden und Auslage, so als schaue man durch eine gewölbte Linse. Nicht die geringste Spur von einer Gottesanbeterin und kein Zusammenhang zwischen der gestohlenen und der liegen gelassenen Ware.

Bellenweck denkt an die abendliche kleine Feier mit seiner Frau, besonders, weil sie wegen den Umbauarbeiten des Hauses die letzten zwei Jahre nicht mehr in Urlaub waren. Andererseits ist es der tote Juwelier in seiner Stadt, der in ihm keinen rechten Appetit aufkommen lässt. So legt er den roten Deckel achtlos auf seinen Schreibtisch und stochert mit der Gabel ein wenig in den Früchten herum, schiebt ein Stück Banane auf ein anderes Stück Obst, pickt sich ein Stückchen Mango hervor und denkt nach. Irgendeine Spur müsste man doch finden können. Er ist genauso fest entschlossen, die Diebesbande zu fangen, wie die anderen Kommissare vor ihm in den Städten Deutschlands.

Das Telefon klingelt. Bellenwecks Blick wandert auf seinen Tisch, von den Bildern über den roten Deckel zum Telefon, dann wieder zu den Bildern.

»Ja, ist mir bekannt, ja haben wir auch schon dran gedacht. Nein, dann vergleichen sie bitte noch einmal die Daten.«

Er merkt, dass er überhaupt nicht bei der Sache ist und erklärt, dass er in einer halben Stunde noch einmal zurückrufen wolle. Da ist doch etwas. Bellenweck kann, rund um den Kunststoffdeckel, der zur Hälfte auf einem der Bilder liegt, eine Art ›Verschwindens-Halbkreis‹ entdecken. Zwischen der gestohlenen Auslage des Juweliers und dem Deckel scheint es einen direkten geometrischen Zusammenhang zu geben. Der erste Schritt?

Keine exakte Linie ist zu erkennen und kein richtiges Zentrum, aber innerhalb des Deckels fehlt alles. Zum Rand hin wird das Kreisförmige ein wenig undeutlicher. Um den Deckel herum, also in Richtung Schaufenster, erstreckt sich größtenteils unberührte Auslage. Bingo! Bellenweck kramt in seiner Schreibtischschublade. Irgendwo waren da noch die Fotos von den anderen Tatorten.

Zum Glück hat er Meissels, seinen ›Starfotografen‹, noch nicht zu sich beordert, denn er merkt, dass seine Absicht, ihn zu rügen, merklich schwindet. Die Fotos der anderen Kommissariate bieten ihm nicht diese einmalige Perspektive, wie sein Fotograf sie zustande gebracht hat. Die anderen Fotografen hatten Dienstfotos der Auslage geschossen, die einem aber nicht den Überblick eines oben kreisenden Adlers verschaffen. Sein Groll schwände fast ganz, wenn nicht dieses Bild mit dem Zinksarg wäre, das den Teppich des Ladens im Langformat darstellt, durch die Beine der Träger des Zinksarges fotografiert.

»Hat der Kerl nicht so etwas wie Pietät in sich«, raunt Bellenweck vor sich hin.

Ein alter Freund kommt ihm in den Sinn: Thomas Jungen, Professor Doktor Thomas Jungen. Sie waren gemeinsam zur Schule gegangen. Die Mitschüler hatten Thomas wegen seines niederländischen Dialektes gehänselt, aber Rolf erkannte in ihm das Genie. Nach der Schule war Thomas an die Technische Hochschule gegangen um Mathematik und Maschinenbau zu studieren, selbstverständlich synchron. Schließlich wechselte er nach dem Studium den Wohnort und der Kontakt brach ab. Jetzt wohnte er aber wieder in Aachen, denn auf einem Sambaabend in der Stadt hatte Bellenweck ihn zufällig getroffen. Beide hatten versprochen, sich in Kürze noch einmal auf ein Bier zu treffen. Seitdem ist fast ein halbes Jahr verstrichen.

In Gedanken versunken, öffnet Bellenweck eine Schublade und nimmt sein Telefonbuch heraus. Aber er hatte nicht daran gedacht, dass der Freund erst seit kurzem wieder in Aachen wohnt und er doch die Auskunft anrufen muss.

»Jungen, guten Tag«, schallt es aus der Leitung. »Hallo?«

»Bellenweck hier … ehm Rolf. Von der Schule.«

»Hallo, alter Junge. Ich denke wir wollten uns einmal treffen, rufst du deswegen an, oder was kann ich sonst für dich tun?«

»Der Juwelenraub. Ich könnte deine Hilfe brauchen. Kann ich vorbeikommen?«

»Ich muss gleich noch mal zu einer Spätvorlesung HöMa, dann hab ich Zeit für dich. Komm so gegen 16 Uhr vorbei.«

»Ok, danke. Bis dann.« Aufgelegt.

16 Uhr. Bis dahin ist noch Zeit um die Witwe zu befragen. Vielleicht kann sie weiterhelfen, auch wenn Bellenweck diese Besuche hasst wie nichts anderes in seinem Beruf. Auf dem Weg zum Auto kommt ihm die Praktikantin entgegen:

»Die Laborberichte, Herr Hauptkommissar.«

»Leg sie nur auf meinen Tisch, Anna«, ruft Bellenweck ihr im Vorbeigehen zu.

Die Witwe wohnt nicht weit weg, also geht der Kommissar zu Fuß. Das ist gut für die Gesundheit, ermuntert er sich. Ding dong. Die

Tür wird einen Spalt geöffnet, eine Dame mittleren Alters schaut Bellenweck misstrauisch an.

»Sind sie von der Presse?« Bellenweck schüttelt den Kopf. Er greift in seine Tasche und holt die Polizeimarke hervor.

»Mein herzlichstes Beileid! ... Könnte ich sie kurz sprechen?«

»Ja natürlich, ich möchte helfen die Täter zu fangen. Oder glauben sie an diese Geschichte mit der Gottesanbeterin?«

Er antwortet nicht und die Dame öffnet zögernd die Tür, lässt Bellenweck unter misstrauischen Blicken eintreten und geleitet ihn ins Wohnzimmer.

»Kaffee?« Kopfschütteln.

»Samstagabend war der Roland noch im Gottesdienst, um in der Nachtwache im Geschäft die Gottesanbeterin zu überraschen, wenn sie es wagen sollte, in seinen Laden zu kommen.«

»Ich werde diesem goldfressenden Monster den Garaus machen«, hat er mir gesagt. Es müsse eine Echte sein und er wolle sie persönlich bei der Polizei abliefern. Von hinten wolle er sich dazu an sie heranschleichen um sie dann ...«

»Was ist außer dem Laden an Räumlichkeiten noch im Haus?«

»Hinter den Verkaufsräumen ist ein Lager und ein kleines Arbeitszimmer. Das Lager kann man auch von einer Parallelstraße aus betreten. Im Keller ist noch ein Abstellraum. Der Rest des Kellers gehört zu den Wohnungen, die über dem Laden liegen. Die Mieter kenne ich nicht persönlich, meistens Studenten und immer andere. In der Zeit der Semesterferien sind viele bei ihren Eltern oder in Urlaub. Wer weiß, wo die sich herumtreiben.«

»Dann danke ich ihnen, dass sie mir ihre Zeit geopfert haben. Wenn es Neuigkeiten gibt, melden wir uns natürlich bei ihnen. Hier haben sie meine Adresse und die Telefonnummer, falls ihnen noch was einfällt. Auf Wiedersehen.« Frau Schiffling begleitet den Kommissar zur Tür, welche sie sofort hinter ihm schließt.

13.30 Uhr. Noch genug Zeit zum Mittagessen. Bellenweck gelangt gemütlich zurück zum Büro, schnappt sich den Bericht, der auf seinem Tisch liegt und begibt sich mit diesem in Richtung Kantine: Spaghetti, Salzkartoffeln mit Schweinefilet und Bohnen oder Linsensuppe – ob noch was übrig ist?

Schiffling ist an einem Gift gestorben, so steht es im Bericht. Schnell wirkend, sich schnell ausbreitend. Der Körper wird gelähmt, wo das

Gift sein feuchtes Inneres erreicht. Da es durch Mund und Nase eindringt, ist das Opfer zu keinem Hilferuf mehr in der Lage. Ist es bis zur Lunge vorgedrungen, lähmt es auch ..., so dass das Opfer qualvoll stirbt. An dieses Hexaphylo-Metanaloxid, oder einen seiner Bestandteile können nur Chemiker herankommen oder Personen, die Zugang zu Chemikalien haben.

Endlich 16 Uhr. Pünktlich bei seinem gelehrten Freund Thomas angekommen, zeigt Bellenweck ihm bei einer Tasse Kaffee die Fotos. Sofort erkennt der Mathematiker auf dem Foto mit dem Teppichboden ein kleines verdrehtes Muster auf dem Teppich, welches sich in einem möglichen Zentrum des von Bellenweck beschriebenen Abräumkreises befindet.

»Ja«, beginnt Thomas, den das Teppichmuster so sehr an die Escher-Symmetrie erinnert, »die gemeinsamen Begrenzungslinien haben – und diese sind regelmäßig – spiegelsymmetrisch und bei diesem, in dem Bereich nicht ...«

»Nichteuklidische Symmetrie...«, nimmt Rolf noch wahr, dann beschließt er zu fahren.

»Diese Regelmäßigkeit ist aber ziemlich genau im Zentrum unterbrochen und zwar ebenso kreisförmig...«, bis hier lässt Bellenweck ihn noch ausreden dann sagt er:

»Bitte verzeih mir, Thomas, wenn ich jetzt fahre, aber ich muss noch mal dringend ins Büro. du hast mir sehr geholfen.«

Das ist das erste Mal in seiner Laufbahn, dass er in so kurzer Zeit so viele Probleme mit Hilfe anderer lösen kann, denkt der Kommissar beim Verlassen des Hauses. Im Juwelierladen trifft er sich mit Wischonski, einem Kollegen. Nichts gibt es dort zu sehen, außer dass der Teppich in einem Kreis von 15 Zentimetern Durchmesser um etwa 180 Grad verdreht ist. Das konnte allerdings auch bei der Herstellung passiert sein, denn es ist nicht das Geringste an mechanischen Fehlstellen am Teppich sichtbar. Mit der Hacke tritt Werner, sein Kollege, mit voller Wucht im Zentrum des verdrehten Teppichstückes auf den Fußboden. Nichts. Beton. Was hat er erwartet?

»Dann muss die Lösung des Rätsels im Keller zu finden sein«, schließt Werner.

Beide Ermittler hasten in den Keller, der unter dem Geschäft liegt. In diesem Raum flackert die Neonröhre immer nur, sie will nicht starten. Mit seinem roten Taschenlaser, den er für die Dienstbesprechung hat, leuchtet Bellenweck die Decke ab. Er hätte kein besseres Leuchtmittel nehmen können, denn mit dem Licht der Taschenlampe würde der retuschierte Ring an der Decke nicht sichtbar, den beide jetzt so deutlich sehen können. Mit seinem Taschentuch legt Wischonski eine kleine Stelle des Ringes frei. Ja, das ist es. Sofort schießt Bellenweck der diamantbestückte Kronenbohrer in den Kopf, mit dem die Arbeiter in seinem Haus eine Betondecken durchbohrten, um ein neues Abflussrohr zu verlegen. Aber was hat die Bohrung mit der Gottesanbeterin zu tun? Konnte von hier aus ein künstliches Tier durch die Decke in das Geschäft gelangen?

Auf der Heimfahrt beschäftigt Bellenweck diese Frage. Dann endlich zu Hause. Abschalten. Aber das ist schwerer als er zugeben mag. Die Sache geht ihm nicht aus dem Kopf, deshalb überredet seine Frau ihn beim gemeinsamen Abendessen, doch noch einmal bei Thomas anzurufen. Der könne ihm wohl weiterhelfen.

Thomas ist erfreut, seinem alten Freund gleich zweimal am selben Tag helfen zu können.

»Ob man diese Gottesanbeterin aus Metall nachbauen kann, welche sich so langsam bewegt, dass sie die Alarmanlagen umgehen kann. Dazu müsste man sie durch eine Bohrung von 15 Zentimetern Durchmesser hindurchführen können, damit sie sich wie aus einem Kokon im Juweliergeschäft entfalten kann.«

»Tja, das ist eine äußerst interessante Idee, und durchaus zu verwirklichen, eventuell mit langen, dünnen Hydraulikzylindern als Stütz- und Arbeitsarme, wenn die Hydraulikflüssigkeit mit Kühlmitteln kühl gehalten wird. Somit kann der Alarmmelder umgangen werden, der mit Wärmesensoren arbeitet, so oder ähnlich wäre das durchaus zu bewerkstelligen, zumindest technisch. Was die Steuerung anbetrifft, die müsste vollautomatisch ablaufen, das könnte man nicht von Hand umsetzen, langsame Bewegungen, die die Alarmanlage nicht erfassen kann, kann der Mensch nicht machen.«

»…das heißt, man bräuchte noch nicht einmal anwesend zu sein und am Sonntag früh die von dem Vieh geernteten Klunker … ehm … die Wertsachen einfach einsammeln?«

»Ja, technisch ist auf jeden Fall alles mit entsprechenden Sensoren und Steuerung durchführbar.«

Abermals bedankt sich Bellenweck, verabschiedet sich, fährt nach Hause, schaut sich mit seiner Frau den Tatort im Abendprogramm an, bis er einschläft.

Am nächsten Morgen steht er früher auf als sonst, zieht die Kleidung vom Vortag an, hüpft noch schnell ins Bad, schreibt seiner Frau einen Zettel und fährt ins Büro. Dort bringt er die Telefonnummer des Hausbesitzers in Erfahrung, von dem er wiederum die Telefonnummer und den Namen der Person erfährt, zu deren Mietwohnung der Keller gehört. Im Keller waren er und sein Kollege am Vortag fündig geworden. Noch mit einem halben Brötchen im Mund und begleitet von der emsigen Praktikantin macht Bellenweck sich auf den Weg zum Ort des Geschehens. Dort klingelt er. Niemand zu Hause. Über den Polizeifunk ruft er ein Einsatzteam. Den Durchsuchungsbefehl hat er bereits in der Tasche. Etwa eine halbe Stunde dauert es, bis ein Kleinbus der Polizei vorfährt. Die Tür wird behutsam geöffnet. Drinnen wartet eine große Überraschung auf die Gesetzeshüter.

Neben verschiedensten Maschinen und einem kleinen Labor findet Bellenweck Konstruktionspläne für eine mechanische Gottesanbeterin – genau so gestaltet wie sein Freund es vermutet hat. Alles ist exakt berechnet, die Arbeitszeit des Bohrers, die Rüstzeit, wie auch das Einsetzen des Bohrkerns von unten. Der wurde laservermessen eingesetzt und fixiert. Das fehlende Material, welches der Bohrer weg geschliffen hatte, wurde von unten mit einer schnell aushärtenden Flüssigkeit mit einer feinen Lanze wieder – sozusagen von oben – befüllt. Abschließend das Füllrohr wieder herausgezogen. Fertig. Die Kellerdecke im Farbton ein wenig mit graubrauner Schminke der Umgebung angepasst und fertig ist das Werk. Die reine Arbeitszeit betrug etwa dreieinhalb Stunden, in denen das System überwacht werden musste, der Rest lief vollautomatisch ab. Nachdem von unten gebohrt war, wurde der Teppich computergesteuert kreisförmig herausseziert und im Keller von einem Haltearm fixiert. Nach beendigtem Beutezug wurde das Teppichstück wieder eingesetzt – im Mikro-Nähverfahren, wie es die Medizin anwendet. Natürlich computergesteuert.

All dies ist aus den Aufzeichnungen problemlos zu erkennen. Außerdem findet Werner einen Teil des gestohlenen Schmucks. Bellenweck lässt die Gruppe wieder abziehen. Stattdessen fordert er Sicherheitsbeamte an. Die Täter würden wohl zurückkehren und dabei solle sie der Kleinbus nicht warnen. Aber gefährlich sind sie bestimmt, deshalb brauche Bellenweck Unterstützung. Es dauert geschlagene zwei Stunden, bis Bellenweck Geräusche an der Tür hört. Drei Leute, eine Frau und zwei Männer, so um die dreißig Jahre alt, betreten den Raum, zwei von ihnen beladen mit Einkaufstaschen. Plaudernd kommen sie herein, lassen die Taschen in der einen Ecke stehen. Einer geht in die Küche, die beiden anderen räumen die Einkäufe aus.

»Vorläufig die Letzten«, weiß der Kommissar. Da kommt Bellenweck aus seinem Versteck.

»Hände hoch! Polizei!«, ruft er.

Von außen dringen andere Beamte ein. Die drei Verdächtigen sind geschockt, dann verärgert. So sicher haben sie sich gefühlt, zu sicher, wie sie jetzt feststellen müssen.

Einige Tage später, der Fall ist abgeschlossen, die Täter hinter Schloss und Riegel, ruft Thomas Bellenweck im Büro an. Der Fehler, der eigentlich nur ein optischer Fehler im Teppich war, will ihm nicht aus dem Kopf gehen und auch die Berichte der Presse über das Genmaterial der Gottesanbeterin haben ihn nicht aufgeklärt.

»Nun«, meint Rolf. »Die Täter waren so schlau und haben die Sensorköpfe der Näh-Apparatur so gewählt, dass sie zwar das mechanische Teppichmuster erfassten, aber nicht das farbliche, also das optische Muster wahrnahmen. Das genetischen Problem lösten sie dadurch, dass sie die Zylinder der Hydraulik mit fein geriebenem Pulver von toten Gottesanbeterinnen reichlich einpuderten. Wir sollten dadurch in die Irre geführt werden. Den Schmucktransport regelten sie mit einem dunklen Kunststoffschlauch, in dem der Schmuck vom Kopf des Tieres bis in den Keller rutschte. Ein Auffangbehälter sammelte im Keller das kostbare Gut.«

»Das ist ja … erstaauun---lich! Ach übrigens, wir können uns ja heute Abend mal auf ein Bier treffen.«

Da landet ein Schreiben auf Bellenwecks Tisch. Die Praktikantin hat gelernt, alles einfach auf den Tisch zu legen. Nach dem Gespräch überfliegt Bellenweck das Blatt.

»Herzlichen Glückwunsch … und viel Spaß im Urlaub.« Eine Woche am Schwarzen Meer haben die Aachener Juweliere Bellenweck und seinem ›Frauchen‹ spendiert.

Die Autorinnen und Autoren

Wilhelm Arlt (48), Geilenkirchen, Fernmeldetechniker, schreibt seit 15 Jahren Geschichten, Drehbücher und teilweise auch Gedichte. Bislang noch keine Veröffentlichungen.

Christian Balduin (62), Nörvenich-Rommelsheim, pensionierter Meß- und Regeltechniker, der alles Kreative – wie Filmen, Fotografieren und Schreiben – bevorzugt; hat verschiedene Geschichten in Bänden der »Nationalbibliothek des deutschsprachigen Gedichts« veröffentlicht; Bildband über Düren; bevorzugt heitere Krimis;

Annette Förster (21), Aachen, studiert Politologie und Philosophie; hat bereits bei der Abizeitung mitgemischt; freie Mitarbeiterin der »Jülicher Zeitung«; erste Veröffentlichung einer Geschichte, die sie gemeinsam mit …

… Johannes Tzschentke (47), Düren, verfasste; Philosophie-Student; Wissenschaft zählt zu seinen Hobbies; schreibt Kurzgeschichten – manchmal zynisch, manchmal ironisch; beide lernte sich im Rahmen des Studiums kennen.

Krischan Heners (20), Roetgen, Zivildienstleistender, schreibt seit August 2000, zumeist Krimis. Das Schreiben begann er während der Freistunden in der Schule; Veröffentlichungen in der Schülerzeitung und einer Sonderausgabe im Literaturkurs.

Yvonne Hugot-Zgodda (31), Aachen, Studentin, hat mit 15 Jahren angefangen zu schreiben (»Klatschromane«), sonst mehr wissenschaftliche Texte; Buchveröffentlichung (2002) zu »Zwangsarbeit im Kreis Aachen«.

Beate Reins (31), Düren, Dipl.-Soziologin und PR-Volontärin, der Krimiwettbewerb hat das Interesse am Schreiben geweckt, leidenschaftlicher Krimifan; bislang keine Veröffentlichungen.

Andrea Roos (42), Aachen, Übersetzerin und Kommunikationsberaterin, schreibt schon etliche Jahre, auch in englischer Sprache, Schwerpunkt Kurzgeschichten, die den »Sinn des Lebens im Alltagsgeschehen« einfangen sollen. Bislang noch keine Veröffentlichungen.

Cathrin Schlütz (40), Aachen, Verkäuferin im Automobilbereich; interessiert sich für Schreiben, Fremdsprachen und alles, was mit Italien zu tun hat; arbeitet an ihrem ersten Buch, einem Kriminalroman, der den Titel »Grauzonen« erhalten soll; schreibt am Wochenende, abends oder ganz spontan – Laptop immer dabei.

Jennifer Senderek (15), Rollesbroich, Schülerin, liest sehr viel und hat Interesse an schönen Geschichten, ihr Krimi-Beitrag ist ihr Erstlingswerk, ihre Englischlehrerin hatte unter ihren Aufsatz geschrieben »Werde Schriftstellerin!«; bislang keine Veröffentlichungen.

Utsuwa   Japanese objects for everyday use

Utsuwa

Japanese objects for everyday use

FOREWORD BY AKIRA MINAGAWA

KYLIE JOHNSON & TIFFANY JOHNSON

We dedicate this book to our family: Bob, Cheryll and Luke,
and to Tetsuya and Momoko, and their daughters Hana, Hu and Midori,
our Japanese 'family'.

Contents

Utsuwa: Japanese objects for everyday use fills me with joy. It speaks to the fact that fascinating craftsmanship is still alive and thriving across Japan.

While the places in this book are important, the thoughts and feelings shared by the featured artists, and the intention behind their making, are equally meaningful. After all, the essence of an object and its significance should emanate from these qualities.

From the moment an object is created, the maker brings life and tangible form to their unique ideas. This imaginative energy is passed from the maker to the user of an object. With time, the object settles into its new environment, becoming part of the flow of life.

Objects sustain a life force that stems from the imagination of their creators and the materials of nature that exist beyond the length of a human life. This energy lives vicariously through the spirit of the makers, bringing harmony to our lives.

We, as people, continue the cycle of making and using of objects, which brings pleasure money cannot buy - it is where artisans and patrons come together in harmony.

When we encounter makers or their work, our appreciation for their craftsmanship only deepens.

It is these relationships between the makers and their supporters that are celebrated in this book. How precious these connections are.

This book has inspired me to take my own journey to meet makers and their work.

Akira Minagawa (minä perhonen)
Designer/Founder

Japan has a long history of the handmade, and skilled craftwork remains an honoured and important part of Japanese cultural and daily life. The word *utsuwa*, meaning 'for everyday use', is a term used by many Japanese artists to describe the objects they create. The term embodies a common ideal: to create works that are beautiful yet practical enough to be used every day.

Japanese craftsmanship has long been revered for its high quality, beauty and ethos. Tradition and respect are essential elements of everyday life in Japan, and this is evident in the people's quietness of manner and bearing, their deference to strangers and the elderly, and the ever-present bow greeting. From a young age, Japanese children are taught *omoiyari*, a mindset of noticing and thinking of others. The thoughtful nature of the Japanese people extends into all areas of their lives, including the arts.

In this book we feature contemporary artists and craftspeople who are determined to keep traditional methods alive while ensuring their work is reflective of its time in history. This sense of understanding the ways of the past, using that knowledge today and taking it into the future is palpable in their work. Simplicity and function, beauty and practicality, tradition and modernity: these are the pervading paradoxes of handmaking in Japan.

We grew up in an Australian house filled with handmade wares and art from local makers. Our parents instilled in us an understanding that the maker's hand creates something to be loved and celebrated; that an object created by hand offers a connection to something more, something real yet intangible. They taught us that each piece, be it made of clay or wood, glass or cloth, has a story that is worthy of attention, and knowing that story makes life just a little more beautiful.

We have visited Japan, together and separately, many times over the years. This travel has ignited in us - Kylie as a ceramic artist, writer and gallery owner, and Tiffany as a collector and book creator - an even greater passion for the handmade.

It is one thing to bring back a kitsch tourist souvenir from a holiday. It is quite another to return with a cup made by a potter who has used local clay and drawn on centuries of tradition to create an object that is unique to that country, that prefecture, that town. Every time you drink tea from that cup, you will be right back there in that moment, in the place where it was created and with the artist who made it. You become part of that object's history and it becomes part of yours. Holding it is like offering a quiet prayer or blessing to the hands that made it.

The pages of this book offer a glimpse inside the often private studios of some of Japan's best-loved contemporary artisans. Seeing the wonderful mosaics of their workspaces is like peeking into another world. The spaces, whether small or large, old or new, crowded or sparse, are inspiring.

Japanese galleries, where artists' works are shown and sold, are often beautiful and quiet, be they a small room in an old house with tatami mats or a sparse modern space. Galleries included here are located in diverse places, from inner-city streets to remote mountainsides.

Artisan markets in Japan are equally inspiring places. Stalls are often neat, simple, humble spaces, with pieces displayed with minimal, yet deliberate, styling. They remind us that the work itself is what is important, not the grandness of the display. Art and craft markets are mostly held in parks or on the grounds of a temple or castle. These locations, often beautiful and full of history, make perfect settings in which to experience a taste of Japanese culture - a culture that prides itself on its heritage while striding confidently through the modern world.

Large annual markets are held in the temperate seasons of spring and autumn. Artisans of all disciplines, at all stages of their careers, come to promote their wares. Many cities and towns hold smaller, though still wonderful, handicraft markets. These are usually monthly or quarterly, providing local artisans with regular opportunities to share their work.

This book is our love letter to the makers, the galleries and the markets of Japan. It is our tribute to all those who celebrate the Japanese reverence for beauty through their dedication to the handmade.

Makers

Modern Japanese culture, though progressive technologically, still celebrates and supports the lives and work of craftspeople. The makers themselves are fiercely proud of the long traditions of their crafts - whether in woodwork, wire, ceramics, glass, paper or textiles - and see great importance in carrying these traditions into the future. They often feel called to their chosen medium and take satisfaction in knowing their work will live on past their own lifetime.

The makers often use modern equipment and materials, but many also follow traditional methods and work with simple tools that have been passed down through generations. Each artist has their own style, but all are passionate, dedicated and truly inspirational.

—

Tetsuya and Momoko Otani

Shigaraki, ceramics

Tetsuya and Momoko Otani live in a house they built on the outskirts of Shigaraki, about 40 km south-east of Kyoto. Working harmoniously side by side in their studio, they create distinctly different styles of ceramic work. With three daughters, frequent exhibitions in Japan and overseas, and their ceramic work – which involves filling orders for other galleries as well as stocking their own, Knot – their lives are busy. Luckily for them, they love what they do.

Momoko studied art history at the University of Oregon from 1991 to 1995. As part of her degree, she studied Indonesian and became interested in the country and its culture. In her final year, she undertook an exchange program at a sister university in East Java. Living in Indonesia exposed her to the shapes and colours of tropical plants, and when she returned to Japan and started making pottery, the first illustrations she drew were of lotus and banana leaves.

Growing up, Momoko says she wasn't much interested in pottery, despite both her parents being potters. 'You are always looking further away as a young person, but as an adult I realised how special something so close to me was,' Momoko says. At one stage she felt that her time travelling, living and studying overseas had been wasted, but now, she says, she realises that those experiences have had an immeasurable influence on her work as an artist. She and Tetsuya have encouraged their children to go out and see the world while they are young, before they start thinking about what they want to do with their lives.

When Momoko returned from the United States and Indonesia, she worked at a private gallery in Kyoto, where she was inspired by the wonderful art collection and the owner's style. Eventually, she felt called back to the countryside and so enrolled to study pottery at the Shigaraki Ceramics Research Institute. Tetsuya was a teacher in the design department there and they joke about how they met. Momoko says, 'He was a young, smart, handsome teacher—' and Tetsuya chimes in, 'who found a young, smart, beautiful student'. They hastily clarify that they were the same age and she wasn't, in fact, his student.

Tetsuya compares making ceramics to breathing: 'the input must be good or the output will be bad'. He is a perfectionist, a potter who can throw a thousand plates and they will all be the same. He works intelligently, with an understanding of the

materials and how to manipulate them – with the result that his work is unique and recognisable even though it is undecorated white porcelain. The precision in his pieces comes from many hours of testing and weighing his clay, perfection in the throwing, and careful firing to get the result he wants.

When Tetsuya was learning to throw, he would get up at 4 am and practise on the wheel before going to work for the day. He is pragmatic about the process, saying, 'Once you learn how to do it, you can do it.' While he clearly has an affinity with ceramics, Tetsuya didn't start potting seriously until he was thirty-five, once his children were old enough that he could risk leaving his position at the institute and go full-time with his craft.

Tetsuya's porcelain is collected the world over and is especially loved by chefs, who appreciate the beauty of his pieces and use them as canvases for their own creations. His works range from lidded vessels to sculptural vases and light shades, to dinner, tea and sake sets. He has also developed a range of cookware that can be used on the stovetop, then moved to the oven and, when ready, taken to the table to serve.

Tetsuya predominantly makes white porcelain but says he is open to working with other glazes, especially celadon (jade green). Recently he has been making larger vessels, with interest in these coming from China and the United States. These make quite a change from his usual petite teapots and sake cups, which he enjoys.

Momoko and Tetsuya are both excellent home cooks and they design their wares to work with everyday life. Momoko, particularly, takes joy from cooking and preserving the fruits from her garden, and this is reflected in many of her motifs. Her pieces are beautifully decorated, using hand-painting and sgraffito. She loves to make small vessels, like rice bowls and teacups, that will be used every day.

The Otanis lead an enviable life, living and working together in their contemporary home-gallery-studio nestled in the mountains. But don't be mistaken, they work very hard. Although, Tetsuya says, 'It feels like I'm pretending to work because I love it so much. Momoko and I love this kind of life. Making pottery is something we like to do, but we also like living in the countryside, working at home and having time to spend with our family.'

●

Nobuko Konno

Naha, ceramics

As summer departs, temperatures remain in the mid-thirties in the mountains north of Naha, Okinawa. The cicadas are incredibly, almost unbearably, loud. The rainforest vegetation of this subtropical island, in Japan's southernmost prefecture, is almost prehistoric. In the middle of all this is the studio of Nobuko Konno.

After moving to Naha to study pottery, Nobuko was offered the opportunity to take over a vacant house on a friend's property and renovate it into a studio. Being situated on the side of a mountain was perfect, as it allowed her to build a multi-chamber kiln (which requires a slope). The building needed some major work, but it is now a fully functioning, beautiful studio with cross-breezes, good light and high ceilings. It has plenty of space for storing materials, making work, and building up the pieces on drying racks before firing.

Nobuko is a powerhouse of a person. She collects her own clay and is acutely aware of, and grateful for, the fact that she is removing it from the earth. The clay is naturally blue due to a lack of oxygen in the soil, caused by the geological pressures in the mountain, she explains. Once the clay is exposed to oxygen it changes colour to a light yellow-orange and, if no glaze is added before firing, it changes again to a dark red. The alchemy of this is one of the most special parts of the process for Nobuko. For her glazes, she gathers local coral, grinds it and adds it to the glaze, which gives a unique finish to her works. Finding and using almost all local materials for her art speaks to Nobuko's philosophy: 'Doing it all by my own hand changes the outcome,' she says.

Nobuko fires her kiln only a few times a year, managing the whole firing process on her own. 'If other people were involved, I would be worried about them and not concentrating on the firing,' she says. A firing takes at least 24 hours, but can take up to four days. A single firing can produce enough work for one to two exhibitions. The entire process is very hands-on and it's a lot of effort for just one person, but Nobuko makes it work.

As an artist, Nobuko likes to challenge the way people view her work, encouraging customers to use her pieces in creative ways. For example, a large arrow sculpture can double as a serving platter. A number of restaurants employ her 'usable daily art' in interesting ways, just as she'd like.

●

Mio Heki

Kyoto, kintsugi

Kintsugi is the Japanese art of repair, specifically the repair of ceramics. In its truest and traditional form, it is a profound and powerful art based on the philosophy that something is more beautiful because it has been broken and repaired. Mio Heki devotes her working life and her artistic heart to this skilled conservation technique, which uses *urushi* (a tree sap) dusted with gold.

Mio's small but beautifully appointed atelier is located in a north-western suburb of Kyoto. It includes an area where she displays her work – which extends to lacquerware jewellery and lacquer objects – a drying cupboard and her work table. The table is short-legged, like traditional Japanese dining tables, so she can sit on the floor while she works. She says she feels most grounded working this way.

After majoring in the traditional craft of lacquering at Kyoto City University of Arts, Mio worked in a studio that restored temple ornamentation. In that role, she learnt more about *kintsugi* and was asked to repair a sacred temple bowl. Working on the bowl, she immediately felt that this type of work was her calling. It is a calling that has become a profession, one which now includes teaching *kintsugi* in Kyoto, as well as in cities including Paris and Amsterdam.

Mio finds it very special to be able to fix and restore a piece that has been loved and respected, saying she 'hears the voice' of the thing in her hands. 'It is being present and conscious of the object, of how it was loved by the person, of the hands that made it. It is always being sure not to change the artwork's shape from its original form, but to fix and add gold, thus showing great care to its ongoing life as an object.'

The practical work of *kintsugi* is long and repetitive, as well as requiring dexterity and patience. Mio feels that her art practice has benefits in her daily life; the process has become like a meditation to her. She shows great respect to her tools, believing that they are sacred and deserving of special care. She has made many of the implements herself, cutting and planing cypress spatulas to mix the *urushi*, for example, and built racks to hold the tools between uses. In her spare time, Mio is studying traditional tea ceremonies, and she reflects that her love and care of her tools is in keeping with the reverence shown for the equipment used in a tea ceremony. In both instances, tools are cleaned at every point, and kept organised and in good repair, honouring their important part in the ritual.

Mio shows equal respect to the materials she uses: the *urushi*; the (real) gold, in fine powder form; and the *jinoko* and *tonoko*, the clay-type powders used for mixing. They are cared for in honour of nature and its limited resources; no part is wasted or discarded.

With the drying process taken into account, repairs can take up to a year to complete, depending on the intricacy of the break or chip and the size of the object. With good humour, Mio says that most days consist of 'painting, sanding, painting, sanding – but that is okay, it takes time to make something beautiful.' A vessel repaired by Mio will not only hold, as she attests, 'the soul of the maker and the owner' but also the spirit of this talented and thoughtful woman who joins fracture lines and sprinkles them with gold.

●

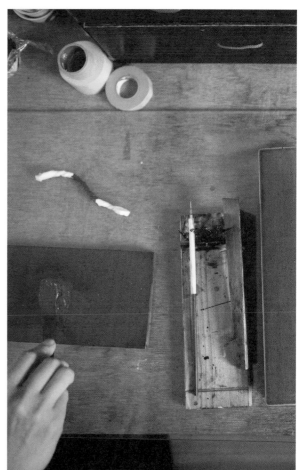

Takashi Tomii

Nagaoka, wood

The combination of science, art and nature is at the heart of Takashi Tomii's wood-carving practice. His designs represent the shapes and patterns of the wood at the atomic level. 'Everything is made from atoms,' he explains. 'They arrange themselves to sit where they feel comfortable.'

Takashi grew up in the countryside in Niigata, north-west of Tokyo, where he was surrounded by mountains and immersed in nature. As part of his secondary schooling he spent a year in Oregon in the United States, where he was again in a small town surrounded by nature. The area's main industry was logging, so he got used to seeing trucks loaded with the trunks of spruce and pine trees. On his return to Japan, he started to collect sticks, which he carved into butter knives. He became interested in the design of interiors and everyday items such as cooking utensils, bowls and plates, which he still makes today.

He developed his woodworking skills at Shinrin Takumi Juku (Forest Master School) in Takayama, then worked for four years at renowned woodcrafts company Oak Village. In 2008, Takashi started his solo career in woodcraft.

When creating his pieces, Takashi explains, he allows the carving tool to find the movement that feels most natural to the wood. But it is his interest in experimental physics that takes his wood carving to another level. While looking at wood through a microscope, he found the small world he wanted to convey in his work. He is inspired by the work of theoretical physicist and Nobel Prize winner Richard Feynman, who contributed to research in particle physics and nanotechnology. Takashi combines complex scientific ideas with the natural sculptural elements of wood to create his art.

After returning with his own family to the countryside of his childhood, Takashi designed his home and studio. A high-ceilinged iron shed stores his equipment and a stockpile of Japanese oak, cherry and chestnut wood. The smell of fresh woodchips fills the air and shavings litter every surface. He has an assistant, a fellow woodworker, who helps with the first stages of the process, allowing Takashi to keep up with customer demand.

While Takashi's unique pattern designs are his signature, he also spends a lot of time on the finishes. To achieve the colour he desires, he applies up to six layers of *urushi* (a sap used to seal the wood), allowing a day for drying between each layer. A white *urushi*, used on some pieces, gives the wood a more contemporary feel.

Takashi respects the many and varied crafts, arts and sciences practised in Japan and feels they each have a part to play in investigating our place in the natural world. 'There are many different human activities that are working to understand nature and where we live in it,' he says. His ultimate goal is to confine and incorporate all these notions within his work.

●

Mai Yamamoto

Matsudo, glass

Mai Yamamoto creates glass sculptures reminiscent of the fruits, flowers and plants that change with the seasons. In her daily life, one of her passions is making jams and syrups from seasonal fruits. Often she pauses to draw the fruits because she finds them so beautiful, and these sketches provide her with the inspiration for her glass objects.

Mai has been a full-time glass artist in Tokyo since 2012. Before that she studied design, sculpture and glass at university in England and then completed her Master of Art in Tokyo. She was an assistant to two glass artists, Ushio Konishi and Fujiko Enami, for two years at the Glass Art Ushio Studio in Tokyo. They taught her to be precise, that nothing is easy and that it is important to do one thing at a time. They remain her mentors.

In glassmaking there are two main stages: the making and the finishing. The making takes place in a 'hot shop' and the finishing in a 'cold shop'. The hot shop where Mai works has three kilns, which are used for different stages of the process. The first and hottest of the kilns, known as 'the furnace', runs to about 1200 ℃ and is where the glass is turned molten. The second, called the 'glory hole', runs at around 900 ℃ and is where she moves the glass in and out to create the shape she wants. The third kiln, commonly called a lehr, is for cooling down (annealing) the work, starting from around 500 ℃ and dropping slowly to about 50 ℃ over a 24-hour period. Because of the large area required for a hot shop, plus the heat, safety issues and cost involved, most glass artists will rent the space from a small glass factory, which is what Mai does.

Mai's cold shop is a studio in her home in Matsudo, on the outskirts of Tokyo. In this space she has grinding equipment that she uses to slowly take away layers of glass from the form to create the finished design. The process involves speed, water, precision and a lot of time.

Her home and studio are decorated with dried flowers and seedpods, and pot plants grown from seed by her husband, Kenji. She takes cues from her surroundings to create her art, as well as from new experiences. After trying camomile tea made with a full flower for the first time, Mai was so shocked by the strong taste that she was inspired to represent it in glass. For that project she used yellow glass layered with clear, which she shaped and then ground to create the flower. The piece, like all her work, is delicate and pretty, yet strong and distinguishable.

While living in England, Mai saw a collection of glass art by living artists at the Victoria and Albert Museum in London. The exhibition reinforced her love for the medium and inspired a dream to one day be represented in such a gallery. She achieved this aim when her work was chosen to be part of the collection at Dazaifu Tenmangu, a Shinto shrine in Fukuoka in south-west Japan. She is happy to have her work displayed in this ancient place and feels she is leaving something for the next generation, which is important to her. 'Creation is my happiness,' she says.

●

Daigo Ohmura

Kanazawa, wood/iron

Daigo Ohmura is a multidiscipline artist. Although he creates very beautiful and thought-provoking installation works, it is his wood sculptures that are the focus of his daily practice. Daigo likes small things. He makes small pieces and, if he likes one, he might make a larger version. It would be easy to think these small sculptures are typical maquettes of possible full-size sculptures but, rather, they are purposely made small sculptures in their own right. The opposite is also true - Daigo will sometimes start large and then go on to make a smaller version of a work.

Daigo's consideration is always around the relationship that the piece will have to its surrounds: how it is viewed, how it interacts and gives a different meaning depending on how it is placed - on the wall, in the middle of the floor, or standing against a wall.

In one work, a collection of tiny wooden sculptures entices viewers to interact with the pieces by mixing and matching to create their own arrangement. Magnets fixed into the base of each sculpture, along with some simple logs of iron, give the viewer all they need to become part of the work itself. By pulling together a small sculptural collection, the artist gives us a sense of being part of the process of creation. Daigo says it best himself: 'The work exists to connect people and space, people and products, and the shape of the world.'

Using mostly hardwoods, such as Japanese oak, Daigo applies a mixture of iron oxide powder, vinegar and tea to the finished works. This is a traditional method of colouring wood and the application is like dyeing rather than staining. With dyeing, the more times the process is repeated, the deeper the colour will become, giving more control over the finished colour and texture.

Because timber is a natural product, it can change even after a piece is finished. Daigo finds, in his work, that thinner timber can warp but doesn't split; whereas thicker, more solid pieces won't warp but may split. He doesn't mind if the timber warps but, of course, splitting isn't an ideal outcome.

As a child who loved making things, Daigo experimented with using different types of materials and learnt how to manipulate them. It was only when he was older that he realised this fascination was the start of his journey to becoming an artist. Even now, he loves testing and using different materials: glass, stone, wood and iron.

There are no bounds to Daigo's use of mediums. However, he doesn't often use multiple materials in one piece. A combination of pieces might make up a larger work, but each of the separate elements can also stand alone. Similarly, adding or taking away a piece doesn't affect the essence of the larger work. Sometimes Daigo will create a sculpture in one material, such as wood, then try to make it in a different material, such as brass, just to see how different it might look or feel.

Daigo is an intellectual artist, one who makes us consider ourselves in relation to the objects he creates and the greater space they, and we, inhabit.

●

Miho Fujihira

Kyoto, ceramics/glass

Miho Fujihira grew up in one of the most famous pottery areas in Japan, the Gojozaka district in Kyoto. Her father, Shin Fujihira, was a celebrated potter and a contemporary and friend of famous Kyoto potter Kanjiro Kawai. Kanjiro was a leader in the Japanese folk-art movement, *mingei*, and Shin rented space in his chamber kiln. Miho discloses that it was Kanjiro who suggested to her father that she be named Miho, which means beautiful grain of rice. Practising her craft since 1995, Miho works across the mediums of ceramics and mosaic glass.

In 2000, Miho went to Italy for two years and studied the art of millefiori ('thousand flowers') mosaic glassmaking. She loves creating pieces that combine glass and clay, such as ceramic boxes with glass tiles inlaid in the lids. She explains that the clay creates a three-dimensional object, while the glass, which is more two-dimensional, provides the design element.

Miho's father encouraged her to work without restraints or rules, telling her to try any material and method to make what she envisioned. It was a lesson that has stayed with her. As well as crockery, she makes sculptures of things she finds interesting or humorous, such as an elephant driving a car.

Her small purpose-built studio is located in the front part of her historic family home in Kyoto, which also houses a memorial gallery of her father's work that is open to the public at certain times of the year. Miho's warm respect and admiration for her father's life and work is clearly a strong influence on her career as an artist.

The studio has big doors that open to a garden space. Inside, Miho carries trays of work up a ladder to dry and be stored on racks suspended from the rafters. Shelves on the studio's back walls are filled with jars of the glass beads she uses to create her intricate mosaic pieces. Clay pieces are mostly made by hand-building, though some are formed using plaster moulds and then refined with cutting and by hand, while others are coiled.

Miho is inspired by art forms as diverse as music, theatre and textiles. She spends most weeks working towards exhibitions and honing her skills. Her passion for the work and her dedication to her practice, travelling and continuing to learn is what makes her happy. Most important, she says, 'is to be a free thinker, not to be bound by preconceptions' and, she adds, 'this applies not only to my work but also to the way I live.'

●

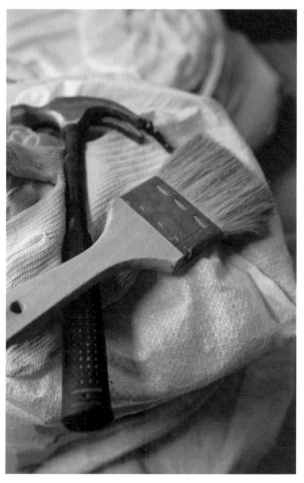

Minhui Yap

Kani, ceramics

After high school, Minhui Yap moved from Malaysia to Japan, intending to study painting at university. Instead, she was accepted into a ceramics course. As she had been painting since she was a child, she thought ceramics would make an interesting change, and so she threw herself into learning the art. Minhui jokes, 'I was too busy learning a new skill to be worried about not doing painting.' The happy accident turned out to be a blessing because her painting technique suits the medium of clay so well; by combining the two she has created a unique style. When she finished the course, she moved to Tajimi, near Nagoya, where she developed her skills at the Tajimi City Pottery Design and Technical Centre.

Minhui begins by drawing an idea, then creates the vessel or object from clay, allowing for natural changes in shape from the original sketch. Indeed, at every stage of creation, from drawing to building and painting, she maintains a degree of flexibility in her transposition of the design, making the whole process very fluid.

Her pieces are charming and elegant; full of imagery. Her skill in painting, when combined with her clay work, results in a style that is quite otherworldly. Minhui's inspiration comes particularly from the natural elements of sky and ocean, trees and flowers, butterflies and birds. Arranged on her studio walls are a mix of posters, her own drawings, pages torn from magazines and designs of other artists. The room's large windows overlook a forested area, which provides a constant connection to the natural world.

Minhui favours bold colours, along with pastels and metallics, to decorate her pieces. She uses slip to build up certain areas of the design, painting slowly and methodically to make the petals of a flower come to life. Inspired by embroidery, she re-creates the texture of stitches on fabric in the glaze. Her unique ideas and combination of skills allow her to create multidimensional works that are distinctly her own.

The incredible decoration is matched by the beauty of the shapes, which she makes by hand-building, mostly using slab and pinch techniques. She creates organic and whimsical teacups, plates, vases and sculptures; her vessels range from dainty bud vases to large-scale centrepieces.

Minhui strives for a balanced life between work and family, often making art at night when her children are in bed. 'Happiness' is what she feels when she's making, and she likes to think that people viewing her work have the same reaction. 'I think there is definitely something that you cannot see that is conveyed to the viewer from the part of the maker,' she says, 'even very sensitive elements, such as the thoughts and feelings of the maker when producing the piece.'

Her work is calm, joyful and unashamedly decorative. It reaches into the heart and remains there.

●

Yukiko Umezaki

Kizugawa, fabric/indigo

Yukiko Umezaki began her fabric dyeing practice in 1998. As a young artist she used all kinds of dyes, mostly chemical, and didn't think much of the possible hazards. But as soon as she discovered indigo, she embraced this natural and traditional Japanese dye wholeheartedly.

Studying fabric dyeing as part of a visual arts degree at Kyoto University of Art and Design, Yukiko was particularly inspired by the work of Hiroyuki Shindo, a highly respected indigo dyer who had graduated from the university years before. She made contact with Hiroyuki and asked for his help to develop her skills with *aizome* (the traditional art of indigo dyeing), to which he agreed. They still talk often about their shared passion for indigo, and Yukiko continues to call on Hiroyuki for advice at times. Nowadays, though, she is a teacher of dyeing herself, imparting her knowledge to the next generation.

Yukiko has always loved to draw, and her fabrics are emblazoned with her wonderful designs. Her motifs are mainly based on items from daily life and nature, such as flowers and leaves, fish, stars and clouds. To prepare her stencils, she draws the design directly onto the paper, then cuts out the shapes to create a negative stencil. She lays the stencil on the undyed fabric, then brushes a rubber glue over the design, which will act to resist the dye. The image that appears on the fabric once it is dyed will be the reverse of the pattern that she has cut out. The stencils are cleaned and are able to be re-used many times.

Once the fabric is completely covered with the relief, it is put in the vat of indigo dye. The colour penetrates the fibres of the fabric, except for the areas covered by the rubber glue. Yukiko sometimes stencils both sides of the fabric, so alternative patterns can appear on each side.

The dye is delivered in its raw state, as the dried, composted leaves of the indigo tree. The indigo is produced in an annual cycle: seeds are planted in March; the plants are harvested and dried from July to September; then from October and through the winter they are 'put to sleep' so the composting process can occur. For this final stage, the leaves are placed on a floor of absorbent clay and covered in rice straw mats to retain the heat that naturally occurs during decomposition. The leaves are turned weekly over a period of about fourteen weeks before they are ready for use.

Yukiko receives about 50 kilograms of raw indigo at the beginning of her dyeing season, which is enough to make two batches of dye. Each 300-litre batch is 'alive' for six to eight months (after that time it thins out and can discolour), so two batches are enough to last her a year.

Once the fabric is dyed, Yukiko uses it to make a variety of products, ranging from fashion items - including clothes, purses and scarves, as well as traditional items such as kimonos, *noren* and fans - to everyday items for the home, like placemats, cushions and table runners.

Aizome is one of the most stunning crafts to come out of Japan. There is something very special about the indigo dye that is unique to this practice. The many steps involved in making the dye and the age-old methods used to produce the fabrics are fascinating and quintessentially Japanese. Perhaps it is for this reason, as much as for their quality and beauty, that Yukiko's items are treasured by their lucky owners for years to come.

●

Yukico Yamada

Kyoto, ceramics

There is a profundity to Yukico Yamada's work that commands your attention. It is both soulful and playful, beautiful and quiet. It stays with you like any great work of art or music.

Yukico spends her days either in her studio in Kyoto or teaching ceramics in Osaka. Self-taught, she has been practising pottery for more than fifteen years and teaching for more than ten years. Her studio is in the old textile district of Kyoto, among streets lined with blackened wooden houses, many of which are now artists' spaces. She didn't grow up in Kyoto but has found 'home' there, in a city she describes as a place where everything is mixed together: nature and humans, God and science, new and old.

While Yukico hasn't always been a potter, she has found purpose in the practice and a kinship with other makers who share her philosophies of life, nature and art, and how they intersect.

Yukico's main inspiration comes from the sounds of daily life, especially water: rain hitting the roof or pattering into a pond, water rushing through a canal. She imagines these sounds while she creates, picturing what they might look like. Her vases are especially poetic, because the design on the outside captures the essence of the unseen water within.

A connection with nature drives the look and feel of Yukico's vessels but also the use of them. For example, Yukico explains, for a vase to be used, flowers must be cut from the natural world – thus the vase should be an extension of the beauty of those flowers. Similarly, a vessel that you eat from should give you more to consider than just the food that is held in it.

Yukico believes that as most of the raw materials used in ceramics come from nature, they are intrinsically unbalanced and uncertain. It is only when human touch is applied and the clay exposed to the alchemy of fire that the crude ingredients are transformed into something more. 'The birth of a thing that comes from that process is in harmony with my feeling of beauty,' she says.

Her work is sold through ceramic galleries, bespoke furniture stores and at some of Japan's most prestigious annual markets. What makes Yukico's work stand out is the elegance and perfection of the finishes, the subtlety of the forms and the touch of magic that she gives each piece.

●

Takahito Okada

Mashiko, ceramics

Takahito Okada's studio sits among the rice fields on the outskirts of Mashiko, north of Tokyo. He moved to the world-famous pottery town in the late 1990s to become an apprentice. His training, with National Treasure Tatsuzo Shimaoka (1919–2007), was life-changing. He remained in Mashiko and has been a practising potter ever since.

Takahito is from a creative family: his father painted, and his mother encouraged him to pursue the art of making Jomon pottery from a young age. Jomon (literally 'rope-patterned') is one of the most ancient earthenware styles, and it continues to inform his artistic voice.

His style, in terms of pattern- and shape-making, has also been greatly inspired by the folk-art movement of the 1920s and 30s, *mingei*. Tatsuzo, his teacher and mentor, studied under Shoji Hamada, a leader of the movement in its early years. The aim of *mingei* is to honour the beauty of crafts made for everyday use by everyday people.

Walking into Takahito's studio, you get a sense that he fully understands and embraces the *mingei* philosophy. His simple workspace is not crowded and everything is in its place; it is beautiful in its practicality.

After throwing his clay pots, Takahito will often apply a coloured slip to the greenware, then hand carve patterns into the vessels. Alternatively, he will use an inlay technique: carving the greenware first, then filling in the pattern using slip, and lastly scraping away the excess to leave a refined, sharp design.

Takahito's colour palette consists mainly of neutral tones: browns, creams and greys. Occasionally, he will use a brighter colour, such as *asagi*, which he describes as 'the colour of a thin blade of green onion'.

Takahito's work is sold in galleries around Japan and he is a regular at the annual Mashiko Pottery Fair. His designs, while steeped in the traditional sensibilities of Japanese pottery, have a strong modern twist. The strength of his work is in its functional elegance and its earthy nostalgic presence.

●

Keigo and Chiaki Sakata

Kizugawa, ceramics

Each month at the To-ji Temple market in Kyoto, Keigo and Chiaki Sakata display their ceramic works at a stall positioned on a walking bridge over a small stream in the northern part of the temple grounds. The shelves and tables are scattered with their mingled works, and although the couple's artistic styles are vastly different in some ways, the pieces coexist in perfect harmony.

Keigo and Chiaki's traditional Japanese home, at least a century old, is about an hour from Kyoto. The house is warm and full of art and objects collected on their travels. A selection of their own ceramics occupies a display area in the front room, while a small gallery space at the top of the twisted-branch-railed stairs accommodates some of their sculptural pieces. In another room, the walls are hung with instruments that Keigo has collected or made. He can often be found playing one of these incredible instruments between serving customers at the To-ji market.

A studio is connected to the side of the house and, although small, it is ordered and functional, and everything has a place. Keigo and Chiaki share the space, facing each other from opposite sides of a large table as they work. The two have been potters for many decades, and they are inspired and influenced by the study and travels they have undertaken. They both feel they are living the life they dreamed of.

Keigo began his career in design but says he is much happier working in ceramics as it gives him the ability 'to make something directly using my hands, rather than drafting and drawing sketches'. His style has changed a lot since he first started pottery, making traditional Japanese ceramics. Over time, he found his own voice, but he still uses the skills developed in those early years. He describes his work now as more 'contemporary and illustrative'.

A love of travel has taken Keigo to places such as England, India and China, and he incorporates influences from these regions into his pattern-making, stories and style, while still creating a look that is clearly Japanese. In his daily practice, Keigo likes to see how the clay and his ideas intertwine. Through the process, the work may arrive in a place quite by accident – and this, he says, is his favourite part.

Chiaki began her study of ceramics at the Hanno kiln in Saitama and later studied under Kyoto potter Masayuki Imai. She is inspired by earthenware from the ancient era and is fascinated not only by the designs but also by their makers. She believes these bygone artists must have lived in a world full of mysteries. She hopes to impart some of this mystery through her own work, though it is viewed in this modern world of mass-production. She wants people to take a closer look and to feel, if only for a second, connected to the secret of how the object was made.

Chiaki mostly builds her works using coils and carving techniques, then gently stamps and inlays slip, dot by dot, into her signature pieces. The process takes time and patience. She says carving is her favourite part; the rhythmic, gentle action of carving away the clay she has just formed.

Keigo and Chiaki want to live and work in a way that is true to their hearts, in a place where they are close to nature and where they can live slowly and quietly. This beautiful wish seems to be fulfilled, attested to by the kindness they show each other, the customers they meet and the captivating work they create.

●

Yoko Kato

Hachioji, ceramics

Yoko Kato's pottery has a unique look, and for good reason - she is an exponent of a technique rarely used in Japan: negative stencilling.

While studying industrial design at Musashino Art University, Yoko joined a pottery club as a social outlet. She enjoyed it so much she changed her major to ceramics. She likes how the clay is changed by the manipulation of her hands, she says, and how the firing process can sometimes lead to the unexpected.

In 2014, Yoko learnt a decoration technique that involved drawing an image on paper, cutting out the design, then using that as a negative stencil to transfer the motif onto the piece. She had found her illustrative style. The method allowed her to design many elements, building up a range of different stencils and screens that could be used interchangeably. This opened up new possibilities for creating individual pieces and producing series of work.

Living near Mount Takao in the greater Tokyo area, Yoko often spends time hiking in the national parks, finding inspiration in the leaves, flowers and birds she sees. She also loves the designs of Marimekko and the art of Gustav Klimt and William Morris. With those influences in mind, she skilfully creates the illustrations for her pottery.

After much trial and error, Yoko finally found the perfect type of paper to use to make her stencils. The stencils will last for up to four years with fairly consistent use. To maximise their life, she stores them safely in folders until they are next required for a piece.

When Yoko begins the decorating stage, she chooses all the stencils that she might use and arranges them on a cloth at her work bench. She selects a stencil to use, dampens it with water spray, then picks it up gently with tweezers and places it carefully on the bisque-fired piece. The next step is to apply an underglaze.

Yoko uses a range of coloured underglazes, but *Gosu* (a traditional blue pigment) is the colour she chooses most consistently. Magically, the stencil paper holds the underglaze, preventing it from bleeding beyond the edges of the template, thus creating a clean and crisp image underneath. Steady hands are required to remove the stencil from the bisque without damaging the paper or the glazework.

Yoko completes her designs using sgraffito, scratching subtle lines into the underglaze. These etchings add feathers to birds, veins to leaves, and flourishes to flowers. She often brushes a light iron oxide wash around the vessel's rim, which creates a rusty-red colour that gives the works a somewhat nostalgic look.

Yoko's signature designs appear on everyday wares such as cups, plates and vases, as well as homewares like clocks and light fittings. Her work is sold mainly through exhibitions and various markets.

Yoko has respect for traditional pottery methods but doesn't want to simply copy the old ways. Inspired by a university professor who taught her that art should be for everyone to enjoy, she incorporates traditional techniques where she can, while striving to create pieces that make people feel happy, calm and nostalgic.

●

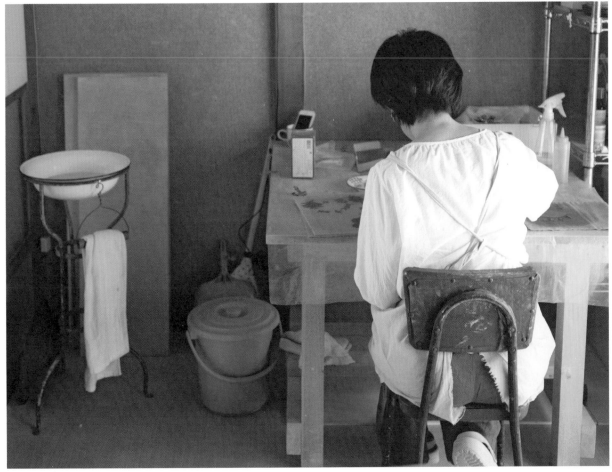

Masami Yokoyama

Nisshin, fabric

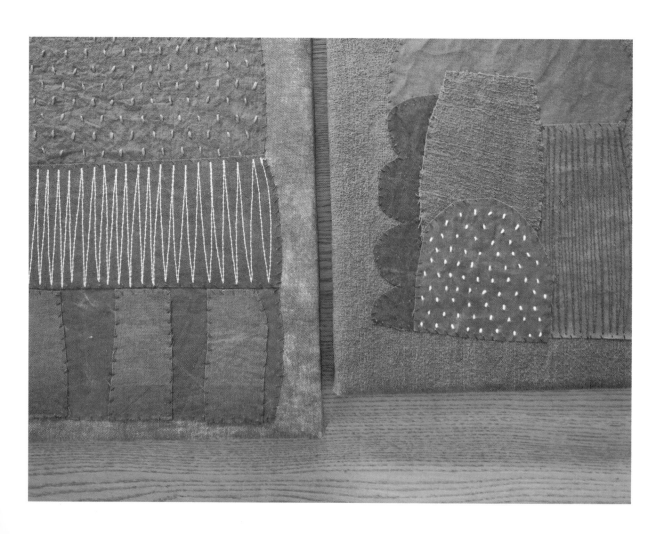

Masami Yokoyama's father is a gentlemen's tailor, so growing up she always had access to offcuts of fabric. Back then, she made clothes for her dolls but planned to one day make clothes for a living. In 2004, she moved to Nagoya, where for four years she worked in an office during the day and studied pattern-making and clothing design at night. In the early years of making her own pieces, she would use a lot of colour and sashiko techniques of reinforced stitching and decoration. Around 2010, she started to use persimmon to dye fabric and, through this, found her true voice. It would 'take a lot of fruit' to make her own dye from scratch, she laughs, so she buys it ready to use, developing the colour by re-dyeing the fabric until the shade suits her style.

Masami uses both Japanese cotton and linen fabrics for her dyeing. The persimmon dye doesn't tend to fade like other fabric dyes can, because the particles are larger and sit on the fabric like paint, rather than soaking in like a typical dye. It takes time to build up colour with persimmon dye, so her work process is affected by the seasons. In summer, it might take only seven dyes to get the colour she is after, because the sun is strong and thus the oxidation process is faster. In winter, fabric may need eight or nine dyes to get the same colour. Each round of dyeing requires soaking and then drying out for a day or two, so it can take up to two weeks for a single batch of fabric to be finished.

Masami's illustrations are done using charcoal and are applied between stages of the dyeing. The addition of natural minerals to the following layer of persimmon dye is what keeps the charcoal from bleeding and fixes her hand-drawn designs.

Most days, Masami undertakes some part of the dyeing process, and in between she decorates the fabric, sews bags and creates collages. She is a highly skilled sewer, stitching strong, straight lines to create interesting patterns that add another level of complexity to the work.

In addition to selling her range of bags, she regularly participates in group shows and craft fairs, and at least once a year has a solo exhibition. For these occasions she creates special patchworked wall pieces using hand stitching.

A hands-on maker in the truest sense, Masami expertly multitasks the numerous processes involved in her craft, from dyeing the fabric in a small room at a craft co-op, to continually hanging out sheets of fabric to dry, to performing the intricate work of illustrating and sewing to create the finished items. And she does it all with good humour and a defined aesthetic.

●

Nobuhiro Sato

Kyoto, mortar/paper/plastic

Nobuhiro Sato likes to challenge himself to design 'products' that no one has made before. One of his early creations was an incense holder in the form of a cottage: cone incense is placed inside and the smoke rises out of the chimney. It is still his most popular item.

As a child, Nobuhiro watched his mother making a variety of handicrafts and he has enjoyed making ever since; it's not surprising that he earns a living from it today. He deeply admires Japanese craftspeople and says that by watching skilled artisans he has learnt how to maximise the use of raw materials in his designs. He is attracted to the varied characteristics of raw materials, such as paper, plastic, sand, glass and iron, and the myriad ways they can be used to create artistic and functional objects.

Studying architectural design at Kyoto Seika University, Nobuhiro became interested in the concepts of spaces *within* buildings in relation to the structures themselves, and how objects can play a part in the everyday use of the spaces and the buildings. He got his first job with a moulding production company, making three-dimensional billboards and machines for amusement parks. Working hands-on with a variety of materials, he saw each project through from the design stage to prototype, manufacture and even delivery and installation. The job gave Nobuhiro the perfect grounding. When he felt he'd learnt enough, he left and started his own business, Pull Push Products.

In 2017, Nobuhiro and his team at Pull Push moved their production offices to an old supermarket space located just twenty steps from a train platform in the Kyoto suburbs. With concrete floors throughout and some of the old shop signage preserved, it seems like a pretty cool place to work.

When Nobuhiro creates a collection, he begins with an idea, works through it thoroughly, designs, tests and experiments, then tests again, until the items are ready to release for sale. He likes the idea that materials which are 'supposed' to be used for one thing can be made into something unexpected. For example, he makes plastic garbage bags into pouches, rubbish bins and tote bags. Old light-sensitive architectural blueprint paper is used to make boxes, which are wrapped in block-out packaging to protect them from exposure to light until the moment the customer unpacks them.

The paper immediately starts to fade, then continues to change colour over time, reminding the owner of the passing of time.

The 'motif' tiny house collection, based on that very first cottage, is the studio's signature range. Made with Nobuhiro's special mortar mix, and elements of metal and glass, the miniature buildings are designed as planters as well as incense holders. He builds tiny windows by hand using glass panels and metal grills. For each house design he uses a different timber for the mortar moulds, which creates a distinct surface texture. The moulds also change subtly when re-used, which in turn alters the finished surfaces. To Nobuhiro's mind, these variations and 'imperfections' emphasise the uniqueness of every piece.

Nobuhiro stoically works on each layer of production. His mind is rarely settled, and while working on the project in front of him he's usually thinking of the next. He is a man of process and skill, but he has a deep connection to the art he is creating and he leaves his trace on every piece. 'I want to make items that are not just placed on a shelf, but which shorten the distance between products and people. I want to make works that people want to touch; that they want to spend time with,' he says.

●

Takeo Kawabata

Koka, wood

In the countryside of Shiga, to the south-east of Kyoto, is the home and woodworking studio of Takeo Kawabata. In the same building (once a silkworm factory), he and his wife, Mia, run the Gallery-Mamma Mia and Patisserie MiA. Takeo's studio, tucked away at the back of the main building, is long and narrow, with windows facing the forest. The view from the gallery and patisserie, on the other hand, is down to the rice fields. Being surrounded by nature is at the heart of this quiet and considered maker's work.

Takeo meticulously carves serving plates, vessels and trays from wood. His work is in such demand that one item in his collection has a two-year waiting list. Studying forestry at Tokyo University of Agriculture founded Takeo's love of wood and all its uses. During one of his university years he took a vocational course in woodworking, and it was there, he says, that he 'found his calling'. Woodworking fulfilled his wish to work in a job that connected him with nature and also allowed him to move and be active.

Takeo was apprenticed to Akihiko Kiuchi, who he still reveres. Akihiko taught him the 'art' of woodworking, not just the 'making'. Under Akihiko's guidance, he made art objects and sculptures. However, when Takeo became a father, he reached a turning point in his practice, simplifying his work and making pieces that could be used and enjoyed every day.

Working in partnership with Mia, a talented pastry chef, Takeo creates plates, trays and vessels specifically to suit the delicacies she creates. The process is a true collaboration, the end result of which is evident only once the dish is plated. 'The work doesn't speak until food is added to it,' he explains.

Visiting Finland about ten years ago, Takeo was fortunate to meet famed wood artist and furniture maker Kari Virtanen, and the two became friends. Takeo cites Kari, and his friendship, as a strong influence in his work.

As Takeo carves, his strong hands moving gently and precisely, he shows respect for the wood with every movement. He passes on his love of nature to both the piece he is creating and the person lucky enough to be the custodian of it.

●

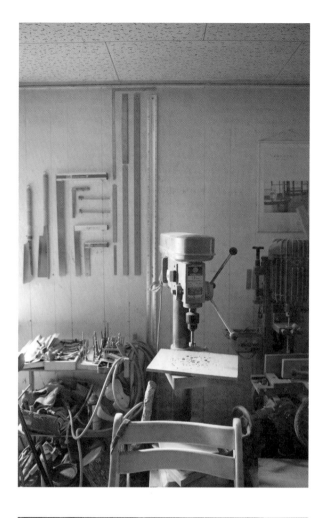

Sumiko Aoki

Shigaraki, ceramics

A twist of fate led Sumiko Aoki to pottery: a single failed exam late in her university studies meant Sumiko, an aspiring illustrator and painter, missed out on achieving the design major she had wished for. Ceramics turned out to be Sumiko's saving grace.

Sumiko had thought of ceramics as a craft for older people but, once introduced to it, she was soon besotted. The bisques she created became the canvas for her artistic musings and drawings. She is now a full-time potter, working from her home studio in Shigaraki, one of the Six Ancient Kilns of Japan.

Ken, her husband, is also a potter. They work together, as well as separately, to produce a wide range of works, which they show at exhibitions throughout Japan. They also take part in the ceramic fairs held twice a year at the Shigaraki Ceramic Cultural Park.

Most potters create a clay vessel or object first and then add decoration or imagery in response to its form. Sumiko does quite the opposite: she begins with a drawing and then makes the vessel to suit the design. Once she's created the 'canvas' for her idea, she applies pigment and stain to create layers and texture.

Sumiko says her inspiration comes from her everyday world: 'memories of summer days, the environment and scenery of my town in the countryside, and the nature that surrounds me'. Motifs may be based on a hat she owns, a cloud, a house or a flower. An avid reader of stories and poetry, she also draws great inspiration from the feelings roused by these collections of words.

To create her works, Sumiko uses a variety of techniques. The larger pieces are hand-built and coiled, while the smaller forms are wheel thrown. Her studio, though small, has just what she needs to craft her pieces. The simple desk where she paints, and which holds her vast collection of tools, is framed by a big window that provides her a view of the world.

Sumiko takes pride in her use of green and yellow glazes, which reference the traditional colourways used in many of the old Japanese kilns. However, she also enjoys playing with colour; partly, she reflects, because this experimentation helps her find out more about herself, not just as a maker but as a person.

Most of Sumiko's artist friends are also potters, and from time to time, in a custom she holds dear, they get together to share a meal, each person bringing a dish they have prepared, in a vessel they have made. Person, vessel and offering: a triad she sees as a sacred part of her story.

Sumiko's whimsical forms are not thrown or built to perfection. Made of earthy clays, they are beautifully rough around the edges, and therein lies their charm. Her work invites us to wonder, and to wonder sometimes not knowing why. She speaks her own language in a world of patterns, design and perfectionism. The result is art in perhaps its most honest form.

●

Hiroko Motoyama

Sakura, wood/metal

On a hillside above the rice fields in Chiba sits ·
a studio quite unlike the studios of other makers.
There, Hiroko Motoyama spends her days metal
casting. With many, many chickens running around,
and beehives providing the wax she sculpts with, it's
the ideal place for her to create. Hiroko says, 'I learn
a lot from animals and plants – they live simply and
honestly.' And she follows their daily rhythm: 'We rise
with the sun in the morning and our day is over when
it gets dark.'

Hiroko holds a Master of Visual Art from Tokyo
University of the Arts, with a major in metal casting.
More than capable of anything she puts her mind to,
Hiroko loves working with metal – primarily bronze,
but also copper, brass and aluminium – which she
combines with other materials, such as ceramics or
wood, to create her work. In one sculpture, a piece of
wood found in a field becomes the earth from which
a painted bronze flower grows; in another, clay forms
the rock on which a bronze penguin stands.

Using the lost-wax process, which is a method of
metal casting, Hiroko shapes warmed wax to create
sculptures that are then used to make moulds
for casting. Sometimes flower petals and leaves
are added to the base wax sculpture, bringing
unexpected textures to the finished piece – perhaps
being transformed into the fluffy wool of a sheep.

Having grown up with a father who ran a traditional
Japanese sweet shop, Hiroko fondly remembers
the beautiful shapes of the delicacies that were
rhythmically born from his hands. 'The movements
of my father's hands as he made the sweets are
tattooed in my brain,' she says. These memories
return to her often as she shapes the wax.

While the inspiration for Hiroko's designs comes
from her surrounds and the animal kingdom,
she enjoys exaggerating the subjects to bring in
some humour – giving a gorilla oversized arms
or making a kiwi fly with the help of helicopter
blades, for example.

In 2019, Hiroko had a major exhibition, *A Ship Leaves*,
at the Sculpture Museum at Inokashira Park Zoo in
Tokyo. With her own hands she built a wooden ship
that measured 8 metres long, 2 metres wide and
nearly 1 metre high to house many of her bronze
animals. By placing the animals adrift on a craft
not of their making, or under their control, Hiroko
pondered humanity's conscious struggles for destiny
and self-control – a contrast to the animals' seemingly
obedient acceptance of circumstance and fate.

She was particularly interested in the way humans tend
to pity animals, and how that feeling constructs a sense
of uniqueness around ourselves, while also reinforcing
our power over other species. To date, this profound
exhibition has been a career highlight.

Hiroko undertakes all stages of the making process
herself, in her studio: creating the sculpture in wax;
covering it in plaster; firing the mould; melting and
pouring the metal; smashing open the plaster cast to
reveal the piece; and, finally, filing and sanding back
until the sculpture is finished.

Hiroko's casting studio floor is made of earth; there
is no need for it to be anything else. The floor forms
the base of the kiln, and the moulds are placed in sunken
areas in the floor when pouring the metal. A traditional
shrine for protection looks over the pouring pits, where
safety is so important. In the bitter cold of winter, the
studio provides a comfortable working climate, but it
becomes almost unbearable in the hotter months.
While firing, Hiroko often has to stay onsite overnight,
which brings its own challenges.

Metal casting is a long, messy, hot and arduous
process, and not one for the faint-hearted. While
Hiroko acknowledges this, she says the work brings
her more joy than exhaustion. And that joy is evident
in the pieces she creates.

●

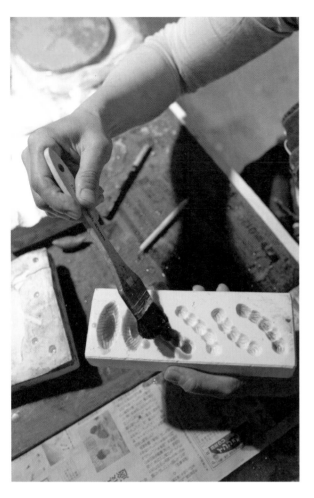

Aya Yamanobe

Mashiko, ceramics

In a small workspace in the backstreets of Mashiko, 100 km north-east of Tokyo, Aya Yamanobe creates highly decorative and charming ceramic wares. Although she didn't grow up in Mashiko, Aya was drawn to the openness of the residents and the area's traditional *Mashiko-yaki* (Mashiko ware). She was also attracted by the variety of artists in the town, working on their own creations, in different styles, without restraint. This environment allows an artistic freedom that she enjoys and within which she is able to explore her own style, which is unlike others in the town.

Aya is inspired by patterns and colours that have been created historically for textiles, wrapping paper, wallpaper and clothing; patterns that are more timeless than fashionable. Her shelves are full of books and magazines that reference her influences, predominantly European artists from the early to mid-20th century. Her favourites include Lucie Rie, the much-celebrated British studio potter, and Birger Kaipiainen, a decorative ceramicist from Finland.

She is strongly influenced by nature. As a child, out walking her dog, it was the wattle that would catch her eye as she looked skyward. Mimosa (as it's known in Japan) has become a recurring pattern in Aya's work. She continually embeds the natural world in her designs, but they are made whimsical through her touch.

While studying at Musashino Art University in western Tokyo, Aya joined a pottery club and it was there that she found her true calling with clay. Merging clay and illustration is the perfect combination of her skills. Sometimes her pieces are made for everyday use, while others have special meaning in Japanese life, such as the ornamental dolls that represent the Emperor or Empress of Japan, displayed on Hinamatsuri (Doll's Day) to wish girls a bright future.

Aya has developed her own technique of pattern-making through trial and error with different tools. She sculpts a synthetic sponge with a hot welding rod to create a printmaking tool. To this she applies a particular thickness of underglaze, which is stamped onto bisque clay to create the pattern. She finishes the piece's decoration with handpainted flourishes before the final firing.

Not all of Aya's work uses the stamped underglaze technique; some vessels she completely hand-paints with a brush. Even when working on large pieces requiring delicate line work she is able to be calm and stable. She has a great ability to picture the finished piece, even while working in minute detail.

Reflecting on her love of the medium, Aya says, 'It's how you can draw pictures, how they transform in the kiln, and how they come out so much better - or sometimes worse - than expected.' This is what drives her.

It is often thought that art pieces reflect the nature of the artist who created them. In Aya's case, this couldn't be more true: a quiet yet humorous nature comes through in her delicate and playful work.

●

Chisa Imamura

Funabashi, glass/metal

Chisa Imamura studied metalsmithing at university, but after graduating she took work at a glass factory, where she started to learn glassmaking. She moved on to work as a studio assistant to a glass artist, eventually becoming a glass artist herself. In 2003, she had her first solo show and she has been exhibiting ever since.

Chisa's work always crosses and moves between metal and glass, whether she is producing a small piece, a larger sculptural work or an installation. Both mediums are soft when heated and become hard when cooled, but they require different treatment. Chisa explains: 'With metal I can change its shape by hitting little by little; it takes more time. Whereas glass, it changes form quickly while I am working with it, so I feel I can transfer my feelings into the glasswork more easily.'

What really attracts Chisa to glass is the way light refracts and plays within it. Chisa uses mostly uncoloured clear glass but also employs half-clear and frosted glass. She uses purely clear glass when she wants light to penetrate a piece and shine through; half-clear glass to capture some of the light within it; and frosted glass to make it reflect only a little light. Her aim is always to make the material of glass look its most beautiful.

Working in shared 'hot shops' is common practice with glass artists. Usually there are multiple kilns, the hottest firing to 1300 ºC. Glass objects cool slowly, over 24 hours, in separate annealing kilns. Assistants help with the tools, as the process of working with molten glass is labour-intensive and often requires more than one pair of hands. And this stage is only for the making of the vessel or object.

It is in the artist's own studio, often in their home – the 'cold shop' – where the designs are added and any grinding or polishing takes place. For Chisa, this is where she combines her glass pieces with metal and wood elements to create her work. For some pieces, she paints a combination of coloured or white enamel mixed with oil onto the glassware and then fires it again. To create further texture, she may grind back some of the enamel layer, which gives the work depth and a real sense of being handmade.

Chisa creates drinking glasses, brass- and wooden-lidded jars, cake plates and dessert bowls that would make the simplest offerings feel special, while her dreamy sculptural and installation works leave you with a sense of peace and harmony that only pure glass can impart.

●

Shuji Nakagawa

Otsu, wood

A third-generation woodworker, Shuji Nakagawa started helping his father make bamboo nails around the age of fifteen. 'It was actually to make pocket money, rather than be helpful,' he jokes. It took another fifteen years of working with wood before he was comfortable to call himself a woodworker and contemporary artist.

The family business, established by his grandfather, was making *ki-oke* (wooden tubs or barrels), so Shuji felt a natural affinity for wood – although at one point he considered going into photography or metal work. He majored in contemporary sculpture at Kyoto Seika University and while working with wood there, he realised how much he loved the medium. Since then, he hasn't looked back. Balancing his two passions, he works in the family business during the week and makes his sculptures on weekends.

Shuji apprenticed with his father, master-maker Kiyotsugu Nakagawa. Kiyotsugu was named a Living National Treasure in 2001, in recognition of his work preserving an intangible cultural property – in this case, woodworking. When Shuji was ready to establish himself as a solo artist, he moved to Otsu, just outside Kyoto, and began making art under his own name.

Shuji uses traditional Japanese softwoods such as umbrella pine, cypress and cedar. For his range of vessels, he sometimes uses a type of cedar that has been preserved underground after being buried alive by ash from a volcano. The normally blond wood is stained grey by the ash, and the timber retains that colour forever. This wood is found only occasionally, usually by workers drilling a new tunnel. The material is highly respected and valued, and so it is carefully removed and sold to be used in special items. Shuji jumps at the chance to use this precious wood whenever it becomes available.

To ensure the tradition of *ki-oke* doesn't fade, Shuji has attempted some modernisation of the form, primarily experimenting with shape. His first redesign, an oval-shaped ice barrel, took two years to produce. It's a complex process. The wooden pieces are held together by bamboo nails and metal bands, using the family's traditional method. In both the design and construction, Shuji must ensure the wooden pieces are shaped perfectly, so they hold together securely and the vessel doesn't leak. He has gone on to make buckets in various shapes, including triangles, squares and polygons.

Shuji's work celebrates and honours the achievements of his father and grandfather. He is not interested in mass production. Rather, he believes history can be found in items made and repaired by hand; that a good craftsperson can learn from another just by repairing their work, even many years later.

His mission, Shuji says, is to find innovative uses for wood. The international art community has shown great interest in his ideas. His work has been shown at the Victoria and Albert Museum in London and the Museum of Decorative Arts in Paris, and he has collaborated with artists like master wire-weaver Toru Tsuji from Kanaami-Tsuji, as well as Japanese design company nendo and electronics company Panasonic.

The wooden rice barrel has long been a staple piece of kitchenware in Japanese homes. Before mass production there were more than 200 artisans making them in Kyoto alone; today there are only four. Shuji and his father continue to make and repair *ki-oke* using the ways of the past, removing the old wooden staves and binding new ones into the wire frame. They hope that the craft will continue long into the future.

●

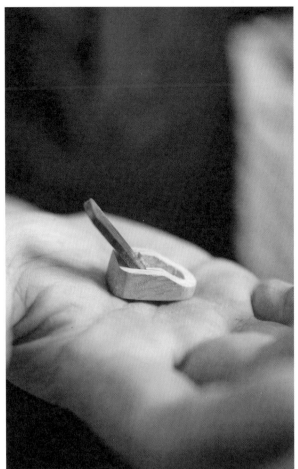

Naomichi Sato

Nanjo, ceramics

Naomichi Sato has been working at his artistic practices since 1996. He started work as a sculptor, using mixed media: iron, stone, wood, clay and resin. Describing himself as an 'impatient person', he likes the immediacy of clay and ceramics soon became his sole focus. Working with clay in the subtropical environment of Okinawa has its challenges but Naomichi, who has been living there since the late 2000s, loves the laid-back feel and open-minded nature of the people of the island.

In 2008, Naomichi moved to Germany for a year, where he studied photography for fun while working as a researcher at the Academy of Fine Arts Munich. At the time, he felt the need to leave Japan in order to experience a different culture. Naomichi explains, 'The foundation of craft in Japan comes from hundreds of years of history. I wanted separation from that way of thinking.'

Naomichi sees his ceramic wares as art pieces that intermingle with everyday life: not just cups and vases but, rather, useable art. He is inspired by the art of Basquiat, Tàpies and Picasso, and this is reflected in his work – but, make no mistake, he has his own distinct style. For one, Naomichi's pottery reflects his foundations in sculpture: teapots with oversized lids and small bases seem top-heavy but are, in fact, perfectly balanced; teacups have high-arching handles.

Another special aspect of Naomichi's work is the way he uses a combination of techniques to decorate his pieces. First, he designs and cuts stencils that are used to create glazed reliefs, with each stencil used only once to ensure every piece is unique. He then uses sgraffito, scratching through the surface of the glaze to reveal the clay beneath, to enhance the design. Naomichi experimented with a lot of processes, he says, before settling on these two particular techniques. The combination of methods gives his pieces wonderful texture and levels of colour.

Naomichi leaves scarcely a space uncovered by some element of design, yet his pieces don't feel overdone. He jokes that this level of detail means there's always something different to find when doing the washing up. His intention is to allow a person doing even the most mundane of things, like washing the dishes, to enjoy the experience of holding and appreciating art.

A lot of Naomichi's works incorporate colour. He creates his own coloured clays by mixing coloured powder into white clay. He experiments with different proportions until the 'recipe' for the desired colour is perfected. This allows him to replicate the colour exactly to create consistency throughout a range.

In addition to making crockery, Naomichi still finds time to sculpt, although mostly with clay these days. Forms of plants, animals and people dominate this part of his practice. He shows his various works in galleries around Japan, as well as in his own gallery in Okinawa once a month. His work is already popular with collectors and, following his successful first show in London in May 2019, international attention seems certain to follow. This artist is one to watch.

●

Toru Tsuji

Kyoto, wire

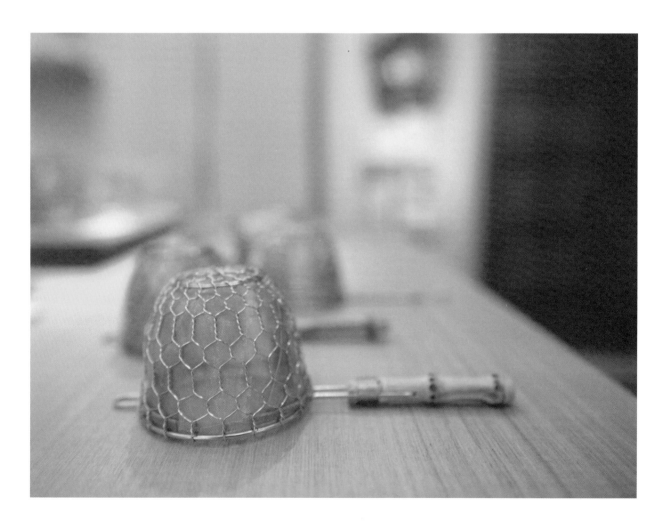

Toru Tsuji is a second-generation *kanaami* (wire-netting) craftsman based in Kyoto. His father, Kenichi Tsuji, started the Kanaami-Tsuji studio in the late 1980s. It was a time when wealth and commerce were at their height in Japan, and demand for products skyrocketed. Many traditional crafts, which until that point had been made by hand, were moved to industrial manufacturing plants, so department stores could buy items in bulk and sell them cheaper to the customer. This trend didn't sit well with Kenichi, so he started his own studio to ensure his craft would prevail. He continues to work there each day, alongside his son Toru, who now runs the business.

The traditional Japanese handcraft of wire netting dates back more than a thousand years. The weaving technique was developed in response to the practical culinary need to gently lift tofu from boiling liquid. However, the wire scoops soon became valued just as much for the intricate patterns they cast on the tofu as for their utility.

To create a wire-netting piece, first, a wooden mould is created in the desired shape, and thin nails are arranged around its circumference. Wire is then knitted, twisted and woven around the nails to create the item. The two traditional patterns – the chrysanthemum (*kiku-dashi*) and the tortoise shell (*kikko-ami*) – are still used as the basis of most of the studio's products, but the craftsmen also develop and incorporate new metal-weaving techniques.

Highly skilled workmanship and using the best materials are crucial to maintain the high-quality products expected of the studio. Wire is either copper, brass, stainless steel or silver. Bamboo and wood handles are often added to finish the pieces.

At the age of twenty, Toru was into the hip-hop scene and ran three retail clothing shops in Kyoto. Despite his success, it wasn't long before he realised he didn't feel the work had heart, and that he wanted to do more than buy and sell. So he joined his father's business and learnt the trade. He remains a true entrepreneur though, and while he enjoys making, he also wants the craft, and the business, to find new purposes.

Toru has guided the craft into the contemporary product market, in forms that appeal not just to people in Japan but to the rest of the world. Tea strainers, particularly popular in the West, are a staple item in the workshop.

In 2014, Toru collaborated with Japanese design studio nendo to create a netted lampshade made with powder-coated copper wire. The design looks almost flat but actually slopes gently away from the centre, allowing the pattern of the weave to be projected onto the ceiling. The project received some excellent press, and this helped the studio gain traction with other collaborators.

Toru often travels outside of Japan, demonstrating *kanaami* techniques and sharing the craft with people all around the world. He hopes this will have a positive impact on the future of the craft. Toru says he is constantly inspired by the artisans he works with in the studio, especially his father, as well as people he meets in everyday life. He wants to bring a lightness to the old craft by exploring varied uses for the wire-netting techniques. With his relaxed yet driven personality, Toru will continue to strive to ensure the future of wire netting as a craft.

●

Umiza Shimura

Ito, ceramics

High in the hills above the Pacific Ocean, in a small town south of Tokyo that is known for orange farming, is the home and studio of prolific ceramic artist Umiza Shimura.

Umiza loved reading from a very young age, as it allowed him to escape into other people's stories. With a particular passion for science fiction, he immersed himself in the genre's strange, mysterious, disorderly, funny and dreamlike worlds. These worlds inform the character-driven illustrative designs he paints on his ceramics.

Umiza originally imagined he would like to be a writer. Instead, ceramics became his way of expressing the stories he wanted to tell. Now, after three decades working in his own studio, and holding an average of four exhibitions a year in and around Tokyo, his aptitude, dedication and skill in the craft is clear.

Both Western and Japanese authors inspire Umiza's work, with references to the alternative worlds and characters of J.G. Ballard, Edgar Allan Poe, Jules Verne and others. He uses their stories as a springboard to create his own illustrations of kings and beasts, reptiles and insects, birds and monsters. His fantastical world is one of reflection and devotion, incorporating religious icons and symbols of peace and love.

'My idea of the world is closer to the Western world, rather than the Japanese one,' Umiza says. However, when he speaks of the ceramic artists who have influenced him, they are mostly Japanese, including the likes of Hon'ami Koetsu, Kenzan Ogata and Ninsei Nonomura, as well as British artists Bernard Leach and Hans Coper. This melting pot of cross-cultural ideas comes out in his eclectic, highly decorative and intelligent narratives.

Umiza uses traditional techniques of coiling, throwing and carving to create his vessels, objects and sculptures. It is through his application of underglaze and colourful pigments that his signature style is revealed. He creates an underglaze mixture with clay and coloured glaze, mixing it to a mud-like consistency then brushing it on with a feather-like technique, which gives the finish a sand-like texture. For the glazes, he takes standard commercial colours and combines and adds to them, establishing his own palette.

The clay compound Umiza works with consists mostly of iron-rich clay from the Shigaraki region, which is mixed with other clays until it is almost black. He glazes the pieces sparingly, he explains, to create dimensions in the decoration, whereby some parts are shiny and others matt. Applying the clear glaze thinly also ensures the colours of his designs remain bold and vibrant – a trait his work is recognised for.

Over his thirty-year career, Umiza has built up a collection of loyal supporters. He recalls a significant incident that occurred in his early years. 'I received a hardcover book of art, on Christmas Eve in 1999, from someone I had never met. It was a book I had seen before at a store, but I hadn't been able to afford to buy it then. There was a letter with the book, which said: "I was moved when I saw your work. I send this book as a gift; I feel it speaks to the image of your work." I later met that man at an exhibition, and he became one of my most faithful supporters. He has helped me to expand the world of beauty. Meeting him became the best present I ever had in my pottery life.'

The gift of the art book illustrates perfectly the two conjoined elements of Umiza's creativity: pottery and stories. His unique art, which attracted the attention of the book-giver twenty years ago, is as deserving of such recognition today, and no doubt will remain so into the future.

●

Kaname Moriwaki

Sasayama, ceramics

With a palette of black, grey and white, Kaname Moriwaki's range of ceramics is collectable and meant for use in everyday life. From when Kaname was a young man, he knew he wanted a profession in pottery-making. He studied at Kyoto Traditional Craft University and devoted much of his free time during that period to looking at art in the city's museums and galleries. He then spent seven years as apprentice to Shinsui Ichino in Tanba, one of the Six Ancient Kilns of Japan, before going on to create his own line of ceramics.

Kaname uses the traditional techniques of wedging clay by hand and throwing from the hump. In his two-room studio near Kyoto City, one room is used for this stage; it is sparse and light-filled, with clean surfaces on which new work can begin. The second room, for glazing and firing, is packed to the rafters with wares in all stages of production: freshly made, bisqued and finished, ready to sell.

Working with iron-rich clay from Shigaraki, Kaname employs an oxidation process, using temperature techniques when firing, that changes the raw colour of the clay from red-brown to the shade of grey-black that he seeks to achieve. He then adds a white glaze. Inspired by the patterns of Kabuki theatre makeup, his designs subtly mimic the flow of the brush as glaze is applied to clay.

Kaname is also inspired by the patterns in temples. He uses motifs that are architectural and masculine, creating strong lines that resemble the shadows cast by temple walls. Leaves and flowers are another recurring theme.

Memories of attending a pottery class with his mother when he was at primary school have stuck with him. He has returned to the rural area outside Kyoto where his mother grew up, and now lives in the house that once belonged to his grandparents. He is renovating the building to make it a home for his family and, eventually, a gallery space.

In the meantime, Kaname has regular and exclusive shows at department stores and a stall at the monthly To-ji Temple market in Kyoto. Attending the market gives him the chance to interact with his customers directly, many of whom are returning to add new pieces to their collections of his work. His greatest wish is for as many people as possible to have his cups and plates in their homes and to enjoy using them daily.

●

Keiko Hagihara

Minamiyamashiro, paper

In her early career, after studying at Osaka University of Arts, Keiko Hagihara was a fabric dyer. When she returned to art practice after taking time out to raise her children, she chose to focus on her favourite part of the dyeing process: the paper cutting. The techniques used to create designs, stencils and screens for dyeing were second nature to her, and this is evident in the intricate and incredibly delicate paper-cutting work she now produces.

Keiko's works are often created in a small scale and the paper-cutting style she is known for is intimate and breathtaking. Paper cutting as a craft isn't overly popular in Japan, but nonetheless remains beautiful and relevant. The Japanese word for paper cutting is *kirie*, deriving its name from *kirigami*, a variation of the more well-known *origami* (paper folding). Keiko explains that paper cutting is an extremely specialised craft – some techniques are only used in traditional Japanese fan-making, for example. Few contemporary artists make mastering such complex methods their life's work.

Using handmade paper from the famous Kurotani Washi studio in northern Kyoto, Keiko selects her papers based on the size and style of the piece she intends to make. For her hanging pieces, which she gently threads with twine or cotton string, she will use a thicker paper, while pieces to be framed are made with a thinner paper.

Technically, there are many things to consider as a paper artist. Paper is almost a living thing: it reacts to temperature, humidity and the seasons. Keiko applies a gentle wash of persimmon dye to the surface, which helps stiffen the often tough, fibrous paper for ease in cutting but also prevents it attracting mould. Persimmon and other dyes are also used to create different colour bases for the pieces. Usually, the designs are first drawn on conventional paper, then redrawn on tracing paper, and this is laid over the paper that will be cut.

Referencing nature heavily in her work, Keiko derives her imagery from books, nature and encyclopaedias. Her father, a mathematical and scientific man, has had a big influence on her work. Growing up, he told her stories full of mystery, mostly about physics and the universe, she says.

Keiko likes the idea that the pieces she makes are somehow transient and not meant to last forever, unlike most other art forms. For her, paper is a metaphor for the fragility of life. A piece can get torn or can move and blow in the wind, and there is magic in that mutability. The Japanese revere such things: their annual celebration of the cherry blossom acknowledges the profundity of the brief life of the flowers.

One notable aspect of Keiko's practice is the small physical space it requires. Makers in mediums such as glass, wood and clay often need large spaces, many tools and specialist equipment, plus electricity or fire, to make their objects come to life. For her paper art, Keiko has just a small 'kit': a sketchbook full of ideas and preliminary sketches; a pencil box that holds a cutting knife and blades; a couple of pencils; some washi tape (decorative paper tape); and, of course, paper. This kit is neatly confined to a small pile on her kitchen table, which serves as her studio when not being used for family meals and gatherings.

Recently, Keiko has been collaborating with fellow artist Mariko Ueda. Mariko makes frames of brass, with tiny clips to hold in place Keiko's cuttings, giving them the appearance of floating within the frame. The shapes that Mariko creates beautifully inform, complement and celebrate Keiko's delicate spiderweb-like creations.

The fragility and quietness in Keiko's work is its strength. Her work whispers and holds our hearts with its precious and impermanent beauty.

●

Kaname Takeguchi

Higashiomi, ceramics

Kaname Takeguchi has always enjoyed using his hands to make things. He credits his experience working with Shigaraki clay in primary school with planting the seed of interest for his future in ceramics. Straight after high school he started studying at the Shigaraki Ceramic Research Institute, where he spent three years learning about materials, glazing, throwing and design.

Upon finishing his studies, one of Kaname's teachers recommended he take an apprenticeship with a friend who was a master potter, and he jumped at the opportunity. At college, Kaname had favoured sculptural work, but this master was a tea-bowl maker and this encouraged him to change track from sculpture to *utsuwa* (vessels and objects for everyday use). Later, Kaname worked for a production pottery business, further honing his skills and producing items in multiple forms. But there came a time when he wanted to make his own works and so he established a studio called Utsuwa Kobako. The studio name combines Kaname's desire to create everyday homewares (*utsuwa*), with his love of boxes, which he has collected for years: *kobako* is a term for an incense storage box.

The studio is in the countryside of Shiga Prefecture and is part of a 'creative village' originally set up by local government. There are a handful of buildings, all occupied by artists, sculptors, glassmakers and potters. Kaname has set up the front room of his space as a gallery for displaying and selling his work. He also sells his pieces through exhibitions and gallery stores throughout Japan. His studio, behind the gallery, is neat and ordered, with shelves holding work, tidy benchtops, neatly arranged materials, and drawers of tools carefully put away. The artist's attention to clean lines and forms is echoed in his work.

Like many potters, Kaname's work is inspired by nature. He is a collector of rocks and stones, which he keeps in the studio and uses as references for their textures and tones. A self-confessed sweet tooth, he likes making small vessels specifically designed to hold confectionery, morsels of fruit or traditional Japanese sweets for serving alongside green tea.

Kaname's goal for the future is to keep his work in balance with the rest of his life. Making pottery will always be part of the bigger picture, he says – as much a part of his everyday life as cooking, family and friends.

●

Junko Sakamoto

Hirakata, ceramics

When Junko Sakamoto was in primary school, she went on an excursion to a pottery studio and each student was given a ball of clay to make anything they wanted. She made a bowl and was excited by the result. While her classmates moved on to other things, she waited eagerly for the weeks to pass until she could collect the fired piece. She kept that bowl for many years, and when she thinks about it now she feels sad to have lost it; she still remembers exactly how it looked and what it felt like.

As a young adult, when deciding what to do with her life, Junko was reminded by her friends of how besotted she was with this childhood experience, and they encouraged her to become a potter. Heeding their advice, she spent two years with a master potter learning the basics, then continued to practise by herself. More than two decades, later she has made a life around making and selling ceramic wares.

Junko's studio and gallery, in the outer suburbs of Osaka, are in a building that previously housed a cafe. Mottled glass windows divide the gallery and working spaces, allowing her to keep the gallery and shop open while carrying on with her making.

Her style is more organic than typical Japanese ceramics. She sees the perfection in a lot of Japanese art and chooses not to conform. 'When I feel like the piece is getting too perfect, I will stop working on it,' she says. Junko has been influenced in this by her visits to Thailand, where the pottery work, she feels, is more natural and loose, more free-spirited. Her own designs are abstract, inspired by the urban landscape - streetscapes, building tiles and road patterns - an uncommon inspiration for Japanese makers. Junko uses the urban patterns of her home town of Osaka, but also draws on the visual memories of trips to the United States, especially Los Angeles.

Junko loves making everyday kitchenware - teacups, bowls and plates for sweets - and creates specific pattern themes for each range. For one series, designed as a picnic set, she uses an abstract pattern of mountains on small dishes and petite cups. Another series is based on the coat of the *tobi mi-ke* (Japanese tricolour cat), using large orange and black patches of colour on white clay.

Junko exhibits her work in solo and group shows around Osaka through the year. On the fifteenth of the month, she can usually be found at the Chion-ji market in Kyoto, where she shows a fantastic range of jewellery made in the same whimsical style as her other ceramics.

Her work is playful and fun, and Junko gets much joy from collectors telling her that they enjoy using her pieces, even after many years.

●

Mamiko Wada

Matsumoto, ceramics

In her small but perfectly arranged studio in Matsumoto, Mamiko Wada creates hundreds of small, distinct vases and vessels glazed in a rainbow of colours. 'Clay suits me perfectly,' she says. She is most comfortable kneading and throwing from the hump on her electric wheel. Although she has tried other techniques, such as coiling or slicing clay, she knows her strength is in throwing, which allows her to shape the line of a vessel instinctively.

While studying at Osaka University of Arts, Mamiko spent a summer holiday with a potter who taught her the basics of wedging and throwing. This prompted her to continue down that path after university, and she became a self-taught potter. She has worked a variety of jobs, including designing and sample-making for a Mino ware pottery in Gifu Prefecture, a region in central Honshu now responsible for around half of all pottery production in Japan.

Mamiko's speed and precision are obvious when you watch her on the wheel, especially considering the tiny nature of the pieces she makes. When finished, some of her bud vases are mere millimetres wide at the mouth. She implements her own technique, using a wooden ruler, to shape and smooth the sides of the vessels while throwing.

She makes vessels in many sizes, shapes and colours, so people can choose the ones that appeal to them most. Even without flowers in them, Mamiko's pieces can form a Morandi-esque still life. When she exhibits at galleries, her favourite part is quietly observing the way customers decide which one of her works to choose.

Mamiko has a strong belief in minimising the environmental impact of her work and she tries to create as little waste as possible. Clay, for use in ceramics, is often dug out of the mountains, and broken pieces of work are discarded. Her current practice is to re-use all the excess clay left over from throwing, and she aims to start working with recycled clay, which incorporates unwanted and broken wares that have been crushed to powder. She is also keen to learn how to repair broken pieces using the Japanese art of *kintsugi*. In addition, she keeps any unused glaze and combines it with other glazes to create unique colours.

Everything about Mamiko is petite and intimate, from her frame to her studio and works. There is something incredibly sincere and simple about the forms she creates, proving that small works can command great attention.

●

Galleries

Galleries in Japan have a style and sense of display that is all their own; one that reflects cultural ideals with space and simplicity. This style has informed, and been appropriated by, galleries around the world. It is, quintessentially, based on the concept of *ma*: the negative space or pause between objects. Light, or lack thereof, is also key.

There are galleries, too, with rooms brimming with objects of all mediums sitting side by side. But even amid the clutter, there is a feeling of calm and a sense of place, and therein lies their magic.

—

Budounotane

Ukiha

Budounotane gallery is located in the heart of the countryside of northern Kyushu, an hour's drive from Fukuoka, the capital of Fukuoka Prefecture. The venue features a clothes store, restaurant and speciality coffee shop, all run by the one family.

The gallery itself is in a traditional Japanese house that is more than 100 years old. Views from the high-set building look out through a canopy of trees on one side and to a lovely walking path through a manicured garden on the other. In contrast to the architecture, the art shown in the gallery is quite contemporary. Many of the objects are laid out on low tables arranged on tatami mats, reflecting how they might be used in a home. The gallery has a number of terraced levels, and there is a separate room where feature exhibitions are held, the displays changing every couple of weeks.

Gallery owner Tanaka Higuchi has always been attracted to handmade items and, while she hadn't ever planned to run a gallery, she was drawn to the idea of sharing art and craft with people. The gallery's philosophy, she says, is to 'offer stories of life, conveyed by the creators through their art and accessible to everyone'. Ranging from ceramics to glassware, woodwork to kitchen utensils, the pieces come from all corners of Japan and are generally made by artists using traditional methods with a modern twist.

Tanaka and her family are committed to celebrating the handmade, even commissioning an array of ceramic artists to make the cups for their cafe to match the different varieties of coffee they sell. In what feels like a modern (albeit coffee-based) version of a tea ceremony, the cafe space is minimalistic, bare but for the cups of coffee served up on the counter.

In an area of Kyushu well known for the thousand cherry blossom trees planted along the Kose River, Budounotane is a destination gallery that is well worth the trip.

●

NOTA_SHOP

Koka

Speeding past on the local Shigaraki train, an observant passenger may notice what appears to be a run-of-the-mill warehouse set back in the countryside. Closer inspection, however, would reveal that the building is in fact the cutting-edge gallery NOTA_SHOP.

Shunsuke Kato is the gallery owner. His parents started a chinaware business on the premises in the 1980s, producing umbrella stands, water purifiers and stools. The pottery practice continues in two large warehouse spaces, which house wheels, kilns, drying racks and other production equipment. Shunsuke has transformed a third warehouse space into a gallery. It took four years to complete the renovations, including the removal of 15 tonnes of rubbish. The project re-used roofing from a local school that is over a hundred years old.

Many architectural challenges came with changing the space from a working pottery to a gallery. One issue was how to utilise the cavity left by the overflow of clay when it was mixed. This large empty hole, and the original mixing unit, have been integrated into the space, with artworks displayed on and around it, creating a striking focus at one end of the shed.

The gallery is flooded in natural light, with about two-thirds of the walls comprised of windows. The windows are unusually low, a legacy from the building's previous use – the design allowed the potters, sitting at their wheels, to look out at the countryside while they worked.

In an innovative response to a tricky problem, a beautifully proportioned gallery-within-a-gallery has been built right in the middle of the space, providing the roof with necessary extra support.

The walls of the inner gallery float about a foot off the floor and entrances at either end are angled to guide you into the exhibition set up inside the quiet room. It feels like walking through an architectural sculpture.

Countless hours of thought and work have gone into the creation of this gallery. The result is a calm, welcoming place, where patrons feel they become a part of the space, rather than being visitors in someone else's realm. Music and coffee complete the relaxed atmosphere.

Shunsuke, who studied art theory and is a self-taught graphic designer, has a clear vision of what he wants NOTA to be. He believes in keeping the standard of work high, in a market he describes as having 'a lot of noise'. In the gallery he displays chinaware, clothing and antiques, along with contemporary sculpture and design elements, choosing items based on what works in the space rather than on an artist's status.

Curating the work for NOTA is his calling, Shunsuke believes. He hopes to be part of a shift, in the rural areas of Japan, towards showcasing artwork that may previously have been found only in the big cities. He sees NOTA, and other local galleries such as Yamahon, as part of this movement. Simply put, the gallery allows him to share the beauty of objects with his customers.

●

HS

Osaka

Many galleries in the metropolises of Japan are hidden away at the top of stairwells in corners of buildings, often overlooking busy streets. They are oases of quiet amid the bustle of the city. HS in Osaka is one of such place. Established in 2011, the gallery is full of light, which filters through loosely hung linen curtains onto the white walls and thoughtfully selected and displayed objects.

Like many Japanese gallery owners, Yuki Kakimoto's desire is to show and share beautiful works of art that happen to be for everyday use, such as vases, plates and bowls, glassware and delicate woven cloths. Selecting products for the gallery is a task that he takes seriously, often visiting makers at their studios to appraise and select works.

Yuki holds only small amounts of stock and has no 'back storeroom' - everything is out on display. As pieces sell and head off to new homes, he restocks, which avoids clutter and provides the opportunity to regularly offer new works. He cites the Japanese saying 'ichi-go, ichi-e', which means 'one chance, one meeting'.

By frequently changing the items available and continually evolving the spaces within the gallery, Yuki encourages customers to return time and time again. It is also a joy for him, as he feels every day is different. He treasures the happenstance nature of meeting artists and viewing new work.

Getting to know the artists whose work he shows is at the forefront of Yuki's philosophy for the gallery. He visits some of the artists every month to gather new items and collections. Conveying the backstory of each piece to the customer is also of great importance to him.

Stacks of books and other reference materials are kept at the gallery and he is always happy to show these to curious buyers, sharing information and visual aids that might help them better understand a work.

Yuki says he likes the art he exhibits to be 'honest'. His display aesthetic is all his own, developed from years of research and scouring art and design books. He tries to live simply and authentically, and this comes through in the way he presents the works of his artists and makers.

●

Kitone

Kyoto

When Naomi Hayashi opened Kitone (meaning trees and roots) in 2005, she had a strong sense of what it was going to be - and the gallery stays true to that vision today. Naomi and her husband, along with their loyal staff, show ceramics and everyday products made by contemporary Japanese artists. Located in the backstreets of Kyoto, the gallery stocks antiques, chinaware, linen clothing, glassware and stationery, and hosts showcase exhibitions at least once a month.

Walking into the gallery is like entering a stylish imaginarium. Naomi has drawn inspiration from old novels and French and Japanese film sets. Unlike many galleries in Japan, art fills every nook and cranny at Kitone, with woven baskets, brass sculptures and dried flowers suspended from the ceiling. It can be a tight squeeze as you move through, but it's worth it to discover the gems that are gathered there.

With a background in photography, printmaking and graphic design, Naomi puts a lot of herself into the gallery, including creating a new woodblock design each year for the shop's business card.

Before any *utsuwa* are stocked in the gallery, Naomi tests them in her home. She believes every piece has to 'function first for everyday use, then be beautiful next'. This attitude gives her buyers confidence in their purchase, as well as ensuring each item reflects her much-admired aesthetic.

Naomi's philosophy for Kitone is to respect the past and the way in which Japanese people once lived, which she describes as 'simple and beautiful but not poor'. 'It was the era of using products with care,' she explains. 'Professional artisans made their products with sincerity, and therefore people who used those products felt the maker's deep feeling and love.'

Naomi believes, and it is evident at Kitone, that understanding and continuing this attitude from times gone by can lead people to a new-found respect for well-made *utsuwa* and its importance in our lives today.

●

Proto

Tokyo

Rei Higuchi is a young gallerist who is passionate about craft and its importance in Japan's modern society. His gallery, Proto, is close to Asakusa, a super-cool area of 'old Tokyo'. Rei says it is a great spot to attract a range of customers. It makes him happy to see that he is striking a chord with locals and overseas visitors, and it gives him confidence that he is on the right track in terms of how he operates the gallery.

Rei likes that vessels and objects are often used for a purpose other than that for which they were first intended. He loves that a teacup can be used to hold pencils, for example, or a bowl to store jewellery. This playful and expressive sensibility is evident when wandering through his gallery.

On the second floor of a nondescript building on a busy road, the space is well lit by large windows. Rei renovated the room himself, removing the low ceiling to expose the original wood and giving the room extra height. He also roughly painted and sanded the floor to give it a modern, industrial feel.

Proto is a wonderland that is thoughtfully laid out. Rei's clever use of different levels in the displays feels derivative yet instinctive; it's sophisticated curation for someone with only a few years in the business. Pieces sit on the ground, on low shelving and on piles of old boxes. There are odd furniture pieces, like a ski sled that has been made into a table, and objects sit atop antique chairs and old chests.

Exhibitions are held throughout the year and usually run for about two weeks. Rei is conscious that shows elsewhere often run for shorter periods, but he wants as many people as possible to have the opportunity to view these artworks. He finds the artists he represents by visiting other galleries, markets and workshops, as well as through social media, which he says is a very natural way to research for his generation.

Rei explains that, most importantly, he is determined to find artists who have their own style and who express their world through their art. 'It is of utmost importance,' he says, 'that the work will touch the viewer's heart.'

●

chiniasitsukeru

Kyoto

In Kyoto, there are so many small alleys and streets that you wouldn't know the beauty that lies down them unless you searched for it. chiniasitsukeru is one gallery worth seeking out. Leaving the main street, you walk to the far end of a lane, where you find a small traditional house divided down the middle by a courtyard garden. The gallery, run by Yohei Kikuchi, occupies one side of the building. On the other side is the studio of Yuka Seto, a sculptural artist who uses dried flowers and seedpods with brass and wood.

chiniasitsukeru, which opened in 2017, was born from Yohei's idea of sharing beautiful and useful pieces of art. He encourages patrons to interact with the works on display, to discuss them and learn about the artists who made them. Knowing the artists and their philosophies is important to Yohei. Before commissioning new work for the gallery, he will buy a sample from the artist and try it out himself. This enables him to see what it's like to use and how it fits in his home, and consider how it makes him feel and how it might connect the artist and the customer.

Yohei's awareness of the consumerist nature of the modern world is reflected in the choices he makes for the gallery. He says, 'There are a lot of "things" and objects around us, but many people don't know the difference between good and bad; a lot of people like prestige brands only because of the monetary value, not for the meaningful value.' Yohei talks about the way pottery is connected to the earth and believes we should be able to feel that connection when we use these items. He also understands that the artists have put great meaning into their work, and he wants to show that to the viewer.

chiniasitsukeru is a space that spikes all the senses, with scents of fresh and dried flowers mingling with the smell of wood, and sounds of nature piping through hidden speakers. The exhibitions change every one to two months, with the work of a different hand-picked artist featured each time. In every regard, the gallery exhorts the importance of art and how it can change and enhance your life.

●

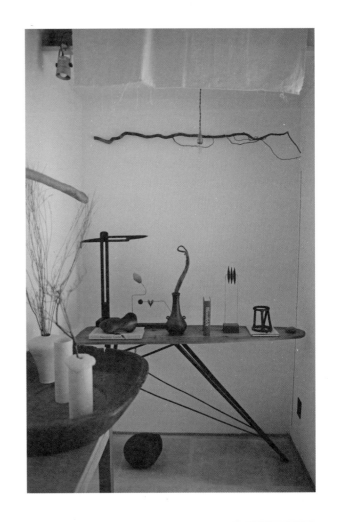

Spica

Beppu

Spica, a homewares and clothing shop and gallery space in the city of Beppu, is the creation of Toyohiro Takano and his wife, Kaori. Toyohiro's family has a long history in Beppu, a mountainous coastal area on Kyushu that is well known for its onsen (hot springs). The charming gallery is in what was once his grandfather's framing, window and door shop – a place where Toyohiro spent many hours of his childhood watching his grandfather restore old scrolls and works of art.

Toyohiro grew up to have a love of old and worn objects and furniture, and this is evident in the shop and gallery fittings. Spica's split-level interior, with exposed beams and oversized wooden window frames, has just the right patina for the objects and jewellery he sources and shares with his customers.

The shop part of Spica has been operating since 2007, and the gallery opened seven years later. The gallery provides an extraordinary canvas for the exhibitions held there once or twice a month. With light-grey polished-concrete floors, dark-grey concrete tiles on the walls, and windows covered in sheer white fabric, the atmosphere allows the work, whatever it is, to occupy the space in its own way.

In the shop, Toyohiro and Kaori maintain a stock of interesting objects, clothes, accessories and ceramics for daily use, as well as locally made preserves. Items are arranged in small collections on shelves and boxes, placed in baskets on the floor, and attached to fabrics that hang from the rafters. The eclectic still-life style of the shop area is a nice complement to the sparseness of the gallery space.

Toyohiro and Kaori source work from artisans all over Japan. They feel it's their job to share the works with the locals who frequent the shop and gallery, as well as the visitors from other parts of the country. They want to convey not only the beauty of the objects but the care with which they have been made, and they display them with attention to this ideal, demonstrating respect and admiration for each and every piece.

●

Utsuwaya Saisai

Kyoto

Entry to Utsuwaya Saisai is through a stunningly beautiful door of inlaid wood. The gallery is off the usual tourist track, near the Sanjoomiyacho shopping street in downtown Kyoto. Gallery owners Etsuo Usui and Miwa Tsuruta established the business in 2010 and moved it to the current location in 2016 when it outgrew the original space.

The current building, previously tenanted by a calligraphy teacher, includes an exhibition room upstairs and a gallery space downstairs. Behind the gallery is a little garden. During renovation works, a gardener noticed seven stones that were laid in a special formation, which he said represented good luck - so instead of being pulled up, the stones were kept just as they were. The garden, which also features a camellia tree, can be contemplated from a seat at one of the two small tables that comprise the gallery's cafe.

Etsuo and Miwa have created the collection at Saisai by building relationships with various artists over the years. They spend time at annual markets, such as the famed Matsumoto craft fair, searching for new and exciting works to exhibit. Their focus, like many Japanese gallerists, is on items that can be used every day, for traditional and menial tasks within the home: whether a beautiful tea bowl, a cooking pot, glassware or hand-forged cutlery.

Once new artists have had a solo show upstairs, they become part of the gallery's permanent stable of artists, with a collection of their work always on display. Etsuo and Miwa explain that this allows returning customers to keep collecting pieces by the artists they prefer.

The dark wood of the gallery's exposed beams is echoed in the decor and fittings, which include antique tables, chairs and shelving. With charcoal walls, carved wooden doors, and arrangements of fresh and dried foliage, not one element has been overlooked in the mindful yet subtle design.

●

Meetdish

Osaka

The port city of Osaka is the second-largest economic hub in Japan, after Tokyo. It is a large and busy city, with over 20 million people, all of whom need *utsuwa* for their homes. The quaintly named Meetdish gallery aims to address this need by sharing a love of handmade and well-crafted wares with its customers.

Owner Kotaro Isobe established Meetdish in 2006, following in the footsteps of his parents, who have a gallery in the outer suburbs of Osaka. Kotaro noticed that his parents' collections and customers were both from older generations, and he felt there was an opportunity to establish a gallery for younger patrons and makers. So, he set up shop in the centre of the city amid the hustle and bustle. His contemporary approach has proved successful.

Kotaro has given Meetdish a subtitle: 'Japanese utsuwa artist shop', and this is exactly what it feels like inside. The shelves are full and inviting, with a wide range of wares available. There is a dedicated gallery space where exhibitions are held as often as twice a month.

The shop's loyal customer base trusts Kotaro's eye and his dedication to exhibiting the best work he can find. He works closely with the artists he represents, often visiting their studios to gain a deeper understanding of their processes and skills. This information is passed on to buyers through artist information cards. He says he only chooses artists who he feels 'suit the space'.

A distinctive characteristic of the fifty-year-old building, which was once a printing factory, is the colour Kotaro has chosen for the interior walls: they are surprisingly and beautifully painted green.

A lover of travel, Kotaro says many of the restaurants and shops he's visited inspired him when deciding how to create his own display space. One of his favourite places is New York: he adores the city's combination of old and new design.

Kotaro has rebelled against the pressure to create yet another 'white box' gallery. Along with the bold wall colour, he uses multilevel furniture made with glass and wood to create his unique style. The shop is filled with vessels of flowers and foliage, and the lighting is designed to enhance the colours and styles of the works, as well as to highlight the striking green walls. Meetdish has an audacious style that is all its own.

●

Yamahon

Iga/Kyoto

There are two Yamahon galleries, one in Iga city and one in Kyoto. Each has a distinct tone, but they share an aesthetic built on sparseness and attention to detail, which creates an atmosphere of clarity and calm. The longer-running gallery, in the countryside of Iga, opened in 2000, while its sister, in the beautiful streets behind Kyoto City Hall, opened in 2011.

The galleries' owner, architect and curator, Tadaomi Yamamoto, is passionate about handmade, well-crafted and thoughtfully designed art. He sources work from all over Japan and holds satellite exhibitions throughout the country with his stable of artists, including at big events like the Matsumoto craft fair. Yamahon galleries and exhibitions have become popular destinations for art lovers and tourists, both international and Japanese.

Exhibitions are held in each gallery every two weeks, fostering emerging artists as well as established ones. Tadaomi says that he exhibits the work of artists regardless of their status or their work's potential monetary value, and instead uses his 'free judgement'. He discovers new artists either when they contact him or through his travels and connections in the community. He is patient when it comes to making his choices, he explains: 'I watch for a couple of years to see if they are still producing work I am interested in, if they have the commitment to their work.'

Tadaomi's curation shows a heavy lean towards porcelain, or chinaware as it is often referred to in Japan, but he also displays work of incredible standard by artists who make objects in wood, lacquerware, bamboo, fabric, glass and metal. In both galleries, he says, the use of a white cubic interior design allows the real quality of the pieces to be conveyed.

The country gallery is housed in an old barn whose interior has been transformed into three spaces: a large open gallery, a shop and smaller gallery, and a thin gallery space along the side of the building. The plinths in many of these spaces are covered in white washi paper, which adds an air of elegance and stillness to the objects that sit upon them.

The Kyoto Yamahon gallery is on the second floor of a building on a busy downtown street. The long, narrow space is highlighted throughout by offset interior arches, designed by Tadaomi, that give the illusion of movement while at the same time creating an easy flowing style.

Tadaomi's style, he says, combines an acute attention to detail with his passion for sharing beautiful everyday wares with people, 'regardless of their country'. The gallery spaces are a testament to his drive to share art and to represent, to the best of his ability, the artists he chooses.

●

SyuRo

Tokyo

Masuko Unayama has been creating goods under her brand SyuRo since 1999. In 2013, she renovated her warehouse space, in Tokyo's Taito Ward, to create a gallery with the same name. Spacious and white-walled, the SyuRo gallery is stylish but has retained its warehouse feel.

Masuko has a background in interior design and she believes in the importance of 'space making'. She explains: 'I use the beauty of the "less is more" concept that the Japanese are so good at. I intend to make a space in which things can be opposing yet come together, such as: daily and non-daily, Japanese and Western, yin and yang, *wabi-sabi*, old and young, male and female.'

As well as providing a display space for other people's products, Masuko has spent many years collaborating with Japanese makers to develop her own range of products. 'Good products, like good ideas, take time,' she says. Her goal is to make thoughtfully designed items that showcase the skills of artisans from all over the country.

The word *monozukuri* describes the uniquely Japanese manufacturing style embodied by small, usually family-run, craft enterprises that pride themselves on their dedication to continuous improvement. When creating new products, Masuko favours the use of traditional production methods that adhere to this principle, but always with consideration of modern needs.

New products are launched continually at the gallery. About two-thirds of the items on display are under the SyuRo brand, while the remainder have been selected to match the space and help fill it with warmth. Although the range is large, the space is not overcrowded.

SyuRo has products to appeal to all five senses, from large pieces of furniture to bags, accessories and bath products, as well as homewares in ceramic, glass and wood.

Masuko's hope is for Japanese people to see how good Japanese style is – and if overseas customers can also see that, she will be more than happy.

●

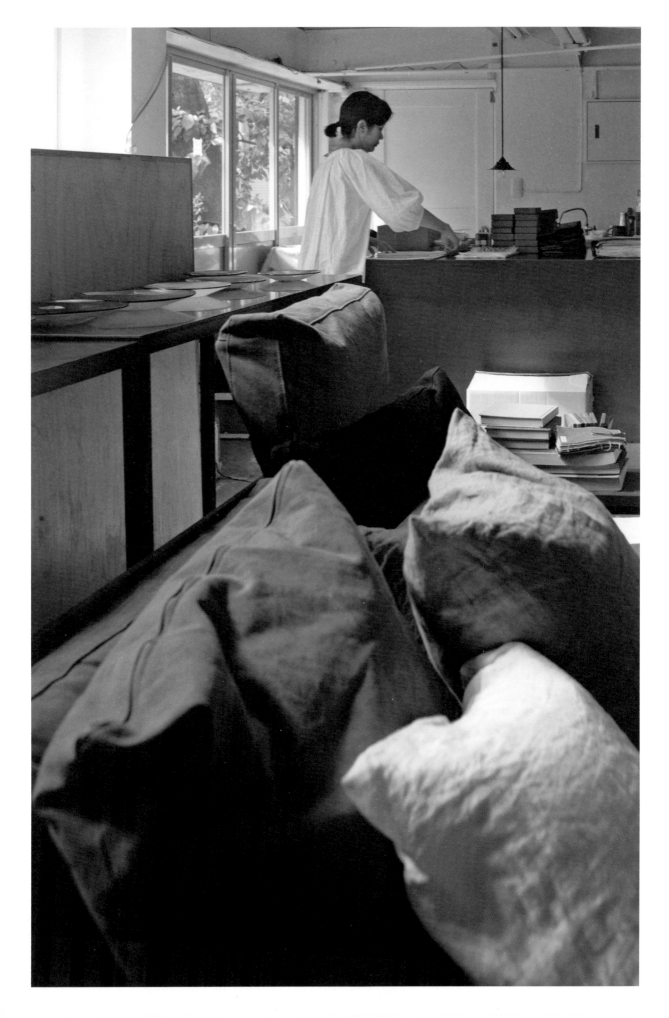

文鎮
a paperweight

Utsuwa Yui

Kyoto

Utsuwa Yui, in the streets near Kyoto City Hall, lives up to its name: *utsuwa* means everyday homewares and *yui* refers to the connection made between the maker and the user. The gallery's focus is on supporting artists whose wares have merit on both a functional and artistic level.

Established in 2008, Utsuwa Yui mainly sells pottery and traditional kiriko cut glass. Kozue Kaneko, the gallery manager, explains that when she first sees an item, she tries to imagine using it in her own home. To make the grade, a piece must be both functional and beautiful.

Kiriko glassware is made by cutting intricate patterns into the surface of glass that consists of a thin layer of coloured glass over a clear layer. Designs include traditional patterns such as bamboo weave, fish scales, chrysanthemums and bamboo leaves. On the first floor of Utsuwa Yui is a small classroom with grinding and polishing machines where students can learn the highly skilled craft.

Exhibitions are held at the gallery every month, during which most of the display space is given over to the artist on show. However, the gallery always keeps some of its other artists' works available for purchase. The glassware and pottery for sale comes from all parts of Japan, from Okinawa to Matsumoto.

Kozue only stocks work that is of excellent quality and which inspires her and leaves her feeling happy – an emotion that she hopes is also felt by visitors to the gallery.

●

Touhenboku

Matsumoto

On Nakamachi Street in Matsumoto there is a store named Touhenboku that has been operated by Jin Kobayashi since 1987. His passion for his store is outweighed only by his attitude towards finding beauty in every moment. 'Be attentive. Life is now. Look around you. Make it beautiful all the time,' he says.

Jin sells homewares that are both functional and beautiful. He stocks traditional pottery, mainly kitchenware, from regions known for their specific styles, such as Karatsu, Hagi and Bizen. In addition, he sells handcrafted pieces in glass, wood and fabric.

There are two extraordinary things about Jin Kobayashi. The first is his ability to form enduring relationships with artists and customers. Loyalty begets longevity, and in Jin's business, that loyalty is twofold: he is loyal to the artists whose works he stocks; and his clients are loyal to him, returning to the store year after year to collect pieces.

The second extraordinary thing about Jin is his unmatched determination to ensure each item he stocks is the best it can be. He tries most of the products himself before stocking them and if he feels there could be an improvement made to an item he will work with the artisan to make it better.

Nakamachi Street, located in the centre of town, has an interesting history. During the Edo period (1603–1867), Matsumoto was on the route connecting the ancient Zenko-ji temple in Nagano with the cities of Nagoya and Kyoto. Nakamachi Street became a bustling business district of merchants and storehouses, catering to the local townspeople and passing pilgrims.

Today, many of the buildings on the street, some over 100 years old, operate as art and craft stores, cafes or museums.

Touhenboku is on the first and second floors of one such building. The walls of the staircase leading up to it are lined with beautiful washi paper embedded with subtle designs. Inside the quiet gallery, visitors take their time savouring the wares and contemplating the pretty street below. A sign on the front door reads: 'Extraordinary beauty, every moment of our ordinary days. You don't encounter things by accident. There's always a reason.'

●

Extraordinary beauty, every-
moment of our ordinary days·····
You don't encounter things by
accident.
There's always a reason.
TOUHENBOKU

Maruhiro Inc.

Arita

In the Nagasaki and Saga prefectures, on the southern island of Kyushu, is a region known worldwide for its porcelain, with the neighbouring towns of Arita and Hasami at its centre. Tableware has been made there, in great volume, for more than four centuries.

Maruhiro Inc. pays respect to the area's rich production history, factories and workers, with its range of Hasami-style pottery. Company president Mikiya Baba has built a business re-creating pieces from the past and encouraging potters to look back at old designs.

The Maruhiro Flagship Store is an incredible example of design, architecture and the re-use of vessels. The centrepiece of the shop and gallery is an elevated platform created entirely from tableware. Designed by Tokyo firm Yusuke Seki, it consists of around 25,000 individual pieces, collected from local factories that had deemed them imperfect. The plates, cups and bowls were filled with cement and stacked in layers to create the platform. Although it is structurally sound, the experience of walking on something that seems so fragile is exhilarating, though unnerving to begin with.

Simple timber boxes and shelves house the ceramic wares for sale, the colour of the wood contrasting with the high white walls and ceiling. Exposed air-conditioning ducts give the space a truly industrial feel that suits the region's strong history of production.

The retro-ceramics business comprises three brands (Hasami, Barbar and Monohara) and often collaborates with other local designers. The variety of works produced is broad, from pieces that would 'fit right in at a British pub', or at a roadside diner in 1950s America, to lamps inspired by industrial German drip glazes.

Combining sleek design with historical references and a sense of fun, Maruhiro is a one-of-a-kind gallery.

●

Gallery-Mamma Mia

Koka

Not all of the coolest and best galleries are in the big cities of Japan. To reach Gallery-Mamma Mia, for example, you must travel through rice fields, along winding roads and up and down hills. The gallery is worthy of a day trip in and of itself, but as a bonus it shares its roof with the most quaint and delicious patisserie this side of anywhere.

Run by husband and wife team Takeo and Mia Kawabata, the gallery occupies a 100-year-old building that in its previous lives operated variously as a silkworm farm, a school and a knitting factory. Takeo and Mia saw in the dilapidated building the opportunity to create a multipurpose space; a culture hub rather than just a gallery. They cite the starnet restaurant and gallery in Mashiko as having a large influence on their concept design for Gallery-Mamma Mia. After careful renovation, the building now houses not only the gallery, Takeo's woodworking studio and Mia's patisserie, but also their home.

The gallery exhibits artworks in many different mediums, including glass, ceramics, fabric, paintings, sculpture and, of course, wood. Initially, Takeo's woodwork was the main focus of the gallery, but over time it has expanded to host four or five small exhibitions a year, featuring groups and solo artists from around Japan.

Many artists represented in the gallery come from a group of close friends who all have strong and beautiful work, and a similar work ethic and style. Takeo and Mia love that artists often gather at the venue and the atmosphere this creates. In the gallery space, work is displayed sparsely but with care, often with elements from nature, against walls in muted tones.

In the patisserie, Mia creates delectable lunches, cakes and biscuits, as well as her much-loved jams and preserves made using fruits and vegetables of the season. Her creations evoke joy both through their sophisticated presentation and the happy play of flavours. The menu includes information about where the produce has been sourced and also lists the makers who created the vessels in which the food and drink are served.

In this social media age, amid the barrage of documentaries espousing the profundity of food and 'plating', this humble couple create an honest, clean and thoughtful art and dining experience, well away from the spotlight.

Takeo and Mia are passionate about everything they do, but it is their attention to detail that is their greatest strength - whether that be the perfect placement of a single cherry blossom petal to complete the presentation of a dish, or in the minimal lighting, carefully cast shadows and sparse arrangement of the gallery.

●

Markets

Japan's markets have one thing in common: they are always outdoors - on city streets, in parks, or in temple grounds. The artists' set-ups are generally simple, yet beautifully styled. Work is displayed on timber tables, boxes or shelving, with the occasional windowpane or tree stump. Often fresh flowers or dried seedpods, leaves and branches are used to style the stalls.

Some of the markets are very specialised. The Arita Ceramics Fair, for example, features local artists who make the traditional blue and white porcelain that has been produced in the region for hundreds of years. Other markets, such as Crafts Fair Matsumoto, bring in artists from all over the country and include arts and crafts in a variety of mediums - although always handmade.

Big or small, these artisanal markets provide visitors with the opportunity to meet talented makers in person and to find a piece of work (or many) to take home and treasure.

—

MASHIKO POTTERY FAIR

The Mashiko Pottery Fair is held twice-yearly, in spring and autumn, throughout the town of Mashiko. Boasting 50 shops and 500 tents selling pottery, the fair attracts around 600,000 visitors.

The local pottery uses iron-rich clay and is decorated using metallic glazes of iron, copper, manganese, chrome and cobalt, fired at high temperatures.

Shoji Hamada, one of the founders of the Japanese folk-art movement, *mingei*, had his kilns in Mashiko, and the Shoji Hamada Memorial Mashiko Sankokan Museum is well worth a side trip.

Crafts Fair Matsumoto is held annually on the last weekend of May in Agata-no-mori Park, as part of a month-long celebration of crafts in the city.

More than 250 artisans, hailing from all over Japan, sell ceramic wares, leatherwork and wooden furniture, as well as clothing, jewellery and accessories.

Food and music create a lovely park atmosphere and craft-making demonstrations are popular with visitors.

Every year, over four days in May, Shigaraki Sakkaichi showcases ceramics from around Japan, with a focus on local artists.

Around 50,000 visitors attend the festival, which is held at the Shigaraki Ceramic Cultural Park and features more than 150 stalls.

Local clay comes from the bed of Lake Biwa. It is quite sandy, making it durable when fired, and is widely used for pottery across Japan. The town of Shigaraki is one of Japan's Six Ancient Kilns and has a pottery tradition dating back to the 13th century.

Established in 2013, Nara Contemporary Crafts Fair is held in mid-May at the Koriyama Castle in Yamatokoriyama, Nara.

As the name suggests, the fair has a focus on contemporary design, and works for sale include ceramics, woodwork, jewellery and glassware.

Makers run craft workshops for children, while local food trucks ensure visitors don't go hungry.

CHION-JI HANDICRAFT MARKET

Over 150 stalls create a bustling marketplace atmosphere at the Chion-ji Handicraft Market in Kyoto. Held on the fifteenth of each month in the grounds of the Chion-ji temple, the market displays the wares of local artisans in a colourful, maze-like arrangement.

Makers of all ages and disciplines offer a wide variety of unique handicrafts – from ceramics and woodwork to hats, clothes and jewellery.

The Arita Ceramics Fair is held each year in Arita over the Golden Week holiday, at the end of April or early May.

Over 500 stalls line the main street, with artists and galleries from around the region showcasing their wares. There are more than four centuries of porcelain history in Arita, and the fair has been running for 115 years. Around a million people visit the week-long event annually.

This index provides a mix of Instagram profiles, websites and general information on the location of makers' studios, galleries and markets.

While most artists have private studios, their work can be found at specific galleries, exhibitions and/or stalls at markets. Please check online information before making plans to visit. Many of the websites listed are in Japanese but may be able to be translated into other languages using online resources. Linking to a digital map through the website is often the best way of finding exact locations and street addresses, which are given in Japanese.

MAKERS

Aya Yamanobe
Mashiko, Tochigi Prefecture
Instagram: @yamanobeaya
Website: ayayamanobe.com
Private studio. Exhibitions listed online when scheduled.

Chisa Imamura
Funabashi, Chiba Prefecture
Instagram: @chisaimamura
Private studio. Exhibitions listed online when scheduled.

Daigo Ohmura
Kanazawa, Ishikawa Prefecture
Instagram: @daigoohmura
Website: ohmuradaigo.com
Private studio. Exhibits at various galleries, including NOTA_SHOP.

Hiroko Motoyama
Sakura, Chiba Prefecture
Instagram: @hirokokoko525
Website: motoyamahiroko.jp
Private studio. Exhibitions listed online when scheduled.

Junko Sakamoto
Hirakata, Osaka Prefecture
Instagram: @a_new_sprout
Website: a-new-sprout.chobi.net
Own shop in Hirakata. Monthly stall at Chion-ji Handicraft Market, Kyoto.

Kaname Moriwaki
Sasayama, Hyogo Prefecture
Instagram: @kanamemoriwaki
Private studio. Monthly stall at the To-ji Temple market, Kyoto.

Kaname Takeguchi
Higashiomi, Shiga Prefecture
Instagram: @utsuwa_kobako
Website: utsuwakobako.com
Private studio. Exhibits at various galleries, including Yamahon and Gallery-Mamma Mia.

Keigo and Chiaki Sakata
Kizugawa, Kyoto Prefecture
Private studio. Monthly stall at the To-ji Temple market, Kyoto.

Keiko Hagihara
Minamiyamashiro, Kyoto Prefecture
Instagram: @hagihara_keiko
Private studio.

Mai Yamamoto
Matsudo, Chiba Prefecture
Instagram: @mai.y.glass
Website: maiyamamoto.com
Private studio. Exhibitions listed online when scheduled.

Mamiko Wada
Matsumoto, Nagano Prefecture
Instagram: @wada.mamiko
Website: wadamamiko.com
Private studio. Exhibits at various galleries, including Utsuwa Yui.

Masami Yokoyama
Nisshin, Aichi Prefecture
Instagram: @yokoyamamasami
Website: stitchworks.jugem.jp
Private studio. Exhibits regularly. Annual stall at Crafts Fair Matsumoto.

Miho Fujihira
Kyoto, Kyoto Prefecture
Instagram: @miho.fujihira
Website: fujihiramiho.com
Private studio.

Minhui Yap
Kani, Gifu Prefecture
Instagram: @minhui_yap_
*Private studio. Exhibitions listed
on Instagram when scheduled.*

Mio Heki
Kyoto, Kyoto Prefecture
Instagram: @mioheki
Website: hifumi-kyo.com
*Private studio. Offers classes
in kintsugi.*

Naomichi Sato
Nanjo, Okinawa Prefecture
Instagram: @bonoho_
Website: bonoho.com
*Bonoho Gallery is at Naomichi's
home studio. Visits must be booked
in advance via the website.*

Nobuko Konno
Okinawa Prefecture
*Private studio. Work shown
at Utsuwa Yui.*

Nobuhiro Sato
Kyoto, Kyoto Prefecture
Instagram: @pullpush_products
Website: pull-push.com &
tekitna.com
Gallery: Tekitna Shop (Kyoto)
*Tekitna Shop is open all year round.
Check website for details.*

Shuji Nakagawa
Otsu, Shiga Prefecture
Instagram: @shuji_nakagawa
Website: nakagawa.works
*Nakagawa Works (gallery shop)
is at the studio and open all year
round. Check website for details.*

Sumiko Aoki
Shigaraki, Shiga Prefecture
Instagram: @sumikoaoki
*Private studio. Exhibitions listed
on Instagram when scheduled.
Participates in the Shigaraki
Sakkaichi (pottery fair) twice yearly.*

Takahito Okada
Mashiko, Tochigi Prefecture
Instagram: @takahito_okada
Website: oujirushi.exblog.jp
*Private studio. Exhibitions listed
online. Participates in the Mashiko
Pottery Fair.*

Takashi Tomii
Nagaoka, Niigata Prefecture
Instagram: @takashitomii
Website: takashitomii.com
*Private studio. Exhibits at various
galleries, including Yamahon.*

Takeo Kawabata
Koka, Shiga Prefecture
Instagram: @kawabatatakeo
Website: kohoro.jp/collections/
takeokawabata
*Private studio adjoined to
Gallery-Mamma Mia, where
his work is exhibited.*

Tetsuya and Momoko Otani
Shigaraki, Shiga Prefecture
Instagram: @otntty / @otnmmk
Website: en.ootanis.com
*Gallery knot is at their home studio.
Visits must be booked in advance
via the website.*

Toru Tsuji
Kyoto, Kyoto Prefecture
Instagram: @kanaamitsuji
Website: kanaamitsuji.net
Gallery: Kanaami-Tsuji (Kyoto)
*Kanaami-Tsuji is open all year
round. Check website for details.*

Umiza Shimura
Ito, Shizuoka Prefecture
Instagram: @shimura.umiza_kobo
*Private studio. Exhibitions
listed online.*

Yoko Kato
Hachioji, Tokyo
Instagram: @396yoco
Website: yokokato-web.com
*Private studio. Exhibitions
listed online.*

Yukico Yamada
Kyoto, Kyoto Prefecture
Instagram: @yy_pottery
Website: yyp.yft.jp
*Private studio. Work shown
at chiniasitsukeru.*

Yukiko Umezaki
Kizugawa, Kyoto Prefecture
Instagram: @umezaki_yukiko
Private studio.

GALLERIES

Budounotane
Ukiha, Fukuoka Prefecture
Instagram:
@budounotane.gallery.utsuwa
Website: budounotane.shop

chiniasitsukeru
Kyoto, Kyoto Prefecture
Instagram: @chiniasitsukeru
Website: chiniasitsukeru.com
Exhibits the work of Yukico Yamada.

Gallery-Mamma Mia
Koka, Shiga Prefecture
Instagram: @gallerymammamia
Website: mammamia.base.shop
*Exhibits the work of Takeo
Kawabata and Kaname Takeguchi.*

HS
Osaka, Osaka Prefecture
Instagram: @hs_hayashi
Website: hs-hayashishoten.com

Kitone
Kyoto, Kyoto Prefecture
Instagram: @kitone_kyoto
Website: kitone.jp

Maruhiro Inc.
Arita, Saga Prefecture
Instagram: @maruhiro.hasami
Website: hasamiyaki.jp

Meetdish
Osaka, Osaka Prefecture
Instagram: @meetdish
Website: meetdish.com

NOTA_SHOP
Koka, Shiga Prefecture
Instagram: @nota_shop
Website: nota-and.com
Exhibits the work of Daigo Ohmura.

Proto
Kuramae, Tokyo
Instagram: @proto_kuramae
Website: proto-art.stores.jp

Spica
Beppu, Oita Prefecture
Instagram: @spica_beppu
Website: spica-beppu.com

SyuRo
Taito City, Tokyo
Instagram: @syuro_tokyo
Website: syuro.info

Touhenboku
Matsumoto, Nagano Prefecture
Website: nakamachi-street.com/
shop/touhenboku/?lang=en

Utsuwa Yui
Kyoto, Kyoto Prefecture
Instagram: @utsuwa_yui
Website: yui.shop-pro.jp
*Exhibits the work of Mamiko Wada
and Nobuko Konno.*

Utsuwaya Saisai
Kyoto, Kyoto Prefecture
Instagram: @kyoto_saisai
Website: saisai-utsuwa.com
*Exhibits the work of Tetsuya
and Momoko Otani.*

Yamahon
Gallery 1: Kyoto, Kyoto Prefecture
Gallery 2: Iga, Mie Prefecture
Instagram: @kyoto_yamahon
Website: gallery-yamahon.com
*Exhibits the work of Tetsuya Otani
and Takashi Tomii.*

MARKETS

Arita Ceramics Fair
Arita, Saga Prefecture
Held in late April/early May each
year, to coincide with Golden Week.
For details, visit arita-toukiichi.or.jp

Chion-ji Handicraft Market
Kyoto, Kyoto Prefecture
Held on the fifteenth day of each
month. Details can be found on
Instagram @kyoto_tedukuri_ichi

Crafts Fair Matsumoto
Matsumoto, Nagano Prefecture
Held annually on the last weekend
of May. Details can be found at
matsumoto-crafts.com/craftsfair

Mashiko Pottery Fair
Mashiko, Tochigi Prefecture
Held twice-yearly in autumn and
spring. The most up-to-date
information can be found at
the tourist information website
mashiko-kankou.org

Nara Contemporary Crafts Fair
Nara, Nara Prefecture
Held in May each year. Details can
be found at chinyui.com

Shigaraki Sakkaichi
Shigaraki, Shiga Prefecture
Held over four days each
May. Details can be found at
shigaraki-sakkaichi.com

We would like to thank all the artists and artisans, the gallery owners and their staff, and the markets' organisers and stallholders, who allowed us into their worlds - it was truly a privilege and an experience we will never forget. Spending time with you all has given us a greater understanding of your special country and we can only hope that is reflected in these pages.

To our publisher, Kirsten Abbott, for seeing the potential in this book and believing in us. And to the team at Thames & Hudson Australia, Caitlin O'Reardon, Elise Hassett and Jessica Redman, thank you. Thank you to Jacinta and Sara at JAC& for your considered and thoughtful design.

To Akira Minagawa, who generously wrote the foreword to this book and whose belief in Japanese handmade is longstanding and evident in his own practice. We have long admired your life's work and are honoured beyond words for your contribution.

A special thanks to Shozo Terauchi, our translator extraordinaire, who lessened the distance of language with intelligence and kindness. We wouldn't have had the conversations or adventures we did without you, Shozo; we will never be able to thank you enough. And to Shozo's wife, Justine, who laughed her way through our crazy travel stories.

To our dad, Bob, for his ability to turn our stories into well-constructed sentences; we are always grateful for your expertise. To our mum, Cheryll, who has always ensured that art and culture are an essential part of our lives. And to our brother, Luke, who speaks better Japanese than either of us, and who means the world to us. Thank you all for your support and love.

Kylie would like to personally acknowledge and thank the Winston Churchill Trust for awarding her a Churchill Fellowship in 2017. The study of the art of *kintsugi* and the research of Japanese galleries she was able to undertake have been important stepping stones on the path to creating this book.

To Kenji and Sonia, for taking us on one of our first adventures in Tokyo, all those years ago, and for your friendship, love and invaluable guidance ever since. To our 'saymyname' Eve, who shared car rides, coffees, gyoza and the occasional plum wine on part of this adventure, thanks for all the laughs.

To our friends and fellow Japanophiles, Michelle and Steve, and all our tour guests and friends who have travelled Japan with us, particularly Bridget, Anna, Kellie, Michelle, Louise, Sarah, Peter and Audrey, and our dad. As Henry Miller said, 'One's destination is never a place, but a new way of seeing things.' Nothing could be truer of our time spent in Japan.

To Ashley, who lent us her amazing camera, thank you so much: this book is so much better thanks to your kindness. To Mutsumi and Yuko, who not only fed us in their izakaya but who gifted us personally made name stamps to mark this book. To our other translators along the way, Hiki, Terre, Yuko, Mai and Momoko, thank you. And to Angus, CK, Juliet, Mary and Alex, whose friendship and guidance is always invaluable.

And thank you to our village of friends and extended family who support us in every way, especially the team at paper boat press, Liana, Kerry, Nina and Tess. You all know how much this project has meant to us and we couldn't have done it on top of our normal lives without our cheer squad and all your extra miles.

Kylie and Tiffany xx

First published in Australia in 2021
by Thames & Hudson Australia Pty Ltd
11 Central Boulevard, Portside Business Park
Port Melbourne, Victoria 3207
ABN: 72 004 751 964

First published in the United Kingdom in 2021
by Thames & Hudson Ltd
181a High Holborn
London WC1V 7QX

Thames & Hudson Australia wishes to acknowledge that Aboriginal
and Torres Strait Islander people are the first storytellers of this nation
and the traditional custodians of the land on which we live and work.
We acknowledge their continuing culture and pay respect to Elders
past, present and future.

ISBN 978-1-760-76059-5

A catalogue record for this
book is available from the
National Library of Australia

British Library Cataloguing-in-Publication Data

A catalogue record for this book is available from the British Library.

Every effort has been made to trace accurate ownership of
copyrighted text and visual materials used in this book. Errors
or omissions will be corrected in subsequent editions, provided
notification is sent to the publisher.

Design: JAC&
Editing: Jessica Redman
Printed and bound in China by 1010 Printing International Limited

Be the first to know about our new releases, exclusive content
and author events by visiting:

thamesandhudson.com.au
thamesandhudson.com
thamesandhudsonusa.com

FSC® is dedicated to the promotion of responsible forest
management worldwide. This book is made of material from
FSC®-certified forests and other controlled sources.